Bal tragique à Windsor

Après avoir été consultante en stratégie, S. J. BENNETT s'est lancée dans l'écriture de livres pour la jeunesse, puis de romans policiers. Elle vit aujourd'hui à Londres. Par le passé, elle a elle-même failli devenir secrétaire particulière adjointe de Sa Majesté. Autant dire qu'elle connaît son sujet !

Bal tragique à Windsor est le premier tome de la série « Sa Majesté mène l'enquête ».

DE LA MÊME AUTEURE

SA MAJESTÉ MÈNE L'ENQUÊTE

1. Bal tragique à Windsor
Les Presses de la Cité, 2021
et « Points », n° P6500

2. Bain de minuit à Buckingham
Les Presses de la Cité, 2022

S. J. BENNETT

SA MAJESTÉ MÈNE L'ENQUÊTE

Bal tragique à Windsor

Traduit de l'anglais
par Mickey Gaboriaud

Les Presses de la Cité

Ce livre est une œuvre de fiction. Les noms, les personnages, les lieux et les évènements sont le fruit de l'imagination de l'auteur ou sont utilisés fictivement. Toute ressemblance avec des personnes réelles, vivantes ou mortes, serait pure coïncidence.

TEXTE INTÉGRAL

TITRE ORIGINAL
The Windsor Knot

ÉDITEUR ORIGINAL
Zaffre, une marque de Bonnier Books, 2020

ISBN 978-2-7578-9294-7

Pour E,
et pour Charlie et Ros,
chez qui le plaisir de la fiction
côtoie toujours la quête de vérité

Avertissement

Ce livre est une œuvre de fiction. Les références à des personnes, des événements, des institutions, des organisations ou des lieux existants ou ayant existé ont pour objectif d'apporter un sentiment d'authenticité, mais restent fictives. De même que les faits relatés et les dialogues, les autres personnages sont issus de l'imagination de l'auteure et n'ont pas vocation à être considérés comme réels.

PREMIÈRE PARTIE

Honi soit qui mal y pense

(Devise de l'ordre de la Jarretière)

AVRIL 2016

CHAPITRE 1

C'était un jour de printemps presque parfait.

Sous un ciel bleu pâle griffé de longues stries blanches, l'air était vif et pur. Face à elle, au-delà des arbres de Home Park, le château de Windsor étincelait de reflets argentés dans la lumière matinale. La reine arrêta son poney pour admirer la vue. Rien de meilleur pour l'âme qu'un matin ensoleillé dans la campagne anglaise. Même après 89 ans, elle s'émerveillait encore de l'œuvre de Dieu. Ou plutôt de celle de l'évolution, pour être plus exacte. Mais par une journée comme celle-ci, c'était Dieu qui venait à l'esprit.

De toutes ses résidences, s'il lui avait fallu n'en choisir qu'une, ç'aurait été celle-là. Pas le palais de Buckingham, qui lui donnait l'impression d'habiter un fastueux immeuble de bureaux posé sur un rond-point. Ni même Balmoral ou Sandringham, auxquels elle était pourtant très attachée. Non, Windsor, c'était vraiment chez elle. C'était là qu'elle avait vécu les instants les plus heureux de sa jeunesse : le Royal Lodge, les spectacles de Noël, les balades à cheval. C'était là qu'elle venait encore le week-end pour s'émanciper un peu de l'étiquette qui prévalait à la capitale. C'était là que reposaient papa et cette chère maman, ainsi que

Margaret, même s'il avait été compliqué de lui faire une place dans la minuscule crypte.

Si jamais la révolution devait éclater un jour, c'était là qu'elle demanderait à se retirer. Hélas, cela ne lui serait même pas accordé… Les insurgés l'expédieraient sûrement quelque part… Mais où ? À l'étranger ? Dans ce cas, elle irait en Virginie, un État ainsi baptisé en hommage à son homonyme, Élisabeth Ire, la reine vierge, et terre natale de Secretariat, un pur-sang vainqueur de la Triple Couronne en 1973. À vrai dire, si ce n'était pour le Commonwealth et ce pauvre Charles – sans oublier William et le petit George, qui attendaient gentiment leur tour après tant d'épreuves –, cette perspective n'avait rien de si terrible.

Mais Windsor, c'était le mieux. Tout y était plus supportable.

À cette distance, le château semblait paisible, presque figé, comme assoupi. Il n'en était rien. À l'intérieur, cinq cents personnes vaquaient avec ardeur à leurs occupations. C'était un village, un microcosme dont le fonctionnement reposait sur une mécanique aux rouages parfaitement huilés. Elle aimait penser à tous ces gens, depuis le grand-maître de la Maison royale qui veillait sur les comptes jusqu'aux petites bonnes en train de faire les chambres des invités de la veille. Mais aujourd'hui, une ombre planait sur tout cela.

Ce matin, l'un des artistes de la soirée avait été retrouvé mort dans son lit. Apparemment, il était décédé pendant son sommeil. Elle avait rencontré ce jeune homme. Elle avait même dansé avec lui, en fait. Un Russe, engagé pour jouer du piano. Très talentueux, très séduisant. Quelle perte pour sa famille.

Au-dessus d'elle, un bruit sourd de moteurs couvrit soudain le chant des oiseaux. Un A330 était en train d'amorcer son atterrissage. Quand on vit sous l'un des couloirs aériens de Heathrow, difficile de ne pas devenir incollable en matière d'avions de ligne. La reine se serait pourtant bien passée de cette compétence insolite. L'Airbus la tira brutalement de ses pensées et lui rappela que son devoir l'attendait.

Elle nota dans un coin de sa tête qu'il lui faudrait s'enquérir de la mère du jeune homme. Pour être honnête, elle ne s'intéressait généralement aux proches d'autrui que lorsqu'ils se trouvaient en face d'elle. Elle avait déjà assez de soucis avec sa propre famille. Mais quelque chose lui disait que, cette fois, c'était différent. Son secrétaire particulier lui avait annoncé la nouvelle avec une drôle d'expression. Et bien que son personnel s'efforce systématiquement de la tenir à l'écart de toute situation délicate, elle savait toujours quand quelque chose clochait. Et c'était bel et bien le cas ici.

– Au pas, dit-elle à son poney.

Sous le plafond gothique richement orné de la salle à manger, le petit déjeuner touchait à sa fin. Le directeur des écuries de la reine mangeait ses œufs au bacon en compagnie de l'archevêque de Canterbury, de l'ex-ambassadeur à Moscou et de quelques autres invités de la veille.

– Une soirée fort divertissante, dit-il à l'archevêque, assis près de lui. Je ne savais pas que vous dansiez le tango.

– Moi non plus, grogna l'homme d'Église. C'est cette ballerine qui a dû m'ensorceler. J'ai les mollets en compote.

Il baissa la voix et poursuivit :

– Soyez franc, sur une échelle de 1 à 10, à quel point me suis-je ridiculisé ?

Les lèvres de son voisin de table frémirent.

– Sur l'échelle de Nigel Tufnel, je dirais que cela valait un bon 11/10. Je ne crois pas avoir jamais vu la reine rire autant.

L'archevêque fronça les sourcils.

– Tufnel ? Il était ici hier soir ?

– Non. C'est un personnage du film *Spinal Tap*. Vous savez, ce documentaire parodique sur un groupe de heavy metal ?

– Oups, fit le danseur d'un soir avec un sourire penaud.

Sur ce, il se pencha pour se frotter les jambes sous la table et ses yeux croisèrent ceux de la beauté à la silhouette sculpturale assise en face de lui. Il lui sembla que ses grands iris noirs voyaient jusqu'au tréfonds de son âme. Elle lui sourit et il rougit comme un enfant de chœur.

Mais Macha Perovskaïa ne le voyait pas vraiment. Son regard ne faisait que le traverser. La veille au soir, elle avait vécu l'expérience la plus intense de toute son existence et en savourait encore chaque seconde.

« *Dine-and-sleep* », se répétait-elle dans sa tête. « *Dine-and-sleep*, une invitation à dîner et à rester dormir… La semaine dernière, j'ai participé à un *dine-and-sleep* au château de Windsor. Oui, oui. Avec Sa Majesté la reine d'Angleterre. Vous n'y êtes jamais allé ? Ces soirées sont tellement charmantes », s'entendait-elle dire comme s'il s'agissait d'un rituel hebdomadaire. « Youri et moi avions des chambres avec vue sur la ville. Sa Majesté utilise le même savon que nous. Elle est très drôle quand on la connaît. Et ses diamants sont à mourir… »

À côté d'elle, Youri Perovski tentait de soigner sa gueule de bois carabinée au moyen d'un remontant à base de légumes verts crus et de gingembre préparé selon ses instructions. Le personnel était d'une efficacité sans égale. Youri avait entendu dire que la reine conservait ses céréales dans des Tupperware (mais elle n'allait certainement pas lui donner l'occasion de vérifier cela ce matin). Il s'était pourtant attendu au traditionnel *shabby chic* anglais, à savoir une résidence mal entretenue avec chauffage laissant à désirer et peinture écaillée, mais on l'avait mal informé. La pièce dans laquelle ils petit-déjeunaient, par exemple, réunissait des rideaux de soie rouge d'un grand raffinement, deux douzaines de chaises dorées assorties et un rutilant tapis visiblement fait sur mesure. Et les autres pièces étaient tout aussi irréprochables. Son propre majordome aurait eu du mal à y trouver quoi que ce soit à redire. Le porto servi la veille était excellent. Tout comme le vin. Y avait-il eu du brandy ? Il lui semblait que oui.

Malgré les coups de marteau dans sa tête, il se tourna vers sa voisine de gauche, l'épouse de l'ex-ambassadeur, et lui demanda comment il pourrait s'allouer les services d'un bibliothécaire privé tel que celui rencontré la veille. N'en ayant pas la moindre idée mais ne manquant pas d'amis plus lettrés que riches, la dame régla son amplificateur de charme à 11/10 et lui répondit de son mieux.

Ils furent interrompus par l'apparition spectaculaire d'une grande brune en tailleur-pantalon postée dans l'embrasure de la porte, une main sur la hanche et une moue contrite sur ses lèvres carmin.

– Oh, désolée ! Serais-je en retard ?

– Pas du tout, lui répondit aimablement le directeur des écuries.

Même si elle l'était, et pas qu'un peu.

De nombreux invités étaient déjà remontés à l'étage pour s'occuper de leurs bagages.

– Tout le monde prend son temps, ici. Venez donc vous asseoir près de moi.

Meredith Gostelow s'avança jusqu'à la chaise que lui tirait un valet et accepta d'un hochement de tête plus qu'enthousiaste le café, aussi noir que sa chevelure, qu'on lui proposait.

– Avez-vous bien dormi ? lui demanda une voix familière.

Aussi mélodieuse et chaleureuse qu'à la télévision, elle appartenait au très médiatique naturaliste sir David Attenborough. Un instant, elle eut l'impression d'être un panda en voie d'extinction.

– Euh... oui, mentit-elle.

Tout en s'asseyant, elle parcourut la table des yeux, aperçut la belle Macha Perovskaïa qui lui souriait vaguement et faillit manquer sa chaise.

– *Moi*, en revanche, je n'ai pas fermé l'œil, marmonna Macha, enrouée.

Tous se tournèrent vers elle, à l'exception de son mari qui grimaçait devant son breuvage.

– Toute la nuit, j'ai pensé à la beauté, à la musique, à ce... « сказка »... Comment dit-on, déjà ?

– Ce conte de fées, la renseigna l'ex-ambassadeur depuis l'autre bout de la table, avec un déraillement dans la voix.

– Oui, ce conte de fées. N'est-ce pas ? On se croirait dans un Disney ! Mais en plus *classieux*.

Elle se tut brusquement. Ce n'était pas vraiment ce qu'elle avait voulu dire. Les subtilités de la langue lui échappaient, mais elle espérait que son enthousiasme compensait.

– Quelle chance vous avez, reprit-elle alors en se tournant vers le directeur des écuries. Vous venez ici souvent, non ?

– Absolument, répondit-il en souriant comme si elle venait de faire une bonne plaisanterie.

Avant qu'elle ait eu le temps de s'interroger sur la raison de cet amusement, un nouveau valet entra, élégamment vêtu d'un gilet rouge et d'une queue-de-pie noire. Il alla murmurer quelque chose qu'elle n'entendit pas à l'oreille de son mari. Celui-ci s'empourpra, se leva sans un mot et quitta la pièce derrière le domestique.

À la réflexion, Macha regrettait d'avoir parlé de conte de fées. Elle s'en voulait de cette bourde. Il y a toujours des puissances obscures tapies au cœur des contes. Le mal se terre là où on s'y attend le moins, et il finit souvent par l'emporter. Elle avait été stupide de mentionner Disney : elle aurait mieux fait d'évoquer Baba Yaga dans sa forêt.

On n'est jamais en sécurité. Qu'importe le nombre de fourrures et de diamants dont on se pare. Et un jour, je serai vieille et seule.

CHAPITRE 2

– Simon ?

– Oui, Madame ?

Le secrétaire particulier de la reine, sir Simon Holcroft, leva les yeux de l'agenda qu'il avait entre les mains. Rentrée de sa promenade, Sa Majesté était assise à son bureau, vêtue d'une jupe en tweed grise et de son cardigan en cachemire préféré qui faisait ressortir le bleu de ses yeux. Meublé de canapés moelleux et de toute une vie de trésors et de souvenirs, son salon privé était un endroit cosy (autant que possible, en tout cas, dans un château gothique). Sir Simon s'y sentait toujours bien. Aujourd'hui, pourtant, il y avait un petit je-ne-sais-quoi dans le ton de la reine qui le rendit légèrement nerveux, même s'il s'efforça de n'en rien laisser paraître.

– Ce jeune Russe. Y a-t-il quelque chose que vous ne m'auriez pas dit ?

– Non, Madame. Sa dépouille est en route pour la morgue. Le 22, le Président projette d'arriver par hélicoptère et nous nous demandions si vous aimeriez…

– Ne changez pas de sujet. Vous aviez un drôle d'air.

– Madame ?

– Quand vous m'avez annoncé la nouvelle, un peu plus tôt. Comme si vous essayiez de m'épargner. N'en faites rien.

Sir Simon déglutit. Il savait parfaitement ce qu'il avait tenté de cacher à sa souveraine d'un certain âge. Mais c'était la patronne… Il toussota.

– Il était nu, Madame. Quand on l'a trouvé.

– Et donc ? fit la reine en le regardant fixement.

Elle s'imaginait un jeune homme en bonne santé, nu sous ses couvertures. Quoi d'extraordinaire à cela ? Dans sa jeunesse, il arrivait à Philip de se dispenser de pyjama.

Sir Simon la dévisagea à son tour. Il lui fallut un certain temps pour comprendre qu'elle ne trouvait rien d'étrange à cette révélation. Elle attendait la suite. Il s'arma donc de courage.

– Hum… Nu, à l'exception d'un peignoir mauve, commença-t-il. Dont la ceinture, hélas…

Sa voix s'éteignit. Il n'y arrivait pas. Dans quinze jours, cette femme fêterait ses 90 ans.

Le regard de la reine s'illumina quand elle comprit enfin ce qu'il cherchait à lui annoncer.

– Vous voulez dire qu'il était pendu à cette ceinture ?

– Oui, Madame. Malheureusement, c'est bien cela. Dans un placard.

– Dans un placard ?

– Plus précisément, dans une penderie.

– Je vois.

Le silence se fit pendant un instant, le temps que chacun d'eux visualise la scène puis le regrette aussitôt.

– Qui l'a découvert ? demanda abruptement la reine.

– Une des femmes de chambre. Quelqu'un a remarqué son absence au petit déjeuner et…

Sir Simon s'interrompit une seconde pour retrouver le nom de l'employée.

– … Mrs Cobbold est allée voir s'il était réveillé.

– Elle va bien ?

– Non, Madame. Je crois qu'un soutien psychologique a été mis en place.

– C'est terrible, dit la reine, l'image toujours en tête.

– Oui, Madame. Mais, a priori, accidentel.

– Ah ?

– La façon dont il… Et la chambre…

– La façon dont il quoi, Simon ? Et qu'avait donc cette chambre ?

Le secrétaire inspira profondément.

– Il y avait des sous-vêtements… féminins. Du rouge à lèvres.

Il ferma les yeux.

– Des mouchoirs en papier. Apparemment, il faisait… des expériences. Pour le plaisir. Il n'avait pas l'intention de…

À ce stade, le pauvre homme était carrément écarlate. La reine eut pitié de lui.

– Tout ça est affreux. La police est au courant ?

– Oui. Le commissaire nous a promis une discrétion absolue.

– Bien. La famille a-t-elle été prévenue ?

– Je ne sais pas, Madame, répondit sir Simon en prenant des notes. Je vais me renseigner.

– Merci. Est-ce tout ?

– Presque. J'ai prévu de faire un point cet après-midi pour que nous évitions toute publicité indésirable. Mrs Cobbold s'est montrée très compréhensive. Je suis certain que nous bénéficions de son entière loyauté. Et nous nous assurerons que tout est bien clair pour le reste du personnel : pas un mot sur cette affaire. Nous allons aussi devoir parler de ce décès à nos invités... Sans en préciser les circonstances, bien entendu. Étant donné que c'est lui qui a amené Mr Brodski ici hier soir, Mr Perovski a déjà été informé.

– Je vois.

Sir Simon jeta un coup d'œil rapide à son agenda.

– Maintenant, il reste la question de l'endroit exact où vous aimeriez accueillir les Obama...

Ils revinrent aux affaires courantes. Tout cela était néanmoins très déstabilisant.

Que ce soit arrivé ici. À Windsor. Dans une penderie. Et dans un peignoir mauve, de surcroît.

Elle n'arrivait pas à savoir si elle était plus navrée pour le château ou pour l'homme. C'était bien plus tragique pour le jeune homme, évidemment. Mais elle connaissait mieux le château. Elle le connaissait même de fond en comble. C'était terrible, vraiment terrible. Surtout après une soirée si réussie.

Chaque printemps, la reine avait pour habitude de passer un mois au château de Windsor, pour ce qu'on appelait la cour de Pâques. Loin de la contraignante étiquette du palais de Buckingham, elle pouvait recevoir de façon plus décontractée, moins officielle... Ce qui signifiait des soirées à vingt personnes plutôt que des banquets pour cent soixante, et l'opportunité de retrouver quelques vieux amis. Ce *dine-and-sleep*, une semaine après Pâques, avait cependant plus ou moins été réquisitionné par Charles. Celui-ci cherchait à s'attirer les bonnes grâces de quelques Russes fortunés à qui il voulait proposer d'investir dans un projet lui tenant à cœur.

Charles avait demandé que Youri Perovski et sa prodigieusement belle épouse soient présents. Il avait également tenu à inviter un certain Jay Hax, gestionnaire de fonds spéculatifs spécialisé dans les marchés russes, d'un ennui mortel. La reine avait accepté pour lui rendre service, moyennant quelques suggestions personnelles.

Assise à son bureau, elle étudia la liste des invités. Sir David Attenborough était venu, bien sûr. Toujours délicieux. Il était du même âge qu'elle, ce qui devenait rare. Hélas, il avait parlé de façon particulièrement sinistre du réchauffement climatique. Dommage. Son directeur des écuries, présent pour quelques jours, était heureusement tout sauf sinistre, lui. Il y avait aussi une romancière et son mari scénariste, dont les films drôles et légers reflétaient l'essence même de la nature anglaise. Habitués des lieux, le principal d'Eton et son épouse étaient également venus en voisins.

Pour faire plaisir à Charles, Sa Majesté avait donc également convié diverses personnalités liées à la Russie. L'ambassadeur britannique à Moscou, récemment rentré au pays. Une actrice oscarisée d'origine russe, connue pour son embonpoint et ses reparties acerbes. Qui d'autre ? Ah, oui, cette célèbre architecte britannique qui travaillait actuellement là-bas sur une annexe de musée grandiose. Et puis ce professeur de littérature russe et son époux (difficile, de nos jours, de deviner le genre ou l'orientation sexuelle des professeurs – ainsi que Philip en avait fait la cruelle expérience. Mais, dans ce cas, il s'agissait d'une femme mariée à un homme).

Elle oubliait quelqu'un… Elle consulta de nouveau la liste. Ah, bien sûr, l'archevêque de Canterbury. Un autre habitué sur lequel on pouvait toujours compter pour relancer la conversation si certains convives devenaient muets comme des carpes, ce qui pouvait malheureusement arriver. L'autre désagrément possible était que tout le monde parle trop et qu'il devienne impossible de placer un mot. Il n'existait pas vraiment de remède à cela, sauf à lancer un regard sévère.

La reine avait toujours à cœur de divertir ses invités et Mr Perovski avait suggéré à Charles un de ses protégés qui interprétait « divinement » Rachmaninov. Deux ballerines avaient exécuté des tableaux du *Lac des cygnes* dans le style Russie impériale. Tout avait été planifié de sorte que la soirée soit à la fois raffinée, posée et émouvante. En vérité, c'était là tout ce qu'appréhendait la reine. La cour de Pâques était censée être joyeuse mais la *fête à la russe* de Charles s'annonçait morose au possible.

Et pourtant. On ne sait jamais ce que l'avenir nous réserve.

Le repas avait été sublime. Très désireuse de faire ses preuves, la nouvelle cheffe avait accompli des prodiges avec des produits de saison de Windsor, de Sandringham et des jardins potagers de Highgrove, la résidence de campagne de Charles. Le vin, lui, était toujours bon. Sir David, quand il ne prophétisait pas la destruction imminente de la planète, était d'une espièglerie irrésistible. Les Russes s'étaient révélés moins austères qu'on aurait pu le craindre et Charles était rayonnant de gratitude (ce qui ne l'avait pas empêché de partir après le café en prétextant une obligation à Highgrove le lendemain, pour la plus grande contrariété de la reine qui s'était sentie comme la mère d'un étudiant qui passe juste à la maison déposer son linge sale).

Un peu pompettes, les convives s'étaient ensuite joints à d'autres membres de la famille royale qui venaient de finir de dîner dans la tour Brunswick. Tous ensemble, ils étaient passés à la bibliothèque dans le but d'examiner des ouvrages traduits du russe dans la collection de Sa Majesté. Celle-ci comptait quelques superbes premières éditions de recueils de poésie et de pièces qu'elle s'était toujours promis de lire sans jamais en trouver l'occasion. Philip, debout depuis l'aube, était allé discrètement se coucher. Puis l'actrice oscarisée, qui avait séduit l'assemblée et dont les anecdotes sur Hollywood étaient follement distrayantes, était rentrée à son hôtel de Pinewood, où elle devait tourner au petit matin. Finalement, ç'avait été le tour du pianiste et des danseuses.

Parfaitement détendus, les invités s'étaient dirigés vers le salon Cramoisi pour y écouter le jeune musicien interpréter des extraits du Concerto n° 2 de Rachmaninov, aussi divin que promis. Comment s'appelait-il déjà ? Brodski ? Il devait avoir la vingtaine, mais sa sensibilité musicale était celle d'un homme beaucoup plus âgé. Il se laissait emporter par l'œuvre avec une telle ferveur qu'elle s'était même surprise, en l'écoutant, à revivre des scènes de *Brève rencontre* – un de ses films préférés. Et il était si beau. Toutes les femmes étaient sous le charme.

Avec ses rideaux de soie rouge, les portraits de ses parents vêtus de leur cape de couronnement de chaque côté de l'âtre, sa vue sur le parc le jour, son lustre extravagant le soir, et le salon Vert dans son prolongement, cette pièce était celle dans laquelle elle préférait recevoir. Elle faisait partie de celles qui avaient été ravagées par l'incendie de 1992, mais on ne l'aurait jamais deviné aujourd'hui. Restaurée à la perfection, c'était le cadre idéal pour une soirée telle que celle-ci.

Puis les danseuses avaient fait leurs solos – très joliment. Margaret aurait beaucoup aimé. En vérité, elle-même n'avait guère apprécié leurs petits bruits de sabots, sans doute dus à leurs chaussons. Surgi de nulle part, Mr Brodski était alors réapparu au piano pour jouer des airs entraînants des années 1930. Comment se pouvait-il qu'il les connaisse ? Elle avait accepté que l'on pousse les meubles afin que ceux qui le souhaitaient puissent se trémousser.

Tout avait été très sage, jusqu'à ce que quelqu'un d'autre s'assoie devant le clavier. Qui ? Le mari du professeur, croyait-elle se souvenir, et il était lui aussi étonnamment doué. Cela avait permis au jeune Russe de se joindre à l'assemblée. Faisant preuve de manières irréprochables, il avait claqué des talons et s'était incliné devant son hôtesse avec un air implorant dans les yeux.

– Sa Majesté aimerait-elle danser ?

Eh bien, justement, Sa Majesté en avait envie. Et voilà qu'elle s'était retrouvée en train d'exécuter un fox-trot sans penser un seul instant à sa sciatique. Ce soir-là, elle portait une robe légère et ample en mousseline de soie qui tournait bien. Cavalier de premier ordre, Mr Brodski lui avait rappelé quelques pas qu'elle avait oubliés. Son tempo était d'une perfection absolue. Grâce à lui, elle avait pu se prendre un instant pour Ginger Rogers.

Tout le monde s'était mis à danser sur une musique de plus en plus forte et audacieuse. Le pianiste avait soudain osé un tango argentin. Était-ce toujours le mari du professeur ? Pour la plus grande joie de l'assemblée, même l'archevêque de Canterbury avait succombé à la tentation. Quelques couples s'étaient lancés mais personne n'arrivait à la cheville du Russe et de sa nouvelle partenaire – une ballerine – qui glissaient majestueusement sur le parquet.

La reine s'était retirée peu après, non sans avoir assuré à ses invités qu'ils pouvaient continuer tant qu'ils le désiraient. À une certaine époque, elle tenait plus longtemps que la moitié du bureau des Affaires étrangères, mais à présent elle avait tendance à tomber comme une masse vers 22 h 30. Ce n'était cependant pas une raison pour abréger une soirée aussi réussie. Son habilleuse, qui le tenait d'une sous-majordome, lui avait raconté que les réjouissances avaient duré bien après minuit.

C'était ainsi qu'elle l'avait vu pour la dernière fois : en train de danser, une ravissante ballerine dans les bras. Superbe, heureux… et si intensément vivant.

Quand il la retrouva pour le café, après le déjeuner, Philip brûlait d'aborder le sujet.

– Lilibet, vous a-t-on dit que l'homme était nu ?

– Oui, en effet, cela m'a été rapporté.

– Pendu, comme un certain député conservateur. Il y a un nom pour cela. Comment dit-on, déjà ? Quelque chose auto-sexuel ?

– Asphyxie autoérotique, l'informa sombrement la reine qui venait d'effectuer une recherche Google sur son iPad.

– Voilà, c'est le nom que je cherchais. Vous vous souvenez de Buffy ?

Il aurait été difficile d'oublier le septième comte de Wandle, un vieil ami qui, de notoriété publique, avait été coutumier de la pratique dans les années 1950. À l'époque, celle-ci était pratiquement *de rigueur* dans un certain milieu.

– Plutôt *shocking*, non ? ironisa Philip. Il a fallu le secourir en plus d'une occasion, apparemment. Et ça ne devait pas être un joli tableau. Buffy n'était pas vraiment la beauté faite homme, même tout habillé.

– Mais à quoi pouvait-il bien penser ?

– Mon Dieu, ma chère, j'ai toujours essayé de ne pas m'attarder sur la vie sexuelle de Buffy.

– Mais non. Je parlais de ce jeune Russe. Brodski.

– Eh bien, c'est évident, répondit Philip en englobant la pièce d'un grand geste. Vous voyez comme ils sont tous, quand ils viennent ici. Ils sont convaincus qu'ils vivent leur heure de gloire et ils ont besoin de relâcher un peu la pression. Allez savoir ce qu'ils font quand ils sont seuls dans leur chambre. Pauvre diable !

Compatissant, le prince consort baissa la voix.

– Il n'a pas réfléchi aux conséquences. La dernière chose que souhaite un homme, c'est bien d'être retrouvé dans un palais royal avec les bijoux de famille à l'air.

– Philip !

– Mais c'est vrai. Pas étonnant que tout le monde évite de parler de cette histoire. Enfin, c'est également pour épargner vos nerfs fragiles.

La reine lui lança un regard réprobateur.

– Les gens ont la mémoire courte. J'ai survécu à une guerre mondiale, à Sarah Ferguson et à votre service dans la marine.

– Et malgré ça, ils imaginent que vous avez besoin de respirer des sels à la moindre allusion un peu olé olé. Tout ce qu'ils voient, c'est une petite mamie avec un chapeau.

Philip sourit en voyant la reine froncer les sourcils. Tout ça était pourtant aussi vrai que bon à entendre, même si un peu triste.

– Ne vous en faites pas, *cabbage*[1], ils adorent cette petite mamie, poursuivit-il en se levant péniblement. Et n'oubliez pas, je pars pour l'Écosse tout à l'heure. D'après Dickie, c'est une année fantastique pour le saumon. Vous avez besoin de quelque chose ? Des caramels ? La tête de cette satanée séparatiste de Nicola Sturgeon sur un plateau ?

– Non, merci. Quand rentrez-vous ?

– Dans quelques jours… Je serai de retour à temps pour votre anniversaire. Dickie va détruire la couche d'ozone pour me ramener en jet.

La reine opina du chef. Philip avait désormais tendance à gérer lui-même son emploi du temps. Par le passé, cela lui faisait mal au cœur de le voir disparaître avec Dieu-savait-qui pour faire Dieu-savait-quoi en la laissant seule face à ses responsabilités. Une partie d'elle était jalouse, aussi, de sa liberté, de son indépendance. Mais il revenait toujours, porteur d'une énergie qui faisait souffler comme une vivifiante brise marine dans les couloirs du pouvoir. Elle avait appris à lui en être reconnaissante.

– En fait, dit-elle pendant qu'il se penchait avec raideur pour l'embrasser sur le front, je n'aurais rien contre des caramels.

– Vos désirs sont des ordres.

Il lui sourit, faisant fondre son cœur comme au premier jour, puis sortit d'un pas décidé.

1. Mon chou (le légume). Surnom humoristique possiblement dérivé du français « mon petit chou ». *(N.d.É.)*

CHAPITRE 3

Meredith Gostelow descendit laborieusement du taxi qui l'avait ramenée à Notting Hill – pour un prix exorbitant – et resta un moment plantée là, à reprendre son souffle, tandis que le chauffeur déchargeait ses bagages.

Les yeux levés vers le stuc rose pâle de sa maison, elle se dit qu'elle ne serait jamais plus la même. Quelque chose en elle avait basculé et elle était terrifiée et honteuse, et plus encore – quelque chose qu'elle ne pouvait nommer. Une larme se fraya timidement un chemin dans la poudre qui fardait sa joue droite. Depuis que la ménopause l'avait heurtée avec la violence d'un train lancé à vive allure, tout en elle semblait s'être asséché. Obtenir une quelconque forme d'humidité était devenu un calvaire. Elle était une jeune femme dans le corps rouillé d'une vieillarde, prisonnière d'une enveloppe charnelle qu'elle ne contrôlait plus. Et la nuit précédente n'avait rien arrangé.

Et ce matin… Si elle n'avait pas su qu'il lui serait impossible de se relever, elle se serait laissée tomber à genoux.

– Y a tout, ma p'tite dame ?

Après avoir vérifié que sa valise et son sac à main étaient bien là, elle opina du chef. Elle avait déjà réglé la course par carte dans le taxi. Deux cents livres ! Avait-elle perdu la tête ? En même temps, qui revient du château de Windsor en Uber ? Elle aurait dû se faire déposer à la gare puis prendre un train pour le centre de Londres, comme tout être humain sensé qui ne conduit pas. Mais à Windsor, *on* pense différemment. Entouré de domestiques en livrée, *on* ne regarde plus à la dépense. *On* est là parce qu'*on* a réussi. La veille, *on* a même passé vingt minutes à discuter avec l'archevêque de Canterbury d'une éventuelle commande pour une église du XXIe siècle à Southwark. Par conséquent, au diable l'avarice, *on* appelle un taxi… et c'est comme ça qu'*on* dit adieu à un gros pot de « Crème de la Mer » anti-âge juste pour se retrouver dans de terribles embouteillages tout à fait prévisibles sur la M4.

On se sentait… *Elle* se sentait… Il fallait qu'elle arrête de penser comme si elle était une version pingre de la reine. Cela dit, Sa Majesté avait la réputation de bien tenir les cordons de la bourse. Mais c'était *elle*, Meredith Gostelow, qui se sentait seule.

Un compagnon aurait eu l'idée de prendre le train. Un compagnon lui aurait donné le temps de réfléchir. Un compagnon aurait empêché… ce qui s'était produit la veille au soir. Un compagnon l'aurait peut-être même ramenée ici dans sa grosse voiture. Et il serait maintenant en train de porter ses bagages à l'intérieur.

Un compagnon lui parlerait, lui demanderait ci et ça, voudrait qu'elle lui prépare à manger, que le lit soit prêt, exigerait de l'attention, et ce serait un cauchemar. Elle s'était répété toutes ces bêtises des milliers de fois et s'en voulait de recommencer une fois de plus.

Mais quelque chose avait changé hier soir. Au plus profond d'elle-même.

Et puisqu'il était question du plus profond d'elle-même, il fallait justement qu'elle aille aux toilettes. Et sans tarder. Elle attrapa sa valise d'une main, plaqua son grand sac contre sa poitrine de l'autre, puis monta quatre à quatre les marches du perron. Le temps de trouver ses clés, d'ouvrir la porte, de lâcher ses bagages et de se précipiter dans le couloir, elle se posa sur la lunette à la microseconde près.

Ah, les vieilles femmes. Aucune humidité quand et là où il en faudrait. Puis des litres d'un seul coup au mauvais moment.

Assise à l'arrière de la Mercedes Maybach, en route pour le domicile conjugal, Macha Perovskaïa écoutait les sonorités musicales et rythmées de la langue italienne. Les mains sur les genoux, elle contemplait les reflets scintillants du diamant jaune gros comme un œuf de pigeon qu'elle portait à l'annulaire. À côté d'elle, Youri aboyait des obscénités en russe au téléphone. Un muscle tressautait dans son cou.

Il fallait si peu de temps pour que le plus beau jour de votre vie redevienne un jour ordinaire.

Dans ses écouteurs, la voix de son professeur d'italien virtuel dit quelque chose à propos du plaisir d'être au grand air. À moins qu'il ne parle d'une peinture murale ? Elle ferma l'application.

Youri n'avait pas perdu une seconde pour lui dire combien elle s'était montrée grossière, vulgaire. Combien elle avait gâché son petit déjeuner, et celui de tout le monde d'ailleurs, en parlant de Disney.

N'était-ce pourtant pas lui qui avait demandé à faire venir son propre cuisinier (requête rejetée), refusé de rompre son régime alcalin et insisté pour utiliser son propre sel rose de l'Himalaya, tiré d'un pilulier en cristal de roche ? La femme de l'ambassadeur l'avait observé tout du long et son regard n'avait pas échappé à Macha.

Le problème de Windsor, c'est que c'est un rêve. Les gens ordinaires ne peuvent que l'altérer.

Aujourd'hui, une guerre commerciale couvait. Les marchés étaient bas. Youri était furieux que certaines actions n'aient pas été vendues la veille alors qu'il en avait donné l'ordre. Quand il n'eut enfin plus de bile à cracher, il raccrocha d'un coup de pouce rageur.

– Cinq cent mille. Tu peux dire adieu à ta galerie.

Hors de lui, il dévisagea sa femme. Le mot « galerie » lui avait fait lever les yeux. *Bien.* C'était l'effet escompté. Ce qu'il ne fallait pas faire pour attirer son attention ! Alors qu'il se battait pour elle, pour eux, pour leur avenir ! Tout ce qui l'intéressait, c'était l'art – collectionner des œuvres, en faire étalage, et fréquenter des gens qui lui donnaient le sentiment d'être intelligente uniquement parce qu'elle connaissait le mot « post-impressionnisme ». Ça, et qu'on la vénère comme une déesse. Cela faisait pourtant des années qu'il s'y efforçait – depuis le jour où il avait découvert cette déesse de 17 ans en tee-shirt minuscule et jean sale – et ça le minait. D'autant plus qu'il n'était pas exactement le seul.

– Au fait, dit-il en prenant un air faussement détaché. Maksim est mort.

– Quoi ?

Il regarda son visage se figer.

– Il est mort ce matin. Crise cardiaque, apparemment. Tu l'aimais bien, non ?

Elle resta un moment incapable de parler. Quand elle y parvint enfin, sa voix était à peine audible.

– Oui, je l'aimais bien.

– Toutes ces leçons de piano... Il y en a eu tellement. Il faudra que tu me joues un des morceaux que tu as appris.

Voilà maintenant qu'elle le regardait comme si son comportement était scandaleux. Comme s'il était en train de faire quelque chose d'abject. De cette même façon dont elle le toisait si souvent, sans un mot, du haut de son piédestal de déesse, quelque part dans la stratosphère. Il aurait pourtant voulu qu'elle en descende et tende la main vers lui. Qu'elle se consume de honte et le prenne dans ses bras, douce et humble. Pourquoi ne comprenait-elle pas ? C'était *elle*, la méchante de l'histoire. Pourquoi lui donnait-elle toujours tous les torts ? Son mal de crâne était encore là. Pourquoi l'avait-elle laissé boire autant ? Savait-elle ce qui allait se passer ensuite ?

Elle ôta ses écouteurs. Le silence les enveloppa comme un linceul jusqu'à ce qu'elle trouve quoi dire.

– Je te jouerai quelque chose, finit-elle par marmonner. Quand nous serons à la maison.

Des larmes menaçaient de couler de ses yeux sublimes mais elle réussit à les contenir.

Cette femme était froide comme la banquise. Mais un jour, il la ferait fondre.

Au château, la reine essayait sans grand succès de penser à autre chose qu'au pauvre jeune homme égaré qui venait de finir sa vie dans une penderie. Elle avait passé un agréable après-midi avec son directeur des écuries à évaluer les chances de ses chevaux à Ascot. Le public ayant été évacué de Windsor, elle était en chemin pour inspecter les tapisseries de la grande salle de réception, qui devaient faire l'objet de petits travaux de restauration, quand l'un des gardiens l'arrêta pour l'informer que sir Simon avait besoin de la voir de toute urgence.

– A-t-il précisé pourquoi ?

– Il a parlé d'un développement, Madame, répondit l'homme, impassible, tout en tapotant sur sa radio.

Elle approuvait cette absence de curiosité. La dernière chose dont elle avait besoin, c'était bien d'employés qui hochaient la tête ou faisaient des clins d'œil entendus quand ils transmettaient les messages. Ceux-là ne restaient d'ailleurs jamais longtemps.

Elle soupira, tourna les talons et repartit vers son bureau. Si sir Simon l'envoyait chercher de cette façon, ce devait être important. Elle revint sur ses pas en passant par les quartiers où s'était tenue la soirée de la veille pour rejoindre le grand couloir donnant sur ses appartements privés. Au niveau du hall des lanternes, elle tomba sur un petit groupe. C'était là que l'incendie de 1992 avait démarré et, même si la pièce était aujourd'hui splendide, avec son nouveau plafond aux poutres disposées en éventail, il lui arrivait encore de frémir en la traversant. Quoi qu'il en soit, tous ces gens semblaient stupéfaits de la voir ici.

Un homme mûr et élégant à la mâchoire carrée, qui portait un costume croisé à rayures, était à leur tête.

– Gouverneur !

– Votre Majesté.

Sir Peter Venn claqua des talons et inclina la tête. Il était le seul à ne pas paraître surpris, pour la simple et bonne raison qu'il ne l'était pas. En tant que gouverneur du château de Windsor, il disposait d'un logement de fonction dans la tour Normande. La reine le connaissait bien. À vrai dire, elle aurait même pu citer dans l'ordre tous les postes qu'il avait occupés à travers le monde, ainsi que les décorations qu'il avait reçues pour la moitié d'entre eux. Elle avait également connu son oncle, rencontré pour la première fois lors d'une soirée à Hong Kong à bord du *Britannia*, le yacht royal, quand il n'était encore qu'un jeune lieutenant, et à qui elle avait remis plusieurs médailles pour des opérations bien trop secrètes pour être nommées. La famille Venn produisait d'excellents militaires. S'il devait un jour y avoir une révolution, elle voulait avoir Peter derrière elle. Ou plutôt, quelques pas devant.

– Vous semblez bien occupé, lui lança-t-elle.

– En fait, nous sommes sur le point de terminer, Madame. Une rencontre très fructueuse. Je m'apprêtais à faire visiter les lieux à nos invités.

Elle adressa un sourire vaguement approbateur au groupe, dont elle avait aperçu la plupart des membres la veille. Alors qu'elle s'apprêtait à repartir, sir Peter lui parut soudain un peu bizarre. S'il s'était agi de quelqu'un d'autre que ce vieux briscard capable de faire face à n'importe quelle situation, elle aurait presque pu prendre cela pour de l'excitation. Elle s'immobilisa et l'homme sauta sur l'occasion :

– Puis-je vous présenter Kelvin Lo ? Il effectue pour nous un travail fort intéressant à Djibouti.

Dans sa bouche, « travail intéressant » signifiait « renseignement international ». Sir Peter avait organisé cette réunion à la demande du MI6, le service du renseignement extérieur, et du bureau des Affaires étrangères. Un jeune homme aux traits asiatiques portant une sorte de sweat-shirt à capuche sur un… mais oui… sur un pantalon de jogging (!) fit un pas en avant et s'inclina timidement. Il semblait complètement retourné d'avoir l'honneur de rencontrer sa souveraine. Cette dernière aurait pourtant aimé ne pas faire cet effet-là aux gens. C'était extrêmement pénible – même si cela valait mieux, évidemment, que les pipelettes et les raseurs.

– Étiez-vous ici hier soir ? demanda-t-elle.

– Non, Votre Maj… euh, Madame.

– Ah ?

Il décolla les yeux de ses chaussures de sport assez longtemps pour voir qu'elle le regardait encore.

– Mon vol a eu du retard, parvint-il à grommeler.

Elle renonça. Elle ne pouvait accorder plus de temps à cette jeunesse balbutiante, aussi brillante puisse-t-elle être par ailleurs. Les autres ne s'étaient guère montrés plus loquaces la veille et ne semblaient pas avoir fait de progrès depuis. L'un d'entre eux tremblait comme un arbrisseau dans la brise du Berkshire et la jeune femme à côté de lui paraissait au bord du malaise. La reine salua tout le monde. Puis, impatiente de connaître la nature du développement qu'on devait lui annoncer, elle reprit le chemin de son bureau, où sir Simon l'attendait.

Dehors, les lumières étaient en train de s'allumer, donnant un éclat opalescent aux pelouses et aux chemins. Elle appréciait que les rideaux soient encore ouverts. À l'intérieur, il faisait chaud, tout était éclairé, et c'était l'heure du gin.

Mais d'abord, le travail.

– Oui, Simon. Que se passe-t-il ?

Son secrétaire attendit qu'elle soit assise à son bureau.

– C'est à propos du jeune Russe, Madame. Mr Brodski.

– Jusque-là, je m'en serais doutée.

– Ce n'est pas un accident.

Il y eut un bref silence.

– Oh, juste ciel. Pauvre homme. Comment le sait-on ?

– Le nœud, Madame. La médecin légiste trouvait que quelque chose clochait. L'os hyoïde était brisé. Il s'agit d'un os du cou, Madame…

– Oui, je sais ce qu'est l'os hyoïde.

Elle avait lu de nombreux romans de Dick Francis. On y cassait beaucoup d'os hyoïdes. Et ce n'était jamais bon signe.

– Pardon. La fracture n'est pas forcément parlante en soi car elle peut se produire lors de n'importe quelle pendaison. Mais la marque laissée par le lien est inhabituelle, même si cela ne permet pas non plus de conclusion formelle. La médecin légiste a travaillé sur l'affaire tout l'après-midi, car nous voulions être certains. Elle a donc étudié en détail les photos de la scène et… Eh bien, elles n'ont rien révélé de très rassurant. Il y a un problème avec le nœud.

– L'a-t-il mal fait ?

La reine était effarée. Elle imaginait le malheureux pianiste tirant désespérément sur la ceinture de ses longues mains fines. Peut-être avait-il vainement essayé d'échapper à la mort. C'était abominable.

Sir Simon secoua la tête.

– Le problème ne vient pas du nœud coulant autour du cou mais de celui qui se trouvait à l'autre bout.

– À l'autre bout ?

– Euh, veuillez m'arrêter si… si vous ne tenez pas à…

– Oh, venez-en au fait, Simon.

– Oui, Madame. Si quelqu'un cherche à… à serrer… pour le plaisir ou pour une autre raison, il lui faut arrimer sa corde à quelque chose de solide, qui ne lâchera pas. Mr Brodski semble avoir choisi la poignée de la penderie et il a fait passer la ceinture de son peignoir par-dessus la tringle.

Même si elle visualisait désormais le pauvre garçon dans sa penderie, la reine avait toujours du mal à comprendre.

– Mais dans ce cas, il ne pouvait pas se laisser tomber de bien haut ?

– A priori, ce n'est pas nécessaire, Madame, répondit sir Simon, visiblement atterré par son récent savoir. Avec un nœud coulant, il suffit de plier les genoux. Beaucoup de gens qui… qui s'adonnent à cette pratique pour le plaisir… aiment procéder de la sorte, m'a-t-on dit. Car lorsqu'ils en ont assez, il leur suffit de se redresser et de desserrer le nœud. Cependant, cela ne fonctionne pas toujours. Il arrive qu'ils perdent connaissance, ou encore qu'ils ne parviennent pas à desserrer le nœud, après quoi…

Sa Majesté hocha la tête. C'était bien ce qu'elle avait imaginé.

Sir Simon poursuivit :

– Mais rien de tout ça n'a d'importance, Madame, car ce n'est pas ainsi qu'il est mort.

Cette révélation fut suivie d'un bref silence.

– Comment ça, « pas ainsi qu'il est mort » ?

– Si Brodski était mort de cette façon, volontairement ou pas, le poids de son corps aurait exercé une tension sur le nœud de la poignée de la penderie. Or celui-ci était encore relativement lâche ; il n'a pas été resserré par la chute d'un poids. La médecin légiste a procédé à une reconstitution. La ceinture qui se trouvait autour du cou de Brodski a été attachée à la poignée après…

– Oh.

Pendant trente secondes, le seul son audible dans la pièce fut le tic-tac d'une horloge dorée.

Elle avait d'abord pensé à une mort accidentelle, ce qui était déjà assez regrettable. Puis à un suicide, ce qui était affreux… Et voilà qu'elle devait maintenant envisager une nouvelle option totalement inconcevable.

– Sait-on qui…

– Non, Madame. Pas du tout. Bien entendu, je tenais à vous en parler dès que possible. Une équipe est déjà en train de s'installer dans la tour Ronde, et va se mettre au travail sur-le-champ.

Elle but son gin Dubonnet bien tassé. Philip lui manquait. Il aurait tout de suite vu combien elle était préoccupée et il aurait lâché une grossièreté quelconque pour la faire rire.

Non pas que le personnel soit indifférent. Surtout pas Caroline Cadwallader, sa dame de compagnie, qui l'avait écoutée raconter toute l'histoire d'une oreille compatissante. Mais les rares personnes à connaître la vérité affichaient une expression empreinte de pitié qu'elle trouvait insupportable. Elle ne s'en faisait pas pour sa propre personne – cela aurait été ridicule. Non, elle avait de la peine pour le château, pour la communauté, et pour le jeune homme à qui on avait si brutalement, si ignominieusement ôté la vie. Elle était aussi un peu déstabilisée.

Il y avait un assassin en liberté au château de Windsor. En tout cas, il y en avait eu un la veille au soir.

La reine se prépara pour le dîner – rien de spécial aujourd'hui, juste quelques amis et membres de la famille – et s'efforça de faire bonne figure. Les meilleurs éléments de la police et des services gouvernementaux concernés devaient déjà travailler d'arrache-pied sur l'affaire et elle ne pouvait que leur faire confiance pour la résoudre dans les meilleurs délais. En attendant, rien ne lui interdisait de boire un autre gin.

CHAPITRE 4

En bas, dans les quartiers des domestiques, les bonnes, les femmes de chambre et les majordomes observaient les allées et venues des policiers avec un mélange de curiosité et d'agacement.

– Pourquoi sont-ils encore ici ce soir ? grommela un second valet de pied à son ami chef pâtissier qui passait par là.

Présent en tant qu'artiste et non en qualité d'invité, Brodski avait été logé dans les combles surpeuplés, près de la tour Augusta, au-dessus des appartements des visiteurs, en surplomb de la ville. L'accès à ce couloir était désormais interdit, ce qui exaspérait tous les employés concernés car il y avait déjà trop peu de chambres pour eux tous. Et voilà que les lieux étaient envahis par des gens vêtus de combinaison blanche à capuche, les mains gantées, qui transportaient de gros sacs et n'adressaient la parole à personne. Comme il fallait s'y attendre, tout le monde savait comment le corps avait été découvert. En revanche, personne n'avait entendu parler du problème avec le second nœud.

– À les voir, on croirait qu'il y a eu un foutu meurtre, râla le pâtissier. Tout le monde a ses petits secrets. Le type est mort. Après tout, il avait bien le droit de faire ce qu'il voulait, non ? Ils ne devraient pas mettre leur nez là-dedans.

– Quel genre de secrets ? demanda une sous-majordome qui s'était arrêtée dans le couloir pour écouter.

Elle rentrait juste de vacances et avait manqué les ragots.

– Ben, d'après ce que m'a dit un gars de la sécurité, qui est copain avec une des filles de la blanchisserie qui lui a fait jurer le secret, il portait une culotte de femme et du rouge à lèvres, et il avait aussi une cravate autour du...

Entendant des pas et voyant un de leurs supérieurs approcher, les domestiques firent en sorte de paraître occupés.

– Comment il aurait pu faire ça avec une culotte sur lui ? demanda la sous-majordome, déconcertée.

Le haussement d'épaules du pâtissier ne satisfit pas sa rigueur logique.

– Bah ! À mon avis, ton pote s'est payé ta tête.

– Non, je te jure !

– Mais même si c'est vrai, insista le valet, pourquoi est-ce qu'ils traînent encore dans les parages à...

Il sortit son téléphone de sa poche et y jeta un œil.

– ... à 21 h 30 ? Ça ne risque pas de le ressusciter, pas vrai ?

– Ils pensent peut-être que quelqu'un d'autre participait à ses jeux sexuels ? suggéra la sous-majordome, qui avait l'esprit vif et beaucoup d'imagination.

– Mais qui, bon Dieu ? protesta le valet. Il venait à peine d'arriver ! Et juste pour une nuit. Et puis vous avez vu ces chambres ! On dirait de petites cellules.

– Ça n'a jamais arrêté personne, fit remarquer le pâtissier. Il a très bien pu faire ça avec une des autres artistes. Vous les avez vues ? Les danseuses ? Vous avez vu leurs jambes ?

Assez peu complexées, les ballerines avaient en effet circulé dans les jeans les plus moulants et les hauts les plus courts qu'on puisse concevoir. C'était suffisamment rare à Windsor pour que leurs tenues aient été commentées par la moitié du personnel au petit déjeuner.

– Alors comme ça, elles auraient décidé de se faire une petite soirée coquine ici, à Windsor ? ironisa le valet.

Il se tut un instant pour réfléchir.

– Dans ce cas, il aurait fallu que les deux en soient, ajouta-t-il, toujours sceptique.

– Ah bon, pourquoi ?

– Parce qu'elles étaient dans la même chambre. Vu qu'on était à la bourre, j'ai dû aider Marion à caser tout le monde. Et on les a mises dans une chambre double. Enfin, une chambre avec deux petits lits dans une pièce à peine assez grande pour un. Si une des filles était sortie faire des galipettes et revenue en plein milieu de la nuit, l'autre l'aurait forcément su.

– C'était peut-être la caméριste de la femme du banquier ? avança la sous-majordome. Ou un mec.

– Qu'est-ce que vous faites ici, vous trois ?

Ils sursautèrent et, en se retournant, découvrirent la gouvernante à un mètre d'eux, l'air irascible. Elle était connue pour ses engueulades spectaculaires et son aptitude à surgir de nulle part, comme la machine à voyager dans l'espace et le temps du Docteur Who (à la seule différence qu'aucun bruit n'annonçait son arrivée).

Tous clamèrent leur innocence mais elle ne les crut pas. Elle les renvoya à leurs occupations respectives en leur rappelant sèchement le sort réservé à ceux qui bavardaient et répandaient des rumeurs sur leurs heures de travail.

Une autre employée rentrait de vacances ce soir-là. Tout juste revenue du mariage de sa cousine au Nigeria, Rozie Oshodi s'accordait un petit temps de réadaptation. Après les couleurs vives et l'afrobeat funky de Lagos, les pierres et le silence de Windsor la nuit lui semblaient surréalistes. Non loin des pièces où avait vécu le poète Chaucer, Rozie regardait par la fenêtre à meneaux de sa chambre les reflets de la lune sur la Tamise et se sentait comme une princesse dans son donjon. Une princesse noire qui avait porté des tresses dans son enfance, mais jamais assez longues pour qu'un prince les escalade pour la secourir. Cependant, elle n'était pas devenue la secrétaire particulière adjointe de la reine par hasard. Elle n'avait guère besoin d'être sauvée.

Ce dont elle avait besoin, en revanche, c'était qu'on lui explique ce qui se passait ici. Sir Simon lui avait envoyé six messages lui demandant de le rappeler. Elle avait essayé de le joindre dès l'instant où son avion, très en retard, s'était posé, mais elle tombait toujours sur sa boîte vocale. Flegmatique comme il l'était, sir Simon n'était pas homme à paniquer. Et cette semaine était censée être particulièrement calme. Raison pour laquelle elle avait pris quelques jours pour le mariage de sa cousine Fran. (En fait, il aurait été plus exact de dire que le mariage avait été calé sur ce trou dans son emploi du temps – ce qui embarrassait trop Rozie pour qu'elle s'attarde là-dessus. La famille royale passait toujours en priorité.)

Pour la dixième fois, Rozie consulta ses messages sur son téléphone. Rien de particulier. Elle tremblait de froid. L'espace d'un instant, elle caressa l'idée de sauter dans son pyjama et de s'écrouler sur son lit, d'autant qu'elle devait se lever tôt le lendemain car une journée bien remplie l'attendait. Il lui fallait aussi se remettre de plusieurs jours de festivités. Sir Simon n'aurait qu'à la mettre au courant au petit déjeuner, quand elle serait reposée.

Mais ça, c'était la voix pernicieuse du décalage horaire. Rozie savait que les choses ne fonctionnaient pas comme ça à la Maison royale. En signant, on s'engageait à être toujours au courant de tout, prêt à intervenir à toute heure.

Elle entreprit donc de défaire ses bagages en fredonnant un air qui passait dans toutes les boîtes de nuit de Lagos. Elle sourit en voyant les visages radieux des jeunes mariés sur le porte-clés en plastique auquel elle attacha son bien le plus précieux : la clé de sa Mini Cooper. Puis, son manteau toujours sur le dos, elle s'assit au bord de son lit en attendant l'appel de sir Simon et fit défiler les photos de Fran et Femi sur son téléphone pour sélectionner ses préférées parmi les centaines qu'elle avait prises.

Il la contacta enfin à 1 heure du matin, à la fin de son service, et elle se rendit dans ses quartiers. Il disposait d'une grande suite dans l'aile est de la partie haute du château, à proximité des appartements privés de Sa Majesté. Bien que pleines à craquer de tableaux et de mobilier ancien, toutes les pièces étaient d'une propreté irréprochable. Comme la moralité de leur occupant, se dit la jeune femme.

Après lui avoir ouvert, sir Simon la fixa un moment. Elle fit de même.

– Il y a un problème ?

– Vos cheveux. Quelque chose a changé.

Elle passa une main nerveuse dans sa chevelure. Alors que depuis l'armée elle avait toujours eu les cheveux courts et crépus, elle s'était fait faire une nouvelle coupe, plus nette et asymétrique, à Lagos. Elle ne savait pas trop comment ses collègues plus âgés de Windsor allaient réagir.

– Ça passe ?

– C'est… euh… différent. Je… Bigre ! Non, c'est bien… Désolé, entrez, je vous en prie.

Il arrivait parfois à sir Simon de se comporter bizarrement avec elle mais, au moins, c'était toujours sympathique. Rozie se disait qu'il se sentait probablement vieux en sa présence. Et petit – avec ses talons, elle faisait bien cinq ou six centimètres de plus que lui. En revanche, elle se savait moins cultivée que lui, que ce soit au sujet de la famille royale, de la Constitution… D'à peu près tout, en fait. L'un et l'autre s'en accommodaient. Cependant, ce soir, la fatigue semblait les réunir. Ils étaient assis face à face sur des sièges tapissés de chintz et sir Simon sirotait du single malt dans un verre en cristal pour se tenir éveillé. De crainte que le whisky ait l'effet inverse sur elle, Rozie avait préféré s'en tenir à l'eau gazeuse. Elle prenait des notes sur son portable pendant qu'il l'informait de l'évolution de l'enquête.

– Un joli bazar, soupira-t-il. Le cauchemar total, en fait. Environ cinquante suspects et pas de mobile. Mon Dieu, je plains ces pauvres détectives. Et vous imaginez les gros titres si jamais le *Mail* en entendait parler.

Maintenant qu'il lui avait résumé l'affaire, elle pouvait effectivement imaginer.

ASPHYXIE AUTOÉROTIQUE :
UN RUSSE DÉCOUVERT MORT
CHEZ LA REINE

Ou quelque chose dans ce genre. Tous les journalistes rêvent d'un piège à clics pareil.

– Qui était-ce, exactement ? demanda Rozie.

Sir Simon feuilleta les documents les plus récents que lui avaient remis les enquêteurs.

– Maksim Brodski. 24 ans. Musicien, résidant à Londres. Ce n'était pas un professionnel à proprement parler. Il vivotait en jouant dans les bars et les hôtels, en donnant des cours et, plus rarement, des concerts grâce à des amis dans le métier. On ne sait pas trop comment il faisait pour payer son loyer dans un appartement très décent, en colocation à Covent Garden. La police cherche de ce côté-là. Et elle veut en savoir plus sur ses parents.

– Qui ça, elle ?

– La reine, voyons. Réveillez-vous, Rozie. Elle souhaite leur adresser ses condoléances. Nous attendons que l'ambassade nous transmette leurs coordonnées.

– Entendu, acquiesça Rozie, l'air penaud.

– Mais pas de chance pour le moment. Son père est mort. Il a été tué à Moscou en 1996, quand Maksim avait 5 ans.

La surprise se lut sur le visage de Rozie.

– Vous étiez à peine née, murmura sir Simon avec un sourire en coin.

– J'avais 10 ans.

– Seigneur, soupira-t-il. Quoi qu'il en soit, dans les années 1990, on assassinait des gens tous les jours dans les rues de Moscou. C'était l'époque d'Eltsine, l'Union soviétique s'était effondrée, le capitalisme régnait en roi. On se serait cru dans le Chicago des années 1920 – gangs, banditisme et corruption. Quiconque avait de l'argent vivait dans la crainte de se faire liquider par un camp ou l'autre. J'avais des amis à la City dont la famille restée à Moscou vivait dans une terreur constante.

– Qu'est-il arrivé au père de Brodski ?

– Poignardé devant son appartement. Il était avocat pour un fonds de capital-risque. Selon les autorités, c'est un gang des rues qui aurait fait le coup. Cependant, dix ans plus tard, quand le jeune Maksim a eu 15 ans, il a reçu une bourse pour aller étudier la musique dans une école privée anglaise et le complément de la facture a été réglé par une société basée aux Bermudes. Tout comme ses locations de vacances, d'après ce qu'a découvert la police. Il passait la période de Noël et l'été dans un *Bed & Breakfast* haut de gamme de South Kensington.

– À 15 ans ?

– Oui, apparemment. Il a aussi passé deux fois ses vacances de Pâques avec un camarade de classe qui avait une maison sur l'île Moustique, mais la société aux Bermudes m'intéresse plus. Notre hypothèse est que celui qui a fait tuer le père de Brodski a gagné une vraie fortune puis a été pris de remords des années plus tard. Il aurait alors voulu se racheter en permettant au garçon de se changer les idées en Grande-Bretagne, avec de l'argent impossible à tracer. Il s'agit peut-être de l'un des oligarques installés chez nous pour éviter de se retrouver dans le collimateur de Poutine.

– Perovski ?

– Il a gagné ses milliards au début des années 2000. Il ne fait pas partie des mafieux des années Eltsine.

Rozie pensa à la question que lui poserait sans doute la reine le lendemain matin.

– Et la mère de Maksim ?

Sir Simon émit un son entre le soupir et le grognement.

– L'ambassade affirme ne pas avoir réussi à la retrouver. Elle souffrait de problèmes psychiatriques. Avant de venir en Angleterre, Maksim a été élevé par des membres de sa famille et des voisins. Aux dernières nouvelles, sa mère aurait séjourné dans une sorte d'hôpital en banlieue de Moscou. Mais elle n'y serait plus.

– Donc, en pratique, il était orphelin.

– On le dirait bien.

Sir Simon se mit à fixer pensivement son verre de whisky. Rozie trouvait que les premières années de Maksim Brodski ressemblaient beaucoup à une biographie d'espion. Tous les agents secrets avaient-ils réellement ce genre de jeunesse ? La jeune femme préféra ne pas montrer son ignorance en posant une question idiote.

– C'est possible, reprit soudain sir Simon.

– Je vous demande pardon ?

– Vous vous demandez s'il faisait partie des services secrets russes ? Eh bien, c'est possible. Mais son nom ne figure pas sur notre liste.

Rozie se contenta de hocher la tête en s'efforçant de conserver une expression impassible. Ce travail était encore nouveau pour elle. Sachant qu'un an plus tôt elle dirigeait encore une petite équipe de stratèges dans une banque, elle avait peine à croire qu'elle était à présent en train de discuter tout naturellement de la possibilité qu'un homme ait pu être un espion russe. L'Official Secrets Act, qui la tenait à un strict secret professionnel, était quelque chose d'effrayant. Et voilà qu'il se mettait à pleuvoir des secrets tous les jours. Elle était encore en phase d'adaptation.

– Et l'autre assassin ? Celui d'hier soir, je veux dire.

Sir Simon prit une nouvelle gorgée de Glenmorangie.

– C'est là que commence ce satané cauchemar. Nous avons une équipe d'enquêteurs de haut vol et un Russe découvert nu dans un château rempli de gardes armés. Après le coucher du soleil, personne n'entre ou ne sort sans passer par le service de sécurité, pas même vous ou moi. Tout est filmé et enregistré. Tout le monde est contrôlé et les gens qui mettent les pieds ici pour la première fois doivent présenter leur passeport à leur arrivée, ce qu'ils ont tous fait. La police pensait que l'affaire serait réglée avant l'heure du thé, et pourtant…

Il haussa les épaules, l'air épuisé. Rozie savait à quel point son travail était exigeant.

– C'est Perovski qui a fait venir Brodski, poursuivit-il. Par conséquent, il est probable que le meurtrier soit quelqu'un de son entourage. Il y a le valet, qui occupait la chambre voisine de celle de Brodski. À leur demande, il est monté dans la chambre des Perovski après la soirée, ce qui n'a rien d'inhabituel. D'après la police, il connaissait à peine la victime. Et il n'existe pas la moindre rumeur de dispute. La cameriste de Mme Perovskaïa, elle, connaissait Brodski, mais elle est toute chétive : elle paraît à peine capable d'essorer un mouchoir. On l'imagine donc mal maîtriser et étrangler un jeune homme en bonne santé. Et à en juger par le rapport d'autopsie, il a vraisemblablement été étranglé en position allongée avant d'être pendu. Je suis désolé mais je préfère dire les choses clairement. La journée a été longue.

Rozie leva les yeux de son portable.

– Pas de souci. Il y a d'autres suspects ?

– Eh bien, deux danseuses se sont produites après le dîner. Fortes comme des bœufs, j'imagine. Mais elles affirment n'avoir rencontré Brodski que dans la voiture qui les a amenés ensemble depuis Londres. Elles partageaient la même chambre et l'une d'elles a passé la moitié de la nuit à bavarder avec son petit ami sur FaceTime. Elles jurent toutes les deux n'avoir quitté les lieux que pour se rendre aux toilettes ou prendre une douche rapide – ce qui ne leur aurait pas laissé le temps de faire des expériences sexuelles avec un inconnu, tuer ce dernier et maquiller le tout en suicide.

Sir Simon se frotta les yeux et poursuivit :

– En gros, ils pourraient tous être coupables, mais rien n'est moins sûr. Ce soir-là, plus d'une vingtaine d'autres personnes ont dormi dans les quartiers réservés aux visiteurs, éparpillés un peu partout dans le château. Il y avait aussi des conférences, des réunions, etc. On se serait cru à Piccadilly Circus. Existerait-il un Tinder pour visiteurs de Windsor dont je n'aurais jamais entendu parler ? Et ai-je mentionné la cigarette de 2 heures du matin ?

Les sourcils froncés, Rozie leva les yeux de son écran et fit non de la tête.

Sir Simon porta son verre à la lumière de la lampe pour en contempler les reflets ambrés.

– Un des policiers de service est tombé sur Brodski en train de s'en griller une sur la terrasse est, presque en dessous de la chambre de Sa Majesté. Il a prétendu être sorti prendre l'air et s'être perdu. Comment peut-on se perdre dans le château de Windsor quand la reine s'y trouve ? Oh, et n'oublions pas le cheveu.

Rozie leva une nouvelle fois les yeux.

– Le cheveu ?

Sir Simon paraissait extrêmement préoccupé.

– On a trouvé un cheveu de couleur foncée coincé entre la ceinture du peignoir et le cou de Brodski. D'un peu moins de vingt centimètres de long. Il ne semble appartenir à personne de l'entourage des Perovski. Une véritable mine d'ADN, bien sûr. Parlez-lui de ce cheveu. Cela lui remontera peut-être le moral.

– En aura-t-elle vraiment besoin ? demanda Rozie.

L'idée que la reine puisse être malheureuse la mettait mal à l'aise.

– Oui, dit sir Simon avant de finir son whisky d'un trait. Je pense que c'est probable.

CHAPITRE 5

L'histoire du cheveu ne remonta pas le moral de la reine. Pas un seul aspect de cette affaire ne lui remontait le moral. Un jeune homme était mort – de façon affreuse – dans un palais ancestral censé être aujourd'hui une forteresse moderne. Pourtant, vingt-quatre heures s'étaient écoulées et on ne savait toujours rien du coupable ni de son mode opératoire. Cela lui donnait le sentiment de ne pas être totalement en sécurité. Elle n'avait cependant pas le droit de paraître anxieuse ou bouleversée. Elle se contentait donc de hocher la tête à chaque fois que Rozie ou sir Simon lui confirmaient que l'enquête piétinait.

Au moins, sir Simon et le service de communication avaient fait du bon travail avec la presse. La version des faits qui avait fuité était d'une extrême banalité : un visiteur du château, qui n'était pas un invité de la reine, était mort de façon inattendue pendant la nuit. Sa Majesté adressait ses pensées à sa famille. Personne n'avait contredit les premières rumeurs, selon lesquelles il aurait succombé à une crise cardiaque. Quelques torchons publiés en ligne avaient relayé des ragots sans fondement voulant que la victime ait été trouvée dans une situation compromettante avec un membre de la cavalerie royale. Mais ces articles étaient tellement grotesques et prévisibles de la part des sites en question qu'aucune agence de presse n'avait repris leurs prétendues révélations.

Pendant ce temps, sous un ciel maussade, quatre détectives et deux agents du service de renseignement intérieur, le MI5, travaillaient d'arrache-pied tout en haut de la tour Ronde. La version médiévale de cet édifice n'étant pas assez impressionnante à son goût, George IV y avait fait ajouter deux étages supplémentaires et des créneaux gothiques. D'habitude, cet espace était occupé par les archivistes royaux, mais on les avait provisoirement transférés ailleurs afin d'y aménager une salle des opérations dédiée à l'enquête. Des tableaux blancs cachaient maintenant les immenses vitrines où étaient entassées les boîtes d'archives et des ordinateurs hautement sécurisés avaient été installés. Leur demande de bouilloire électrique avait été déclinée car la vapeur aurait pu gravement endommager certains documents anciens, mais une ligne directe les reliait à la cuisine. Les détectives et leurs collègues du MI5 pouvaient donc commander autant de plateaux de sandwichs qu'ils le désiraient.

Des enquêteurs de grades de plus en plus élevés allaient et venaient sur les chemins détrempés par la bruine. Aux environs du château, les rumeurs allaient bon train. Selon l'habilleuse de la reine, la plupart des paris étaient placés sur le valet de Mr Perovski et une aventure homosexuelle secrète qui aurait mal tourné. Cependant, son directeur des écuries, qui le tenait d'un palefrenier, l'avait informée que, d'après des sources officieuses, la théorie selon laquelle il s'agissait juste d'un accident que la police cherchait à confirmer avait une cote de 7 contre 4.

Évidemment, ces gens ignoraient tout de ce qu'avait révélé le second nœud. En matière de courses hippiques, il est toujours risqué de miser gros sans savoir ce qui se passe dans les écuries. Bien que ce soit de très mauvais goût dans ce cas précis, il était indéniable que Windsor avait le jeu dans le sang. Ascot ne se trouvait après tout qu'à une dizaine de kilomètres, via une route créée spécialement à cet effet, et la date du meeting royal approchait.

Telle était la nature humaine, pensa-t-elle. Durant la période Tudor, on festoyait souvent à l'occasion des exécutions publiques. En comparaison, un petit pari de temps en temps n'était pas bien méchant.

Il fallut attendre le vendredi, trois jours après la découverte du corps, pour que les hommes de la tour Ronde émergent enfin de leur salle sans fenêtres et mal aérée. Ils se rendirent alors chez les supérieurs de leurs supérieurs, qui feraient ensuite leur rapport à Sa Majesté. Une heure avant le déjeuner, la reine se préparait à aller promener ses chiens quand son écuyer lui annonça qu'une délégation souhaitait lui parler.

– Dites-leur de mettre des bottes en caoutchouc, répondit la reine. Le sol est boueux.

Ce fut donc une petite troupe en piteux état qui se présenta sur la terrasse est dix minutes plus tard, en bottes et imperméables empruntés. Ils étaient trois et le moins gradé, qui fut présenté à Sa Majesté comme l'inspecteur-chef David Strong, avait l'air de ne pas avoir dormi depuis des jours. C'était l'homme qui avait dirigé l'équipe de la tour Ronde. Il avait des cernes gris-bleu et ses coupures au menton trahissaient un rasage précipité. Il manquait cruellement d'air frais et d'exercice, estima la reine. Cette petite marche lui ferait le plus grand bien.

Les deux autres, en meilleure forme, n'avaient pas besoin d'être présentés. Ravi Singh était un commissaire expérimenté et compétent de la Met, la police métropolitaine, qui avait récemment porté le chapeau pour plusieurs incidents dont il n'était pas responsable. La reine aurait bien posé une main sur la sienne pour lui témoigner sa sympathie mais elle n'en fit rien, évidemment.

Le troisième homme était Gavin Humphreys qui, l'année précédente, avait été nommé directeur général du MI5. Deux excellents candidats, très qualifiés, avaient d'abord brigué ce poste, mais leurs partisans respectifs avaient un peu trop forcé sur le lobbying. Comme cela se produit souvent, ces amères luttes intestines avaient permis à un autre candidat, plus consensuel, de sortir de l'ombre. Et celui-ci n'était autre que Humphreys.

Consensuel, parce que personne ne s'était assez intéressé à sa personnalité ou à son aptitude à diriger pour en tenir compte. Humphreys était de la nouvelle race : un manager technocrate. La reine avait déjà eu affaire à quelques experts techniques capables de parler de façon captivante des tenants et des aboutissants du cyberespace – mais Humphreys, qu'elle avait rencontré plusieurs fois au cours de sa discrète ascension vers le pouvoir, n'était pas de la même trempe. Ses cheveux, son costume et son esprit étaient du même gris uniforme. Il était également convaincu qu'à 89 ans, on était incapable de comprendre les complexités du monde moderne. Il ne saisissait pas que la reine avait connu toutes les décennies dont ce même monde résultait et en avait donc probablement une compréhension plus subtile que lui.

Pour tout dire, Sa Majesté ne l'aimait pas. Heureusement qu'il y avait les chiens.

– Willow ! Holly ! Allez, allez.

Les derniers corgis, ainsi que deux braves dorgis, commencèrent à s'agiter et le petit groupe se mit en marche.

– Je suis désolé que cela ait pris tant de temps, dit Humphreys alors qu'ils descendaient vers les jardins. Cette affaire s'est révélée beaucoup plus compliquée qu'on aurait pu le penser. Nous avons passé toute la nuit à assembler les pièces du puzzle.

La reine jeta un coup d'œil furtif à l'inspecteur-chef Strong, dont la pâleur laissait deviner des séances de travail tardives devant un écran d'ordinateur. Le teint frais de Humphreys n'indiquait rien de tel.

– Et j'ai bien peur que les nouvelles ne soient mauvaises.

La reine se tourna vers lui.

– Ah ? Qui est le coupable ?

– Nous ne le savons pas encore, avoua Ravi Singh. Mais, au moins, nous savons qui a commandité le meurtre.

– Commandité ?

– Oui, confirma Humphreys. Il s'agit d'une exécution qui a eu lieu à la demande d'un gouvernement.

Sa Majesté se figea et rappela aussitôt ses chiens, qui auraient pourtant bien aimé continuer à gambader.

– Un assassinat ? répéta-t-elle. Cela semble improbable.

– Oh, pas du tout, répondit Humphreys avec un sourire indulgent. Vous sous-estimez le président Poutine.

La reine n'avait pas du tout l'impression de sous-estimer le président Poutine, merci beaucoup. Et elle n'appréciait guère qu'on l'en accuse.

– Veuillez vous expliquer.

Ils se remirent en route, Humphreys marchant un peu trop vite pour Holly et Willow (toutes deux nonagénaires en âge canin), le commissaire à ses côtés. Épuisé, le pauvre inspecteur-chef Strong se traînait tant bien que mal derrière eux. À l'horizon, le crachin formait un léger brouillard à travers lequel se dessinaient les grands arbres du parc en contrebas. Tandis qu'ils suivaient les chiens sur la pente, le gravier cessa de crisser sous leurs pas et leurs pieds s'enfoncèrent dans l'herbe humide. En général, la reine raffolait de ces promenades – mais pas aujourd'hui.

– Il paraît que Brodski était un très bon pianiste, lança Humphreys.

– Oui, je sais cela. Je l'ai entendu.

– Oh, c'est vrai, bien sûr. Pourtant, ce n'était qu'une façade. Nous avons découvert qu'il était à l'origine d'un blog anonyme très critique à l'égard de la Russie de Poutine. Un blog est une sorte de site web. Un peu comme…

La reine fronça les sourcils. Elle était certaine qu'elle lui faisait penser à sa grand-mère qui sucrait les fraises. Et elle lui aurait volontiers rappelé qu'elle avait signé plusieurs documents officiels ce matin même et qu'elle pouvait lui réciter la liste des pays d'Afrique par ordre alphabétique, ainsi que les noms de tous les rois et reines d'Angleterre depuis Ethelred. Mais elle s'en abstint. Au lieu de quoi, elle exposa son visage renfrogné à la bruine et se prépara à être traitée avec condescendance.

– Brodski gérait ce blog sous un avatar – un faux nom sur Internet, si vous voulez – afin de ne pas être trop facilement identifiable. Mais l'analyse de son ordinateur a confirmé qu'il était un virulent détracteur de Poutine. Il tenait la liste de tous les journalistes morts dans des circonstances suspectes en ex-Union soviétique depuis que Poutine est arrivé au pouvoir. La plus célèbre est évidemment Anna Politkovskaïa, tuée il y a dix ans, mais cette liste est très, très longue. Brodski avait effectué quelques recherches, de façon très intelligente pour un amateur. Il se considérait comme l'un des leurs et cherchait à faire connaître leur cause. Mais c'est là une chose bien dangereuse, même depuis Londres. Poutine ne se gêne pas pour tuer des ressortissants russes à l'étranger. Il n'en est pas à son coup d'essai. Il l'a d'ailleurs déjà fait ici.

– Pas dans un de mes palais, en tout cas.

– On dirait bien qu'il passe au niveau supérieur, Madame. Peut-être a-t-il voulu nous envoyer un message ? Comme pour dire « Vous voyez, je peux les avoir où je veux et quand je veux ». Cela lui ressemble bien. Impudent. Brutal.

– Sous mon propre toit ?

– Surtout sous votre propre toit. En plein cœur de l'*Establishment* britannique. C'est du Poutine tout craché.

La reine se tourna vers Mr Singh.

– Vous partagez ce point de vue, commissaire ?

– Je dois admettre qu'il a fallu un certain temps pour me convaincre. Mais le mobile est solide. Et Poutine est imprévisible.

– Candy ! Stop !

Depuis la flaque boueuse dans laquelle elle était en train de se rouler, la plus vieille des dorgis leva des yeux penauds sur sa maîtresse. Puis elle revint auprès du groupe et s'ébroua énergiquement, juste devant le pantalon de Humphreys. La reine dissimula son approbation avec beaucoup de sang-froid.

– Je suis sincèrement désolée.

– Ne vous en faites pas pour ça, Madame.

Il tenta d'essuyer les éclaboussures, mais ses mollets étaient trempés.

– Bien entendu, vous savez ce que cela signifie, ajouta-t-il en se redressant.

– Le devrais-je ?

– Le fait est que nous avons passé la vie des employés de Perovski et des danseuses au peigne fin et que nous n'avons trouvé aucune raison de les soupçonner d'être des agents russes. Sans parler du calibre requis pour ce genre de missions. Non, j'ai bien peur que le tueur soit ici depuis un bon bout de temps.

– Avant même que l'on sache que Brodski viendrait ?

Malgré le regard interrogateur de sa souveraine, Mr Singh ne put lui répondre car Humphreys ne voulait pas en démordre :

– Ils se tenaient prêts pour n'importe quelle éventualité, Madame. C'est ainsi que fonctionnent ces gens. On les implante des années à l'avance. Ce sont des agents dormants qui attendent simplement qu'on leur donne des instructions le moment venu. Vous imaginez ? Un meurtre, ici, au château de Windsor, juste sous votre nez pour ainsi dire. « Désormais, plus personne n'est en sécurité. » Le message a été transmis.

– Un agent dormant, répéta la reine sans conviction.

– Oui, Madame. Quelqu'un qui est dans la place. Qui fait partie de votre personnel. Au moins un, peut-être plus. Bien sûr, il est possible que le tueur soit un autre visiteur, mais s'ils ont choisi d'agir ici, il est plus probable qu'ils aient confié cette mission à quelqu'un qui connaît bien les lieux.

– Je suis désolée, mais cela me semble peu probable.

Abrité sous l'un des hêtres préférés de Sa Majesté, Humphreys regarda cette dernière avec un air de pitié.

– Je crains pourtant que si, Madame. Il nous faut voir la réalité en face. Ce ne serait pas la première fois.

La reine pinça les lèvres et tourna les talons pour rentrer. Le petit groupe d'hommes trempés lui emboîta le pas. Les chiens sortirent des sous-bois et se mirent à courir devant eux.

– Que comptez-vous faire ? demanda-t-elle au bout d'un moment.

– Le traquer. Cela ne va pas être facile. Mais nous serons discrets, bien entendu.

Singh ajouta un détail qu'avait omis son collègue obsédé par Poutine.

– Nous pensons que Brodski et son assassin s'étaient entendus pour se retrouver après la soirée, Madame. Vers 2 heures du matin, un homme correspondant au signalement de la victime a été repéré en train de fumer à l'extérieur et raccompagné vers les quartiers des visiteurs. Ce devait être une sorte de rendez-vous. Je regrette d'être le porteur d'aussi mauvaises nouvelles.

Singh semblait authentiquement chagriné. Contrairement à Humphreys, il ne donnait pas l'impression de considérer le château comme le décor d'un passionnant jeu d'espionnage mais comme une résidence dans laquelle beaucoup de gens allaient devoir vivre dans la suspicion, ce qui n'était jamais bon pour personne.

– Merci, Mr Singh.

– Et nous vous tiendrons informée.

– Je compte sur vous.

Elle aurait aimé lui proposer de rester à déjeuner mais il aurait aussi fallu qu'elle invite Humphreys et elle ne pouvait s'y résoudre.

Ce qui la blessait le plus, c'étaient ces quelques mots : « Ce ne serait pas la première fois. » Aussi justifiés qu'ils puissent être, la reine les trouvait impardonnables.

CHAPITRE 6

Ce soir, sir Simon devait consulter la reine au sujet des détails de la venue des Obama. L'équipe de la Maison-Blanche ne cessait de signaler des problèmes de sécurité. Il trouva Sa Majesté beaucoup plus fatiguée que d'habitude. S'il n'avait pas su qu'elle était insensible au vent et au froid, il aurait sans doute attribué cela au temps.

Peut-être que ce meurtre a fini par avoir raison d'elle, se dit-il. Elle pouvait résister à beaucoup de choses, mais elle avait tout de même ses limites. Peut-être n'aurait-il pas dû lui donner toutes ces précisions sordides. Bien qu'il l'ait fait à sa demande, il n'ignorait pas que son travail consistait autant à la protéger qu'à la servir. Au moins le MI5 était-il sur l'affaire. Il eut pourtant beau lui rappeler avec tact les progrès de Gavin Humphreys, elle ne lui parut pas aussi rassurée qu'il l'avait espéré.

– Rozie est là ? demanda-t-elle.

– Bien sûr, Madame.

– Pourriez-vous me l'envoyer ? J'aimerais l'entretenir de quelque chose.

– Madame… Si Rozie a fait quoi que ce soit…

Sir Simon était consterné. Il lui semblait que Rozie se débrouillait plutôt bien pour quelqu'un qui venait juste d'arriver. Il s'en voulut sur-le-champ de n'avoir rien remarqué, quel que puisse être le problème.

– Si je peux aider à…

– Non, non. Ce n'est rien. Ne vous inquiétez pas.

Rozie arriva dix minutes plus tard, l'air perplexe.

– Votre Majesté ? Vous désiriez me voir ?

– Oui, en effet, répondit la reine, qui se mit à triturer son stylo, pensive. Je me demandais si vous pourriez faire quelque chose pour moi.

– Tout ce que vous voudrez…, lui assura Rozie avec plus de passion dans la voix qu'elle ne l'avait voulu.

C'était pourtant la vérité. Quoi que lui demande la patronne, elle le ferait. Et elle savait que la plupart des membres de la Maison royale réagiraient de la même façon. Ce n'était pas lié à ce qu'elle était mais à *qui* elle était. C'était un être humain hors du commun à qui l'on avait confié une mission quasi impossible. Elle l'avait acceptée et, sans jamais se plaindre, elle la remplissait brillamment depuis une époque où la plupart de ses sujets n'étaient même pas encore nés. Tous ceux qui travaillaient auprès d'elle l'adoraient. Elle les terrifiait tous, bien sûr, mais ils ne l'en adoraient que davantage. Rozie s'estimait chanceuse qu'elle soit toujours de ce monde.

– Pourriez-vous trouver quelqu'un pour moi ?

Rozie sortit brusquement de sa rêverie. Le regard qui accompagnait la requête de la reine était étrange. Comme si, pour une fois, il était possible que la réponse soit non. D'habitude, il s'agissait juste d'ordres poliment formulés.

– Bien sûr, Madame, répondit-elle sans hésiter. Qui donc ?

– Je ne peux pas vous dire de façon précise. C'est un homme que j'ai déjà rencontré – un universitaire de Sandhurst ou de l'école militaire, je pense. C'est un spécialiste de la Russie post-soviétique. Il a les cheveux en bataille, une barbe rousse et son prénom est Henry. Ou bien William. J'aimerais l'inviter pour le thé. En fait, j'aimerais qu'il rende visite à mon amie Fiona. Lady Hepburn. Elle vit à Henley. Je suis certaine qu'elle sera ravie de le recevoir. Il faudrait qu'elle m'invite *moi aussi* à prendre le thé, bien sûr. Ainsi, nous pourrons parler.

Plantée devant le bureau, Rozie essayait de décoder la situation. Elle n'était pas certaine d'avoir bien compris ce qu'on lui demandait mais c'était un détail. Elle trouverait la réponse plus tard.

– Quand voulez-vous y aller ?

– Dès que possible. Vous connaissez mon emploi du temps.

Toutes deux se turent pendant quelques secondes.

– Et, Rozie…

– Madame ?

La reine lui adressa de nouveau un regard étrange mais différent du précédent. Le premier exprimait de l'incertitude ; celui-ci, une sorte de défi.

– Parler *en privé*.

De retour à son bureau, Rozie se remémora la rencontre. Que signifiait *en privé* dans ce cas précis ? Il allait de soi que le thé chez lady Hepburn serait un événement privé. Rozie pensait savoir qui était le spécialiste dont avait parlé la reine. Cet homme devait-il garder le secret quant à sa rencontre avec Sa Majesté ? Elle s'arrangerait pour que ce soit le cas bien sûr, mais pourquoi ne le lui avait-elle pas demandé clairement ? Jusqu'à présent, sa relation avec la patronne avait été simple et directe : elle se contentait de faire ce qu'elle lui disait et, en cas de doute, elle s'adressait à sir Simon, qui avait presque vingt ans d'expérience, qui savait *tout* et...

Et soudain, Rozie comprit ce que la reine avait voulu dire. Et pourquoi il lui était impossible de le formuler à haute voix. Et en quoi il s'agissait d'un test, auquel la patronne aurait sûrement préféré ne pas avoir à la soumettre.

C'était assez effrayant, et un peu excitant en même temps.

Elle se connecta à une banque de données gouvernementale répertoriant les experts par domaine et se mit à la recherche de celui qu'il lui fallait inviter à prendre le thé.

La reine était assise dans son lit, occupée à écrire son journal. Elle n'y notait jamais beaucoup de choses et surtout pas de cette nature. De nombreux historiens devaient déjà rêver d'avoir accès aux pages qu'elle remplissait rigoureusement chaque soir à la main, et qui seraient un jour déposées aux archives royales, dans la tour Ronde, avec celles de la reine Victoria. Il y avait cependant de fortes chances qu'ils soient déçus. Ceux qui liraient ces documents au XXIIe siècle y trouveraient des informations détaillées sur les courses hippiques, des observations sur le manque de vivacité d'esprit de certains premiers ministres et des anecdotes familiales mineures. Ses réflexions les plus profondes restaient entre elle et Dieu.

Et Dieu savait que Vladimir Poutine était un individu horripilant, et incontestablement cruel, mais pas un idiot. On ne devient pas l'homme le plus riche du monde – du moins, à en croire les rumeurs – en commettant de grossières erreurs. Il n'était pas non plus du genre à ignorer l'accord tacite en vigueur au sein de la classe dirigeante, à laquelle il s'enorgueillissait d'appartenir. Un prince ne marche jamais ouvertement sur les platebandes d'un autre prince. On pouvait espionner, à condition d'en avoir les moyens. On pouvait chercher à affaiblir ses ennemis lors de négociations ou d'élections. Mais on ne commettait pas de crime de lèse-majesté en s'en prenant à leurs palais. Dans le cas contraire, ils risquaient fort de vous rendre un jour la pareille. Même les dictateurs étaient conscients de cela.

Mais, de toute évidence, ce n'était pas le cas des technocrates à la tête du MI5.

La reine ne s'était cependant pas donné la peine d'essayer de contredire Mr Humphreys. Il semblait bien trop sûr de lui et bien trop peu intéressé par son opinion, même si elle avait déjà rencontré Poutine et régnait à ses côtés (enfin, en même temps que lui !) depuis des décennies.

Les chiens, eux, savaient. Comme Candy, ce matin. Les corgis avaient détesté Vladimir Poutine au premier regard et cherché à lui mordre les chevilles lors d'une visite officielle. Même le chien guide d'un ministre aveugle s'était mis à aboyer. Les chiens ont un tel instinct. D'ailleurs, Poutine avait su utiliser cela à son avantage. Il savait qu'Angela Merkel avait peur des chiens. Était-ce parce qu'elle avait grandi en Allemagne de l'Est ? se demandait la reine. Y étaient-ils plus souvent élevés comme chiens de garde que comme animaux de compagnie ? En tout cas, fort de cette information, il s'était débrouillé pour que la chancelière se retrouve face à deux bergers allemands agressifs quand elle était venue visiter le Kremlin. Pauvre femme. Cela démontrait la petitesse de cet homme. La reine n'était pas toujours d'accord avec la politique d'Angela Merkel, mais elle l'appréciait. Elle avait réussi à rester à la barre d'une grande démocratie pendant toute une décennie. C'était une femme dans un monde d'hommes – ce qu'elle aussi avait vécu à ses propres débuts. Et, à en juger par les photos de rassemblements de chefs d'État, cela n'avait guère changé : le tailleur-pantalon de Merkel était seul dans un océan de costumes. Bien qu'elle ne partage pas les goûts très teutons de la chancelière en matière de mode, la reine savait parfaitement ce que cela faisait.

Prenant soudain conscience qu'elle n'avait rien écrit dans son journal depuis une dizaine de minutes, elle essaya de revenir à la phrase qu'elle avait laissée inachevée. Mais son esprit continua sur sa lancée.

Poutine était tout à fait du genre à tenter d'intimider une femme comme Merkel. C'était une brute, un ancien du KGB, avec un amour malsain du pouvoir. Son attitude envers les chiens et la leur envers lui résumaient tout. Cependant, cela ne signifiait pas pour autant qu'il avait fait exécuter un jeune expatrié chez elle. De tels actes n'étaient en rien indispensables.

Selon Humphreys, cet homme froid et calculateur avait introduit un espion au château *au cas où* l'un de ses ennemis y viendrait en visiteur – un bien inoffensif ennemi, en l'occurrence –, pour montrer l'étendue de son pouvoir. Et une fois le moment venu, cet « agent dormant » prétendument infiltré depuis des années aurait conçu une mise en scène élaborée afin de faire croire à un suicide pour finalement rater un nœud tout bête ? Pourquoi une personne cherchant à affirmer sa puissance tenterait-elle de faire croire à un suicide ? Pour laisser à la police le soin de découvrir qu'il s'agissait en réalité d'un assassinat ? Dans ce cas, il devait exister des moyens plus subtils qu'un meurtre sordide et bâclé. Elle aimait à penser que s'il y avait *vraiment* un traître dans son entourage, il était au moins à peu près compétent. Oh, toute cette histoire était ridicule au plus haut point.

Et pourtant, « ce ne serait pas la première fois »...

C'était vrai. Il y avait bien eu un antécédent. Alors que personne n'y croyait à l'époque.

Après avoir occupé le poste d'inspecteur des tableaux de la collection royale auprès de son père, Anthony Blunt était devenu le sien. C'était un homme d'une érudition et d'une culture sans limites, parfaitement à l'aise au sein de l'aristocratie. Professeur à Cambridge et historien de l'art spécialiste de Poussin et du baroque sicilien, il travaillait également pour le MI5. Il avait même sauvé la réputation de son oncle Édouard en récupérant certaines de ses lettres à la fin de la guerre.

Il avait avoué plus tard être aussi un communiste de longue date et un agent soviétique. Ses amis et lui avaient causé un tort effroyable à des gens qu'elle estimait beaucoup. Révéler publiquement ce qu'il avait réussi à faire pendant de longues années aurait été si embarrassant qu'on l'avait laissé conserver son poste au palais... Jusqu'à ce que Margaret Thatcher vende la mèche. Il semblait regretter ses actes, mais comment en avoir la certitude ?

Sa Majesté ne pouvait donc pas prétendre que son personnel était au-dessus de tout soupçon. On en avait d'ailleurs tiré une pièce puis un film, dans lequel elle était incarnée par une actrice comique et dépeinte comme aussi laide que hautaine. Ça n'avait pas été un épisode très glorieux pour la Couronne.

Les paroles de Gavin Humphreys avaient réveillé de vieux et désagréables souvenirs et l'avaient fait douter d'elle-même, ce qui lui déplaisait fort. Elle n'était pas non plus ravie de devoir compter sur Rozie Oshodi, si jeune et fraîchement arrivée. Mais il fallait bien se contenter de ce qu'on avait. En espérant être agréablement surprise.

Elle écrivit encore un paragraphe sur un tout autre sujet puis s'efforça tant bien que mal de trouver le sommeil.

DEUXIÈME PARTIE

La Dernière Danse

CHAPITRE 7

– Que s'est-il passé avec l'agenda de demain ?

En levant les yeux de son clavier, Rozie découvrit sir Simon qui passait la tête à la porte de son bureau. Elle fit en sorte que sa voix ne trahisse pas sa nervosité.

– L'après-midi, vous voulez dire ?

– Oui. Elle doit retrouver sa cousine à Great Park après le déjeuner. C'est prévu depuis des semaines.

– Je sais. Hélas, lady Hepburn a perdu son frère récemment et la reine était désireuse de la voir. Quand son invitation pour le thé est arrivée, elle m'a demandé de l'accepter.

– Quand était-ce ?

– Hier.

– Vous ne me l'avez pas dit.

– Cela ne m'a pas paru important.

Sir Simon soupira. Ce n'était pas important dans l'absolu, mais il avait un besoin maladif de tout contrôler. C'était même pour cela qu'il excellait dans son travail. Il faisait pourtant de son mieux pour lâcher prise et déléguer un peu. Si on ne pouvait pas faire confiance à ses subordonnés, où allait-on ? Quelque chose le titillait quand même.

– Mais comment Sa Majesté a-t-elle su ? Pour l'invitation, je veux dire. Je n'ai rien vu passer.

Rozie réfléchit une demi-seconde. Sir Simon voyait tous les mails, tous les appels téléphoniques et tous les autres messages, quel que soit le moyen de communication. Et s'il ratait quelque chose, il lui était toujours possible de les consulter après coup. Il y avait peu de chances qu'il s'en donne la peine, mais s'il le faisait ?

– C'est lady Caroline qui m'a parlé du frère de lady Hepburn.

Elle improvisait au fur et à mesure. Sir Simon n'était pas un proche de la dame de compagnie de la reine. Il ne restait plus qu'à prier pour que le sujet ne vienne pas sur le tapis. Rozie avait réellement discuté brièvement de lady Hepburn avec lady Caroline en tout début de matinée, mais les choses ne s'étaient pas du tout passées comme ça. En vérité, elle s'était débrouillée pour lui parler après avoir découvert qu'elle vivait à Henley, à deux pas de chez lady Hepburn. C'était peut-être un peu optimiste de supposer que ces voisines nobles et fortunées se connaissaient, mais il s'était trouvé qu'elles étaient amies.

– Cela fait déjà quelques semaines que le frère de lady Hepburn est mort, non ? Une crise cardiaque au Kenya.

Sir Simon savait vraiment *tout*.

– Oui. Lady Caroline m'a dit qu'elle était encore très affectée. (Elle n'avait rien dit de tel.) Quand j'ai rapporté cela à la reine, elle m'a demandé de lui transmettre ses sincères condoléances. Ce que j'ai fait par téléphone. Lady Hepburn l'a alors invitée à prendre le thé et Sa Majesté a accepté.

Était-ce même possible ? Les choses se passaient-elles parfois de cette façon ? Rozie retint sa respiration. Son cœur battait si fort dans sa poitrine qu'elle était certaine que sir Simon pouvait le voir à travers sa robe.

Le secrétaire grimaça pour lui-même. Voilà qui était tout à fait inhabituel. La reine aimait effectivement rendre visite à lady Hepburn, mais jamais sur un coup de tête. La patronne n'était pas de nature impulsive. C'était étrange. Était-ce là un signe de l'âge ? Pas de démence, au moins ? Non, cela n'avait aucun sens. Mais il y avait quelque chose, chez Rozie, qui n'était pas tout à fait…

Il garda un moment les yeux rivés sur elle. Rozie ne serait pas allée inventer tout ça, n'est-ce pas ? Pour quelle raison aurait-elle fait cela ? Il nota dans un coin de sa tête de s'assurer auprès de la reine qu'elle avait vraiment l'intention d'aller réconforter son amie et retourna s'asseoir à son bureau.

Le cœur de Rozie ne cessa de tambouriner qu'une heure plus tard. Elle ne savait pas si elle devait être fière d'elle ou avoir honte. Elle venait quand même de mentir à son supérieur en prêtant à deux ladies et à Sa Majesté des propos et des actes totalement imaginaires. Dans l'intimité des toilettes des dames, elle envoya à sa sœur plusieurs selfies avec les yeux écarquillés. Fliss n'aurait aucune idée de ce que cela signifiait, mais cela lui fit du bien.

Le week-end s'annonçait difficile. La reine commençait déjà à percevoir les premiers remous du pavé que le MI5 avait jeté dans la mare de la Maison royale.

Ce matin, quand elle était venue lui apporter son thé et ses biscuits, la femme de chambre arborait une expression troublée et s'était mordu la lèvre, trahissant son malaise et son besoin d'être rassurée. La reine aurait dû engager la conversation. En général, un problème se résolvait rapidement si on s'en occupait dès les premiers signes. Mais elle n'avait tout bonnement pas été capable de le faire.

De la même façon, le page qui lui servit un peu plus tard son Darjeeling dans la salle du petit déjeuner affichait une expression réprobatrice. Connaissant Alec Robertson depuis des années (il avait débuté comme rabatteur de gibier à Balmoral, était à présent veuf et avait deux enfants dont l'aîné étudiait l'astrophysique à l'université d'Édimbourg), elle pouvait aisément déchiffrer ce que disaient ses yeux : *Ils m'ont interrogé. Et les autres aussi. Nous sommes tous inquiets. Que se passe-t-il, Madame ?*

Le regard par lequel elle lui répondit était tout aussi facile à traduire : *Je suis désolée. Cela ne dépend pas de moi. Il n'y a rien que je puisse faire.*

Il hocha tristement la tête comme s'ils avaient eu un véritable échange verbal puis continua son travail avec son calme et son efficacité habituels. Elle savait cependant qu'il en parlerait dans les quartiers des domestiques et au foyer des employés, et que cela ne présageait rien de bon. Il y avait quelque chose de pourri au royaume du Danemark. Et dans l'immédiat, même la reine était incapable d'y remédier.

Pendant tout le reste de la journée, elle sentit planer l'ombre de la peur et de l'incertitude sur le château. Ses rapports avec son personnel reposaient sur un code de loyauté réciproque. Ils ne jasaient pas. Ils ne vendaient pas d'informations aux tabloïds. Ils ne s'attendaient pas à un salaire exorbitant tel qu'auraient pu leur en verser des employeurs comme Mr Perovski, et ne le demandaient pas. Ils ne posaient pas de questions déplacées. Ils ne laissaient pas leurs inévitables luttes intestines ou leurs problèmes personnels troubler le cours tranquille de ses affaires – ou très rarement, en tout cas. En retour, elle les respectait et les protégeait. Elle appréciait leurs sacrifices à leur juste valeur. Et elle les récompensait de lui avoir consacré leur vie en leur attribuant des médailles ou divers honneurs qui valaient tout l'or du monde.

Les dignitaires étrangers, les présidents et les princes s'émerveillaient de l'adresse et du souci du détail dont faisaient preuve ces hommes et ces femmes. Les proches de Sa Majesté en étaient jaloux et essayaient souvent, parfois avec succès, de lui voler ses éléments d'élite. De Balmoral au palais de Buckingham, de Windsor à Sandringham, les centaines de personnes qui composaient cette armée de domestiques faisaient *partie de la famille*. Ils prenaient soin d'elle depuis près de quatre-vingt-dix années, dont certaines avaient été compliquées. Ils adoucissaient la houle de mécontentement que manifestaient parfois ses sujets et travaillaient sans relâche pour lui simplifier la vie dans les moments où sa mission s'avérait particulièrement difficile. Cette relation reposait sur une confiance mutuelle et là, interrogatoire après interrogatoire, le MI5 était en train de tout saper.

Pourtant, la question subsistait : était-ce possible que l'un des membres de son personnel ait malgré tout tué Brodski ? Et si oui, pourquoi ? Tant qu'elle serait incapable d'innocenter ses employés, elle devrait malheureusement laisser Humphreys mener l'enquête à sa façon.

Le dimanche, la reine fut enchantée d'échapper à cette ambiance sinistre en allant prendre le thé chez lady Hepburn à Dunsden Place, sa petite propriété de Henley. Les deux femmes étaient amies depuis des décennies. La reine se souvenait de son tumultueux mariage avec Cecil Farley dans les années 1950 et 1960 ; de son fascinant célibat dans les années 1970 – une période qu'elle avait passée à sillonner le monde au bras de plusieurs hommes, tous très convoités ; et de son second mariage sans histoire avec lord Hepburn dans les années 1980. Aujourd'hui veuve, lady Hepburn menait une existence paisible.

Fiona avait bien dix ans de moins qu'elle mais les amis de son âge, et surtout ceux qui avaient encore toute leur tête, se faisaient de plus en plus rares. C'était donc une bénédiction de pouvoir parler à une personne qui avait connu la guerre et partageait les valeurs ayant permis au pays de s'en sortir.

Son amie avait également la main verte. La maison – d'un style Queen Anne très élégant, avec une touche de fantaisie jacobéenne d'un côté et une malheureuse extension victorienne de l'autre – aurait mérité un petit rafraîchissement, mais le jardin était charmant. Jolie, comme toujours, avec ses cheveux blonds coiffés en un chignon désordonné et un pantalon bouffant, Fiona leur fit traverser sa demeure.

En ce week-end venteux d'avril, de gros pots de jonquilles et de narcisses illuminaient de leurs teintes jaunes et crème les haies géométriques et les ifs sculptés au travers desquels on entrapercevait parfois le fleuve. La plupart des gens auraient trouvé qu'il faisait trop froid pour s'installer à l'extérieur, mais Fiona connaissait son invitée. Elle avait donc demandé que les scones maison et l'incroyable confiture de framboise soient servis sur la terrasse, face aux parterres, avec d'épaisses couvertures en cachemire et tout ce qu'il fallait de thé bien chaud.

Le chauffeur de la reine attendait dans la cuisine et ses gardes du corps s'étaient fondus dans le décor, hors de portée de voix, après avoir refusé les rafraîchissements proposés. Les seules autres personnes présentes à l'extérieur étaient donc Fiona, Rozie Oshodi et un barbu d'environ 45 ans en costume de tweed et cravate, assis à une grande table en tek sur la terrasse. L'homme se leva dès qu'il les vit arriver.

– J'ai invité Henry Evans, annonça gaiement lady Hepburn, comme si cette idée venait d'elle. Je crois que vous vous connaissez.

Mr Evans s'inclina. Quand il se redressa, tout sourire, la reine se souvint avoir été frappée par son expression enfantine et son air remarquablement innocent, compte tenu de son domaine d'expertise.

– En effet, nous nous connaissons. Bonjour. Ravie de vous revoir.

– Moi de même, Votre Majesté.

– J'espère que vous n'avez pas eu trop de difficulté à venir jusqu'ici.

– Pas du tout. C'est toujours un plaisir. Surtout pour venir à Henley. Vous avez une maison magnifique, lady Hepburn.

– Oh, Henry, quel charmeur vous faites ! répondit Fiona, aux anges. Mais prenez donc un scone.

D'aimables bavardages s'ensuivirent tandis que Rozie, à la table voisine, faisait semblant d'être absorbée par ses notes. Elle était impressionnée par la façon dont Henry Evans parvenait à raconter avec entrain son trajet depuis l'académie royale militaire, à Sandhurst, où il enseignait, sans sembler le moins du monde préoccupé par la raison pour laquelle on l'avait convoqué ici. Rozie n'avait pas pu lui dire grand-chose au téléphone – si ce n'est qu'elle avait beaucoup aimé ses cours durant sa formation d'officier. Cela n'avait cependant aucun rapport avec la rencontre d'aujourd'hui, et elle s'était contentée de lui adresser un bref sourire avant de se mettre à l'écart.

Lady Hepburn finit par prétexter avoir besoin de parler à une femme du village qui l'aidait en cuisine et les laissa seuls.

– Mr Evans, commença presque aussitôt la reine. Je voulais vous demander quelque chose.

– Oui ?

– Il y a longtemps que vous étudiez les morts suspectes de ressortissants russes sur le sol britannique, n'est-ce pas ?

– Environ vingt ans, Madame.

– Vous avez contribué au rapport que j'ai reçu l'année dernière à ce sujet. Je me souviens que vous étiez venu au palais avec le ministre.

– C'est exact.

– Et vous pensez que l'État russe assassine ses ennemis en Grande-Bretagne en toute impunité ?

– Pas précisément l'État russe, Madame. Plutôt Poutine et ses acolytes. Mais j'ai conscience que, de nos jours, on peut percevoir Poutine comme l'incarnation de l'État. Tout cela est assez obscur.

– Y avait-il des journalistes dans la liste des victimes ?

– Uniquement Markov, qui travaillait pour la BBC. Il s'agit de l'auteur dissident bulgare tué en 1978 par une injection de ricine au moyen d'un parapluie. C'était bien avant Poutine, bien sûr, mais cela a établi un précédent.

– Sur Waterloo Bridge, je m'en souviens, dit la reine en hochant la tête.

– C'est cela même, Madame. Cela ressemblait presque trop à du John Le Carré pour être vrai.

Elle opina une nouvelle fois du chef à cette référence. Curieusement, beaucoup de gens étaient persuadés qu'elle ne lisait pas. En réalité, elle dévorait plus de journaux chaque mois que la plupart des gens en toute une vie et un bon roman d'espionnage lui faisait toujours plaisir. Henry Evans la comprenait mieux que nombre de ses ministres.

– Combien y a-t-il eu de morts depuis ?

– Sur le sol britannique ? Cinq ou six. Le premier a été Litvinenko en 2006. Un ancien espion russe empoisonné au polonium 210. Une affreuse histoire.

– En effet. Et pourtant, personne n'a jamais été arrêté ou inculpé pour ces assassinats.

– Non, Madame, confirma Evans. Pas depuis l'agent que nous avons tenté d'extrader pour l'empoisonnement de Litvinenko.

– Les Américains disent souvent à mes ambassadeurs qu'ils nous en veulent beaucoup d'avoir laissé les coupables s'en tirer impunément.

– Qu'ils ne se gênent pas pour nous fournir des preuves, répondit l'homme avec un sourire malin.

Le silence se fit le temps qu'il sirote un peu de thé. Rozie fut frappée par le naturel avec lequel la reine prit la théière pour le resservir. Elle était singulièrement débrouillarde pour quelqu'un qui avait des centaines de domestiques, et même une véritable armée, à sa disposition. (De par son expérience, Rozie savait que c'était à elle – et non au gouvernement – que les militaires prêtaient serment d'allégeance, et ils étaient sincères.)

Après s'être réchauffé avec une gorgée supplémentaire, l'homme reprit :

– Poutine fait bien les choses, maintenant. Depuis le dérapage avec Litvinenko, un vrai travail de cochon, tout est devenu très professionnel. Officiellement, on ignore toujours si Boris Berezovski a été assassiné ou s'il s'est suicidé.

– Qu'en pensez-vous ?

– Oh, un meurtre, sans aucun doute. La couleur du visage, la côte cassée, la façon dont a été fait le nœud… Mais il est toujours possible d'arguer, comme certains l'ont fait, qu'on l'a découvert enfermé dans sa salle de bains et qu'il était en plein marasme. C'est un cas délicat. Il était le plus en vue des opposants à Poutine, et aussi le plus riche jusqu'à ce qu'il ressorte ruiné du procès Abramovitch. Il était dans le collimateur de Poutine. Tout ce que je peux dire, c'est que ceux qui ont mis ce suicide en scène – car il a *forcément* été mis en scène – ont fait du très bon boulot. Et il est encore plus difficile d'épingler Moscou pour les autres affaires.

– Continuez.

– Eh bien, Perepilichni est mort d'une crise cardiaque en faisant son jogging il y a quatre ans. On a trouvé des traces de poison dans son organisme mais on n'a pas pu prouver comment il était arrivé là. Gorbuntsov a été victime d'une tentative d'assassinat à Mayfair la même année. Il y a survécu, mais celui qui a essayé de le tuer n'a jamais été pris. Et Scot Young

– qui était lié à Berezovski – était très déprimé quand il a fait une chute et s'est empalé sur une grille. Nous faisons plus que soupçonner la Russie d'y être pour quelque chose, bien sûr, mais nous ne voulons pas lancer de guerre diplomatique sans preuves irréfutables.

– Naturellement. Ils sont tous morts soit chez eux, soit dans des lieux publics, c'est bien cela ?

– Oui, répondit-il, manifestement surpris par cette question.

– Et ils avaient tous des liens avec les hautes sphères moscovites ? Il me semble que c'est ce que disait votre rapport.

– Absolument. Ils représentaient tous une menace pour Moscou, soit en tant que lanceurs d'alerte, soit pour des histoires de querelles financières.

– Dites-moi, pensez-vous que ces gens puissent tuer quelqu'un dans l'unique but de faire passer un message ?

– Un message ? De quel genre ?

– Un message très simple : *Nous en sommes capables*. La victime n'aurait pas vraiment d'importance, elle se serait juste trouvée au mauvais endroit au mauvais moment, comme on dit.

Henry Evans prit le temps d'y réfléchir. Ses yeux étaient rivés sur les nuages gris acier, reflet des ifs boursouflés situés juste en dessous. Il passa mentalement en revue ses vingt ans de recherches dans le domaine des morts suspectes de l'autre côté du rideau de fer – et, plus tard, au Royaume-Uni.

– Ce n'est pas le style de Poutine, finit-il par déclarer. Je ne vois pas d'exemple. Vous pensiez à quelqu'un en particulier ?

La reine ignora sa question.

– Imaginons qu'ils aient changé d'approche. Que la question ne soit plus qui mais où ?

– Je ne comprends pas, avoua Evans en fronçant les sourcils.

La reine s'efforçait de présenter la théorie de Gavin Humphreys aussi objectivement que possible.

– Ils se sont déjà servis du poison par le passé, n'est-ce pas ? Parfois de substances rares ou radioactives pour faire comprendre que cela venait d'eux, sans que l'on puisse pour autant les traduire en justice.

– Oui, mais par vengeance. Contre des individus précis et pour des actes spécifiques, afin de dissuader les autres de faire pareil. Je ne vois pas comment cela peut fonctionner si c'est, comme vous semblez vouloir le dire, seulement le lieu qui importe.

Il ne comprenait toujours pas où la reine voulait en venir.

– Et si l'endroit était très… particulier ? Choisi pour montrer qu'il n'y a pas de limite à leur impudence ?

– C'est… Je…

Evans s'interrompit. Il était dépité. Il aurait voulu pouvoir soutenir sa reine, suivre son raisonnement et l'approuver. Il ne l'avait encore jamais entendue dire ce qu'il aurait qualifié de « foutaises » en toute autre compagnie. Il était très surpris par ce qu'elle suggérait. Depuis quand existait-il des assassinats fondés sur le *lieu* ?

– Et vous avez qualifié le meurtre de Litvinenko de travail de cochon, ajouta la reine. Les agents ne sont pas toujours aussi professionnels qu'ils devraient l'être. Leur arrive-t-il de paniquer ? Avez-vous déjà vu cela ?

Une nouvelle fois, il la fixa en s'efforçant de ne pas donner l'impression qu'il lui manquait de respect.

– Paniquer, Madame ?

– Oui. Il y a aussi l'affaire Berezovski. Vous avez dit qu'il y avait eu un problème avec le nœud.

– Eh bien, je crois savoir qu'il n'avait pas été réalisé correctement : il était en boucle et non en V, comme il l'aurait dû pour une pendaison. Mais ceux qui ont fait cela, si c'est bien un meurtre, ont réussi à laisser derrière eux une salle de bains verrouillée de l'intérieur, ce qui n'évoque pas exactement la panique…

– Et Litvinenko ?

– Je ne dirais pas non plus qu'ils ont paniqué, Madame. Ils l'ont empoisonné de sang-froid dans le salon de thé de son hôtel et sont sortis comme si de rien n'était, répondit Evans en haussant les épaules. C'est avant qu'ils ont été négligents. Ils ont laissé des traces radioactives partout où ils sont passés. Ils ignoraient sans doute qu'elles seraient aussi faciles à détecter. Le polonium ne figure pas vraiment dans la liste traditionnelle des armes…

Il prit conscience qu'il recommençait à la contredire systématiquement, ce qui n'était pas très poli. Il se tut, toujours aussi perplexe.

– Merci, dit-elle, le déconcertant encore plus.

– Je suis désolé, Madame. Je ne crois pas avoir…

– Vous m'avez été plus qu'utile, Mr Evans.

– Permettez-moi d'en douter…

– Beaucoup plus que vous ne le pensez. Puis-je vous demander…

– Bien sûr.

– Eh bien, ce fut un grand plaisir de vous revoir. Mais il s'agit d'une affaire très sensible et je vous serais infiniment reconnaissante, si on vous interrogeait quant à aujourd'hui…

Elle s'interrompit pour bien choisir ses mots, mais il intervint avant qu'elle ait pu les trouver.

– Il ne s'est rien passé, Madame.

– Merci.

– Je ne suis jamais venu ici.

– Vous êtes fort aimable.

La reine hocha la tête avec un sourire de gratitude. Depuis sa chaise, Rozie comprit qu'ils étaient en train de passer un accord tacite. Elle était à présent capable d'en déduire les termes : Henry ne dirait rien, à personne, pas même à son commandant à Sandhurst ni à ses contacts dans le milieu du renseignement. Cette conversation était strictement confidentielle.

Rozie se demanda un moment pourquoi ce pacte silencieux avait semblé si facile pour Mr Evans quand cela lui avait paru, à elle, beaucoup plus compliqué. Et elle comprit soudain que la situation était *réellement* plus compliquée dans son cas. Evans devait sa loyauté ultime à la reine et à personne d'autre. Alors que l'homme à qui Rozie devait cacher cette conversation – quitte à devoir lui mentir – était le bras droit de la patronne. Pas étonnant qu'il lui soit aussi bizarre et inconfortable d'avoir à garder le secret. Et ça n'avait rien à voir avec la confiance que la reine avait pour sir Simon, Rozie en était certaine. Elle avait perçu entre eux, dès le premier instant, tous les signes d'une longue et chaleureuse relation. C'était autre chose… Mais quoi ? Elle n'en savait rien.

Comme si elle avait reçu un message télépathique, lady Hepburn réapparut à la fin de la conversation avec une théière pleine et un gâteau au café et aux noix préparé par ses soins le matin même. La discussion s'orienta alors vers le cricket et les bons résultats de l'Angleterre à la coupe du monde. La reine ne lui avait pas paru particulièrement nerveuse, mais à présent elle avait l'air de quelqu'un à qui l'on vient de retirer un énorme poids. Elle resplendissait.

– Aimeriez-vous voir mes plantations ? proposa Fiona. J'ai des narcisses ravissants qui se portent à merveille.

Ses deux golden retrievers, Purdey et Patsy, dévalèrent l'escalier en terrasse pour les rejoindre sur les parterres. Henry, dont l'épouse et la mère jardinaient, porta un intérêt surprenant à la culture « en lasagnes ». Ce ne fut en revanche pas le cas de Rozie, dont la mère pouvait faire crever un plant de tomates de balcon à dix mètres. Elle se réveilla quand lady Hepburn changea enfin de sujet en souriant.

– J'ai entendu dire que votre soirée de lundi était très réussie.

– Ah ? fit la reine, l'air surpris.

– Je le tiens de Caroline. Elle m'a dit ça quand nous nous sommes eues pour préparer la cérémonie en mémoire de Ben. Oh, bonté divine, ça me revient maintenant ! Ce pauvre jeune homme… Une crise cardiaque, c'est ça ? Le lendemain matin ? Rien à voir avec le *dine-and-sleep*, j'espère ? Mais je suppose que ce n'était pas un de vos invités ? Vous le connaissiez ?

– Non, non, répondit prudemment la reine.

Loin de vouloir être indiscrète, son amie avait posé ces questions afin d'éviter de mettre les pieds dans le plat – ce qu'elle venait pourtant de faire. Il était néanmoins vrai que le jeune Brodski n'était pas un invité. Et *on* ne pouvait pas affirmer connaître cet homme. Pas vraiment.

– Oh, Dieu merci. C'est affreux comme des jeunes gens en pleine forme semblent mourir sans raison apparente, de nos jours. Ou du moins d'un problème cardiaque insoupçonné ou je ne sais quoi. Peut-être que cela a toujours été le cas, mais que l'on n'en entendait pas parler. Enfin, pour revenir à des considérations plus légères, Caroline a dit que la soirée avait été une réussite. Que l'on s'était copieusement trémoussés après le dîner. J'adore danser, pas vous ? Je ne me souviens même pas de la dernière fois où cela m'est arrivé. Et, si j'ai bien compris, ce séduisant jeune Russe a invité toutes les dames.

– Tout à fait.

– A-t-il dansé avec vous ?

– Oui, en effet.

– Fantastique ! Était-il aussi doué que l'a dit Caroline ?

– Eh bien…

La reine se demandait à quel point la description de sa dame de compagnie avait été enthousiaste.

– Ah ! À votre visage, je vois qu'il l'était. Après quoi il a littéralement envoûté cette autre femme.

– Quelle femme ? demanda la reine. Je me souviens l'avoir vu danser avec une ballerine.

– Caroline a dit qu'il avait dansé avec les deux. À la perfection – comme dans l'émission *Strictly Come Dancing*. Mais après, il a invité une autre femme, une des convives, et c'était de la folie, apparemment. C'était peut-être après que vous étiez montée. Caroline m'a dit que ce n'était pas seulement leur façon de danser. Ils ont exécuté un très beau tango, apparemment, mais il y avait surtout quelque chose entre eux. Quelque chose d'électrique. De presque trop intime. Comme Fonteyn et Noureev.

– Oh, permettez-moi d'en douter ! rétorqua la reine, un peu moqueuse.

– Eh bien, presque, en tout cas. Caroline n'a peut-être pas mentionné Noureev, maintenant que j'y pense, mais c'est comme ça que j'aime à l'imaginer.

– Votre imagination m'étonnera toujours, Fiona. Regardez, vous faites rougir ce pauvre Mr Evans jusqu'aux oreilles.

Gêné, Henry essaya vainement de nier.

– C'est la seule chose qui me tienne encore, de nos jours, confessa Fiona. Ça et le jardin. Et les visites de délicieux universitaires. Promettez-moi de revenir, Henry. Vous êtes toujours le bienvenu ici.

– Merci, Mrs Hepburn.

– Il est temps de rentrer.

La reine avait dit cela pour Rozie, qui regarda sa montre et constata que soixante minutes exactement s'étaient écoulées depuis leur arrivée. Elle n'avait pas vu la patronne consulter une seule fois le moindre cadran mais sa ponctualité était légendaire.

– Je fais venir la voiture, Madame.

L'instant d'après, elles étaient sur le chemin du retour, la reine assise bien droit à l'arrière de la Bentley, les mains délicatement posées sur les genoux, les yeux à peine clos, dans ce qui était une parfaite illustration d'une micro-sieste.

CHAPITRE 8

Ce matin-là, quand il arriva avec les boîtes rouges élimées contenant la correspondance du gouvernement que la reine devait examiner, sir Simon était de bonne humeur.

– Vous serez sûrement contente d'entendre que les interrogatoires du personnel seront terminés ce soir ou demain, Votre Majesté, dit-il en déposant son chargement sur le bureau.

– C'est une excellente nouvelle. Les enquêteurs ont-ils changé de piste ?

– Non, Madame, pas du tout. Apparemment, ils auraient découvert que deux membres du personnel qui dormaient au château ce soir-là ont des liens étonnants avec la Russie. D'une certaine façon, il est finalement heureux que tout ça soit arrivé. C'est tragique pour ce pauvre Brodski, mais qui sait quelle pagaille ils auraient pu semer avec le temps ?

– Juste ciel. De qui s'agit-il ?

Sir Simon prit le dossier qu'il avait sous le bras et consulta ses notes.

– Alexander Robertson, votre page, et un archiviste, Adam Dorsey-Jones. Tous deux sont affectés au palais de Buckingham, mais Alec Robertson est ici avec vous pour la cour de Pâques, bien sûr, et Adam Dorsey-Jones est venu consulter la bibliothèque de la tour Ronde. Il travaille sur un projet de numérisation des documents georgiens. Je crois qu'il est parmi nous depuis cinq ans. Je peux vérifier, si vous le souhaitez.

– Oui, merci.

– Très bien, Madame, acquiesça-t-il en prenant des notes. Ils sont tous les deux suspendus de leurs fonctions le temps que la police étudie leurs alibis et que le MI5 se renseigne un peu plus sur leur passé. Il y a encore quelques personnes à interroger, juste par acquit de conscience, mais Mr Humphreys est convaincu qu'ils tiennent leur homme.

– Certainement pas Alec ! s'exclama-t-elle, exaspérée. Vous le connaissez, Simon. Son père était garde-chasse à Balmoral. Ils étaient déjà avec nous quand Andrew était petit.

– Oui, Madame. Mais cela en fait peut-être justement un suspect idéal. Il semblerait que sa femme ait souffert d'une longue maladie. De gros frais médicaux.

– Nous disposons pourtant d'un bon système de santé publique, non ?

– Peut-être était-elle allée se faire soigner à l'étranger ? Je ne sais pas. C'est tout ce qu'il y avait dans le rapport que m'a montré Humphreys. Tout ça est encore frais. Quant à Adam Dorsey-Jones – il jeta de nouveau un œil à ses notes –, il a étudié l'histoire et le russe à l'université. Et son compagnon tient une galerie spécialisée dans l'art russe.

– Je vois.

– Il a demandé à venir à Windsor à la dernière minute pour consulter des lettres à la bibliothèque. La théorie du MI5 est qu'ils le lui ont peut-être ordonné en apprenant que Brodski accompagnerait les Perovski.

— « Ils » désigne ses commanditaires russes ?

– Oui, Madame.

– Vous avez bien dit que Mr Dorsey-Jones était entré à notre service il y a cinq ans ?

– En effet.

– Cinq ans, répéta-t-elle, songeuse. Simon, ne trouvez-vous pas bizarre qu'un jeune musicien ayant un site web que nul ne connaît soit la cible d'un plan aussi élaboré ?

Sir Simon s'accorda quelques secondes de réflexion avant de répondre.

– Cela dépasse mes compétences professionnelles. En revanche, les gens du MI5 savent ce qu'ils font. Nous disposons des meilleurs experts au monde en matière de politique russe.

– Oui, mais Humphreys consulte-t-il ces experts ?

– J'en suis persuadé, Madame. Si quelqu'un de chez nous est dans le coup, il le démasquera. Il met tout en œuvre pour cela.

Il faisait tout pour rassurer la reine, mais sa réticence restait palpable. C'était compréhensible : Sa Majesté avait beaucoup d'estime pour son personnel. Cela devait faire un choc de découvrir que la perfidie pouvait se cacher aussi près. Pourtant, cela n'avait rien de nouveau. Passionné d'histoire, sir Simon aurait pu nommer sur-le-champ une bonne vingtaine de courtisans anglais ayant trahi leur souverain. La reine se sentait en sécurité parce qu'elle avait des gens comme lui pour la protéger et la servir. Il songea, comme souvent, combien elle paraissait fragile. Comme de la porcelaine. Il n'hésiterait pas un instant à sacrifier sa vie pour elle. Et il avait la certitude que Gavin Humphreys ferait de même.

L'esprit tout enflammé d'une scène où, la voyant confrontée à une flaque, il jetterait héroïquement son manteau dessus (une veste confectionnée à Saville Row ferait-elle l'affaire ?) pour qu'elle puisse passer, il consacra encore cinq minutes à évoquer une nouvelle procédure de vérification des références des futurs domestiques. Mais il sentait que la patronne ne l'écoutait pas vraiment. Loin d'être rassurée par ce qu'il lui avait dit, elle paraissait au contraire soucieuse.

– Pourriez-vous demander à Rozie de venir chercher les documents ? dit-elle. Ce ne sera pas long.

– Je peux m'en charger, Madame.

– Je suis sûre que vous êtes très occupé, Simon. Rozie fera parfaitement l'affaire.

– Bien, Madame.

Enfin seule, la reine regarda par la fenêtre un avion qui s'apprêtait à atterrir sur fond de ciel bleu délavé. Elle était furieuse, et agacée. Autrefois, son impuissance l'aurait mise hors d'elle. Mais plus maintenant. *On* avait appris sa leçon. Quand *on* ne pouvait agir comme *on* le voulait, *on* pouvait toujours s'arranger.

Rozie commençait à s'habituer aux perpétuels tambourinements de son cœur contre sa cage thoracique. La nuit était en train de tomber. Derrière les gouttes de pluie qui s'écrasaient sur le pare-brise de sa Mini, elle cherchait un panneau « Kingsclere » en espérant ne pas être sur le point de commettre la plus grosse bêtise de sa vie.

Elle avait fait croire à sir Simon que sa mère – qui habitait toujours l'appartement familial à Londres – était tombée de son lit et s'était cassé une côte. Avec une bonne grâce et une gentillesse infinies, il lui avait dit de se précipiter à son chevet à l'hôpital, de faire le nécessaire et de surtout prendre son temps. Ce qui dans les cercles royaux signifiait qu'elle avait environ vingt-quatre heures devant elle.

Sa mère était toujours en vacances à Lagos, en pleine forme, occupée à faire le tour d'un vaste réseau d'oncles et de tantes. Tout en se demandant si sir Simon allait découvrir le pot aux roses, Rozie s'en voulait d'être aussi paranoïaque. C'était un homme charmant, le supérieur idéal à de nombreux points de vue. Et il ne méritait vraiment pas qu'elle passe son temps à lui mentir. Mais il fallait au moins qu'elle comprenne *pourquoi* elle le faisait.

Ce matin, la reine lui avait demandé de mener des recherches concernant le *dine-and-sleep*. Elle avait trois personnes à interroger à Londres le lendemain. Et sir Simon ne devait rien en savoir.

Son cerveau tournait à plein régime. La patronne mijotait quelque chose. Ces missions auraient dû être confiées à des professionnels plutôt qu'à une ancienne banquière (même une ancienne banquière ayant reçu une formation de trois ans à la Royal Horse Artillery). La reine pouvait faire appel au MI5 et à la police. Ou au Premier ministre. Ou, si elle souhaitait que tout cela reste dans son cercle proche, à sir Simon ou encore à son écuyer.

Alors *pourquoi moi* ?

Elle se souvint soudain des paroles de celle qui avait occupé son poste avant elle. Après cinq ans au service de Sa Majesté, Katie Briggs avait commencé à souffrir de problèmes psychologiques dont on ne lui avait jamais parlé de façon détaillée. Rozie appréciait le fait que la vie privée de Katie ait toujours été préservée, que sir Simon et la reine n'aient jamais dit que des choses positives à son sujet, et qu'on lui ait attribué un logement à Sandringham de sorte qu'elle n'ait pas besoin d'en chercher un avant d'aller mieux. Le jour de la passation de pouvoir, quand Katie et elle s'étaient retrouvées seules un court instant, elle lui avait confié :

– Un jour, elle vous demandera de faire quelque chose d'étrange. Enfin, ce sera étrange tous les jours, mais vous vous y habituerez. Sauf qu'un jour, ce sera vraiment étrange. Vous le saurez.

– Comment ?

– Vous le saurez, c'est tout. Faites-moi confiance. Ce jour-là, allez voir Aileen Jaggard. C'est la personne qui m'a précédée. Ses coordonnées sont dans le répertoire. C'est elle qui m'a tout expliqué et elle fera de même pour vous.

– Je ne comprends pas. Vous ne pouvez pas m'en parler maintenant ?

– Non. J'ai demandé la même chose à l'époque. Il faut que cela vienne d'elle – de la patronne, je veux dire. Quand cela se produira, prenez contact avec Aileen. Rencontrez-la même, si vous le pouvez. Dites-lui juste « c'est arrivé ». Elle comprendra.

À ce moment précis, sir Simon les avait interrompues pour les inviter à déjeuner et Katie avait prétendu être en train de parler du système de gestion du calendrier. Quel que soit ce mystère, sir Simon en était exclu.

Dehors, la pluie tombait de plus en plus fort et l'eau rebondissait sur le capot de la voiture. Rozie aperçut enfin le panneau qu'elle cherchait dans la lumière de ses phares. Le GPS de la Mini jurait sur la tête de sa mère que l'on ne pouvait pas tourner là, mais la bifurcation qu'elle avait sous les yeux prouvait le contraire. Rozie quitta donc la route principale et s'engagea sur celle, plus étroite et non éclairée, qui montait doucement jusqu'au cœur du village de Kingsclere. Le cottage d'Aileen était situé dans la grand-rue, à quelque pas d'une église en pierre au clocher trapu. Rozie se gara en face de cette dernière et fut surprise, en revenant sur ses pas, de découvrir qu'il s'agissait d'une galerie d'art. À travers les rideaux des vieilles fenêtres georgiennes, elle distinguait vaguement des toiles modernes sur des murs d'un blanc éclatant. Elle sonna et attendit.

– Ah, vous voilà !

La femme qui lui ouvrit était grande, très mince, et loin de faire les 61 ans dévoilés par sa page Wikipédia. Ses cheveux décolorés étaient noués en un chignon tenu par des baguettes chinoises. Pieds nus et le visage dépourvu de maquillage, elle était simplement vêtue d'un tee-shirt très ample sur une espèce de pantalon de yoga en cachemire.

– J'espère que je ne vous dérange pas, dit Rozie, assez persuadée du contraire.

– Non, c'est un plaisir de vous rencontrer. Entrez donc prendre un verre. Vous devez en avoir besoin après un trajet pareil. Alors comme ça, c'est vous, la nouvelle ? Laissez-moi vous regarder.

Rozie resta plantée dans l'entrée exiguë tandis que cette femme plus âgée qu'elle la détaillait de la tête aux pieds en souriant : sa coupe de cheveux courte et contemporaine, ses sourcils et son *contouring* impeccables, son corps athlétique moulé dans une jupe crayon et une veste cintrée, ses talons aiguilles…

– Les choses ont bien changé depuis mon époque, déclara-t-elle, toujours aussi radieuse.

– Pour le mieux ? demanda Rozie avec plus qu'un soupçon de défi dans la voix.

Elle avait roulé longtemps sous la pluie et la dernière chose dont elle avait besoin, c'était bien d'une dose de racisme mondain – auquel, pour être honnête, elle n'était pas habituée dans l'entourage proche de Sa Majesté. Certes, la presse à scandale avait publié un ou deux articles sur la nouvelle secrétaire « particulière » de la reine sans oublier de mentionner son « physique exotique ». Et dans les palais royaux, elle avait parfois droit à quelques airs étonnés ou à de petits excès de politesse. Mais personne n'avait jamais fait le moindre commentaire sur son apparence, si ce n'était sir Simon, le jour où il avait exprimé sa crainte qu'elle ait du mal à marcher vite avec une jupe aussi serrée. (Ce qui n'était pas du tout le cas.) Aileen était la première à lui faire une remarque directe.

– Pour le mieux, sans aucun doute, confirma la sexagénaire. Suivez-moi en haut. Et attention dans l'escalier, avec vos talons – ne vous prenez pas les pieds dans le tapis. Je vis au-dessus de la boutique. C'est drôle, la reine disait la même chose. Nous y voilà.

Elles pénétrèrent dans une longue pièce peu éclairée aux meubles blancs et crème, dont les murs étaient couverts d'œuvres semblables à celles du rez-de-chaussée. La télévision était allumée, le son coupé. Sans consulter Rozie, Aileen se dirigea vers une kitchenette située dans un coin de la pièce et versa le tiers d'une bouteille de vin rouge dans un énorme verre qu'elle lui tendit.

– Comme je vous le disais, les choses ont changé. Et il était grand temps, si vous voulez mon avis. Alors, comment ça se passe ?

– Bien, jusqu'à présent. Très bien, même. Mais tout est devenu compliqué, tout à coup. Katie Briggs m'a conseillé de vous dire que « c'est arrivé ».

Les yeux d'Aileen s'écarquillèrent.

– Dites-moi tout, répondit-elle en l'invitant à s'installer dans un canapé crème, tandis qu'elle-même s'asseyait en tailleur par terre avec son verre.

– Je ne sais pas trop ce que j'ai le droit de vous raconter.

– Écoutez, je suis entrée au service de la reine il y a une éternité et je suis restée en poste plus d'une dizaine d'années. Rien de ce qui s'est produit dans l'une ou l'autre de ses résidences ne m'est inconnu. Aucun scandale, aucun divorce, aucune catastrophe ne m'a échappé. Et je suis également au courant du reste. Des choses qu'elle ne dit pas à Simon. Elle est sur une enquête, c'est ça ?

– Elle… Quoi ?

Aileen sourit. Elle fit un geste en direction d'une table basse sur laquelle étaient disposés de tentants bols de Doritos et de guacamole. Rozie prit soudain conscience qu'elle était affamée.

– Servez-vous. Vous êtes venue me voir parce qu'elle vous a demandé d'effectuer des recherches, n'est-ce pas ?

La bouche pleine, Rozie hocha la tête.

– Vous savez que vous ne devez en parler à personne et cela vous met terriblement mal à l'aise, c'est ça ?

Rozie opina une nouvelle fois du chef.

– Est-ce lié à ce jeune homme qui est mort au château de Windsor ?

Rozie finit par réussir à avaler.

– Comment avez-vous deviné ?

– À vrai dire, j'aurais préféré qu'il en soit autrement, avoua Aileen avant de reprendre une gorgée de merlot. Les infos ont parlé d'une crise cardiaque et j'espérais qu'il ne s'agissait que de ça. Mais quand vous m'avez appelée hier…

– Il n'est pas mort de cause naturelle.

– Bon sang !… À Windsor !

– Pourquoi serait-ce pire à Windsor qu'ailleurs ?

– Parce que c'est sa résidence préférée. Comment se débrouille la police ?

– Ils n'ont pas l'air de faire grand-chose. C'est le MI5 qui… Écoutez, vous êtes sûre que nous pouvons en parler ?

Aileen regarda Rozie avec compassion et haussa les épaules.

– C'est vous qui m'avez contactée. Nous ne sommes pas sur écoute. Et Katie vous avait prévenue que quelque chose d'étrange finirait par arriver, pas vrai ?

– Oui.

– Eh bien, c'est arrivé et vous voilà dans mon salon. Maintenant, c'est à vous de décider si vous me faites confiance ou pas. Mais n'oubliez pas que je suis moi-même passée par là. Si nous ne pouvons pas nous fier l'une à l'autre, qui reste-t-il ?

Rozie avait déjà pensé à tout cela. Elle réprima donc la peur que lui inspirait sa clause de confidentialité et inspira à fond.

– Le directeur du MI5 pense que nous avons affaire à une exécution commanditée par Poutine, mais la reine s'oriente vers quelque chose de totalement différent. La victime était un artiste venu se produire lors du *dine-and-sleep*. Et elle veut que j'interroge certains invités.

– Et le MI5 ?

– Ils soupçonnent des membres du personnel. Des agents dormants, selon eux.

– Oh mon Dieu ! Elle doit *détester* ça !

– Je crois que c'est le cas.

– Et, laissez-moi deviner, Simon pense que les enquêteurs ont raison.

– Il en donne l'impression, oui. Les interrogatoires des employés sont un vrai cauchemar, l'ambiance est horrible, mais il continue de faire son travail comme si de rien n'était.

– C'est tout lui, dit-elle d'un ton plutôt catégorique.

– Euh, oui. Mais pourquoi en serait-il autrement ? demanda Rozie, déconcertée.

Aileen resta un moment les yeux rivés sur son verre.

– Je ne sais pas exactement. En revanche, ce que je sais, c'est que si la patronne dit qu'ils sont sur une mauvaise piste, alors il y a de fortes chances qu'ils le soient. Elle a fait ses propres vérifications ?

– Eh bien... Oui, en effet, confirma Rozie, qui comprenait mieux le sens de la rencontre avec Henry Evans. Elle a consulté un spécialiste du sujet. Selon lui, l'affaire de Windsor ne semble pas du tout correspondre au schéma habituel. La victime n'était pas une personnalité, pas plus qu'elle n'était en lien avec des milieux importants, comme c'est généralement le cas avec les assassinats perpétrés hors de Russie. Ça ne s'est pas passé à son domicile. Et le meurtre ne ressemble pas à du travail de pro. Donc elle pense que ça ne colle pas.

Aileen pouffa.

– Oui. Elle ne se fie pas qu'à son instinct… Elle se fie aussi à ses experts. Et il n'y a pas meilleur qu'elle pour les sélectionner. Avec environ soixante-dix ans d'expérience, vous sauriez faire aussi, non ?

– J'imagine, dit Rozie. Soixante-quatre ans, je pense. Officiellement.

– Oh, elle fait ça depuis bien plus longtemps.

– Que voulez-vous dire ?

Un sourire énigmatique traversa le visage d'Aileen. Elle ferma les yeux un instant et fit rouler ses épaules. Puis elle posa son verre et plongea son regard dans celui de Rozie.

– La reine résout des énigmes criminelles. Je crois qu'elle a démêlé sa première affaire vers l'âge de 12 ou 13 ans. Toute seule. Elle voit des choses que les autres ne voient pas – souvent parce qu'ils ont tous le regard rivé sur elle. Ses connaissances couvrent aussi énormément de domaines. Elle a un œil de lynx, du flair pour déceler les mensonges et une mémoire fabuleuse. Son personnel devrait lui faire plus confiance. Des gens comme sir Simon, je veux dire.

– Mais il lui fait confiance à cent pour cent !

– Non, pas du tout. Il en est persuadé, mais dans le fond il pense toujours avoir raison. Tous ses secrétaires particuliers sont comme ça. Ils l'ont toujours été. Ils se trouvent brillants – ce qu'ils sont souvent, c'est vrai – et estiment que les hommes appartenant au même club qu'eux sont brillants, que les dirigeants des grandes organisations avec qui ils ont fait Oxford ou

Cambridge sont brillants, et qu'ils sont pour résumer tous tellement brillants qu'elle devrait rester sagement assise et être très reconnaissante.

Rozie éclata de rire. Elle appréciait beaucoup sir Simon mais cette description lui allait comme un gant.

– OK, je vous l'accorde, capitula-t-elle.

– Ce sont plutôt eux qui devraient lui faire confiance. Mais ce n'est pas le cas. Bien qu'elle soit l'une des femmes les plus puissantes du monde, du moins sur le papier, elle est obligée de les écouter alors qu'eux ne l'écoutent jamais. Et ça la rend dingue. Mais bon, elle a grandi avec ça. Elle était enfant dans les années 1930, quand la domination masculine était la norme. Enfin, je parie que vous y avez encore droit aujourd'hui. La différence, c'est que nous, nous savons que c'est mal. Elle, il a fallu qu'elle découvre toute seule combien elle était douée, tout ce dont elle était capable. Et ce dont elle est capable, c'est de remarquer les choses. Remarquer ce qui cloche. Comprendre pourquoi. Démêler le problème. Sa Majesté est une sorte de génie, en fait. Mais elle a besoin d'aide…

Rozie croqua pensivement dans le dernier Dorito et regarda le bol vide d'un air dépité.

– … d'une aide féminine, compléta-t-elle, songeuse.

– C'est ça. Elle a besoin de l'aide de quelqu'un qui n'essaiera pas en permanence de la convaincre que tout va bien. De quelqu'un de discret. De quelqu'un qui sait écouter. De *notre* aide. Vous mourez toujours de faim, pas vrai ? Je vais faire des pâtes, alors.

Elles migrèrent vers le coin cuisine et Rozie confectionna une petite entrée avec la salade verte et les tomates qu'Aileen lui avait posées sous le nez pendant qu'elle-même improvisait des tagliatelles à la crème et au saumon fumé.

– Vous l'avez beaucoup aidée ? demanda Rozie tandis qu'elles s'asseyaient chacune d'un côté du bar.

Aileen alluma une bougie et remplit de nouveau leurs verres.

– Quelques fois. Dieu merci, on n'a pas tous les jours des mystères à résoudre. Mais Mary – celle qui a précédé celle qui m'a précédée dans les années 1970 – aurait pu vous raconter une bonne dizaine d'histoires captivantes d'ambassadeurs disparus, de bijoux volés et Dieu sait quoi encore. Elles formaient une sacrée équipe, ces deux-là. La reine la regrette sûrement. En tout cas, ça doit faire drôle de penser que sa propre cinquantaine remonte déjà à quarante ans, pas vrai ?

Rozie haussa les épaules. Elle n'aurait pas 50 ans avant encore vingt ans. Autant dire qu'elle n'arrivait pas du tout à se projeter jusque-là, et encore moins après. Quelque chose d'autre l'intriguait.

– Mais si la reine a élucidé toutes ces affaires, comment se fait-il que personne n'en parle ? Même au palais, je veux dire…

Le visage d'Aileen s'illumina.

– Ah, c'est magnifique ! J'en suis vraiment ravie. C'est parce que c'est son style. Et c'est ça que je préfère : elle va vous faire courir dans tous les sens comme une folle, vous envoyer chercher des informations, vous faire mentir comme un arracheur de dents si nécessaire. Et quand vient le moment de la confrontation… Rien de tout ça n'est arrivé.

– Que voulez-vous dire ?

– Vous verrez. Savourez bien ce moment.

– Mais je… je ne comprends pas, en fait.

– Vous comprendrez. Faites-moi confiance. Ah, je vous envie un peu, quand même.

Aileen prit alors son verre et le brandit à la lueur de la bougie, qui le teinta de rouge sang.

– À la véritable reine du crime !

Rozie l'imita.

– À la véritable reine du crime.

– *God save the Queen !*

CHAPITRE 9

La reine examinait ses tenues pour la journée. Après le déjeuner, elle échangerait sa jupe et son chemisier confortables contre une robe en laine framboise rehaussée d'une broche en diamant, car elle devait assister à une réunion du Conseil privé. Windsor n'était pas que grand air et loisirs.

Cependant, ses pensées étaient à Londres. Là où se trouvait, selon elle, l'explication de la mort de Maksim Brodski. Si Henry Evans avait raison, il n'y avait jamais eu de complot pour assassiner le jeune homme au château. Il paraissait donc plus logique qu'il ait été tué par l'une des personnes avec lesquelles il était arrivé. Ou par quelqu'un rencontré au *dine-and-sleep*. Les révélations de Fiona Hepburn sur sa dernière danse l'avaient fait réfléchir. Brodski connaissait-il déjà sa partenaire ? S'étaient-ils retrouvés après ? C'était une piste intéressante. Elle voulait en savoir plus.

Et Perovski ? C'était lui qui avait insisté auprès de Charles pour faire venir Brodski à la soirée. Pourtant, il était très inhabituel qu'un invité soit à l'origine des divertissements. En fait, ce n'était pour ainsi dire jamais arrivé auparavant. Se pouvait-il que la mort de l'artiste en question soit vraiment une coïncidence ?

Quelle relation Perovski entretenait-il avec lui ? Il lui restait beaucoup de choses à découvrir, et elle avait secrètement espéré que Rozie pourrait l'y aider. Hélas, hier soir, sir Simon lui avait appris que sa secrétaire particulière adjointe serait absente pour la journée car sa mère était souffrante.

Comme c'était frustrant ! Le moment était vraiment mal choisi. Il faudrait qu'elle vérifie ce dont cette fille était capable dès son retour.

À 8 h 30, une semaine exactement après la découverte du corps, Rozie se gara sur une zone de livraison devant une rangée de magasins près de Ladbroke Grove. D'ordinaire, elle n'aurait même pas envisagé une seconde de laisser la Mini à un endroit où le risque de PV était aussi élevé. Mais elle venait déjà de passer vingt minutes à tourner en rond, sans succès. Et elle était sur son territoire. Ayant grandi dans le quartier, elle en connaissait chaque rue… et savait qu'à cette heure-ci, un mardi matin, on avait à peu près autant de chances de trouver une place que d'être invité à un *dine-and-sleep*.

Après avoir jeté un coup d'œil dans le rétroviseur pour s'assurer que son foulard, censé la protéger de la pluie, était bien en place, elle sortit et courut jusqu'au Costa Coffee, où son cousin Michael l'attendait à une table. Il la repéra aussitôt et lui sourit.

– Salut, fillette ! Ça fait un bail. T'as l'air de péter la forme.

Avec un sourire un peu embarrassé, elle se laissa tomber sur une chaise en face de lui.

– Tu l'as ?

– Bien sûr, dit-il en lui tendant le petit téléphone en plastique noir bon marché qu'il venait de sortir de son sac à dos. Verrouillé et chargé. Cinquante livres de crédit. Plus cinquante livres pour l'achat.

Il la regarda fourrer furtivement l'objet dans son sac à main.

– Je suppose que ce n'est pas la peine de te demander ce que tu veux en faire. Une charmante fille bien élevée comme Rosemary Grace Oshodi ? Ex-membre des forces armées de Sa Majesté. Ex-Miss J'me-la-pète à la banque d'investissement des gros richards. Tu deales ou quoi ?

– T'as tout pigé, *man*, répondit-elle, pince-sans-rire. La reine me fait fourguer des plantes vertes au fond de Windsor Great Park.

– Pas sûr que ce soit comme ça qu'on parle dans ce milieu-là, ma vieille. Qu'est-ce que tu regardes comme films ? J'ai dû prendre ma matinée pour t'apporter ça, moi.

En voyant qu'il était un peu vexé, Rozie prit conscience qu'il lui avait énormément manqué.

Il existait trois types de cousins dans la vie de Rozie. Ceux du cercle le plus éloigné étaient au Nigeria ou aux États-Unis. Fran, la jeune mariée, en faisait partie. Elle tenait un club de yoga à Lagos et son mari, Femi, gérait plusieurs boîtes de nuit où Rozie et sa sœur Felicity avaient dansé jusqu'au petit matin durant leur séjour. Dans le cercle intermédiaire, il y avait les cousins de Peckham, dans le sud de Londres, là où Fliss et elle étaient nées. Puis il y avait Mikey et son frère Ralph.

Ces deux-là appartenaient au cercle le plus proche et Rozie les considérait plus comme des frères. Ils avaient quitté Peckham ensemble pour s'installer à Kensington quand tante Bea avait épousé oncle Geoff. Cela avait donné lieu à un cataclysme dans la famille. Oncle Geoff n'était pas membre de l'Église ; il n'était pas natif de Peckham ; il ne parlait pas yoruba. Et il était blanc. Mais cet excellent artiste et musicien adorait tante Bea. Et quand la famille de Rozie les avait rejoints sur décision de sa mère, l'enfant qu'elle était alors avait compris le sens des mots « amour » et « loyauté ». Ayant grandi dans les rues difficiles de Notting Hill, Mikey et Ralph avaient veillé sur sa sœur et elle. Ils l'avaient même tirée d'affaire une fois ou deux avant que son aptitude à se défendre soit à la hauteur de son effronterie.

Mikey avait aussi changé de coiffure, remarqua Rozie : trois lignes bien nettes avaient été taillées dans ses cheveux ras. Elle se sentit un peu jalouse. Avant l'armée, elle se teignait toujours le sommet du crâne en blond. À présent, sa chevelure avait retrouvé sa couleur naturelle et, malgré sa nouvelle coupe, le côté spectaculaire lui manquait.

– Merci d'avoir fait ça pour moi, dit-elle en sortant de son porte-monnaie les cinq billets de vingt livres qu'elle avait retirés au distributeur le matin même. Ça fait plaisir de te voir, Mikey. Tiens.

– Cool.

– Comment ça va au boulot ? demanda-t-elle en respirant un peu plus calmement.

– C'est le paradis. Hier, j'ai passé quatre heures dans une salle sans fenêtres à parler d'objectifs de ventes.

– Aïe !

– Quand j'ai été promu, je croyais que j'allais enchaîner les week-ends dans des hôtels chic. Pas que je passerais des heures d'affilée devant des présentations Powerpoint dans je ne sais quel sous-sol puant d'Earls Court Road. Et quand j'en ai fini, je retourne au magasin et y a toujours un gars pour me poser des questions sur une télé numérique qu'il pourrait connecter à son PC pour faire des jeux ou autres. Alors je passe une demi-heure à tout lui expliquer et puis je le regarde commander sur Amazon devant moi, juste sous mon nez ! Pour économiser cent livres. Sympa, *man.* Te gêne pas, t'as qu'à me prendre pour un Wikipédia sur pattes.

– Désolée pour toi, Mikey.

– C'est pas ta faute. Je sais que toi, au moins, tu sortirais de la boutique avant de commander ton truc à Jeff Bezos.

– Je…

– Je rigole. Mais tu n'avais pas besoin de moi pour ça, poursuivit-il en pointant du doigt le mobile que Rozie avait fourré dans son sac. Tout le monde peut acheter un téléphone prépayé. Tu aurais pu te le procurer toi-même, tu sais.

– Je ne voulais pas qu'on puisse remonter jusqu'à moi.

– Du coup, tu t'es adressée à ton *cousin* qui travaille chez PC World ?

– J'étais pressée.

Rozie savait que c'était loin d'être du travail de pro. Mais un coup de fil à son cousin ne paraîtrait pas suspect dans son journal d'appels.

– Tu devrais être flatté, reprit-elle. Ça prouve que je te fais confiance.

– Oui, pour ton *téléphone de dealeuse*.

Quand il leva un sourcil et lui sourit, Rozie se dit qu'il était temps de changer de sujet. Mikey se préparait à reprendre ses études à temps partiel. Et il avait une petite amie qu'elle n'avait encore jamais rencontrée – car ils n'étaient pas allés au mariage de Fran à cause du prix du vol. Il y avait tant de choses dont ils devaient discuter.

– Comment va, euh...

– Janette ?

Était-ce bien le nom de sa petite amie ? Elle acquiesça d'un hochement de tête.

– Elle est cool. Toujours à courir par monts et par vaux. Elle te plairait.

– J'en suis sûre.

– Et Fliss ? demanda Mikey. Elle va bien ? Comment ça se passe en Allemagne ?

Rozie eut du mal à garder le sourire. Le récent déménagement de sa sœur à Francfort était encore une plaie ouverte.

– Super ! Elle adore.

C'était vrai. Fliss était conseillère et thérapeute familiale. L'an passé, pendant l'une de ses formations, elle était tombée amoureuse d'un Allemand. Ses compétences étaient si demandées qu'elle pouvait travailler à peu près partout où elle le voulait, même si sa maîtrise de la langue allemande était encore rudimentaire à l'époque. Mais aujourd'hui, vu son tempérament, il y avait fort à parier qu'elle parlait déjà allemand couramment.

Rozie se rappela la sensation de vertige qui s'était emparée d'elle quand sa sœur lui avait fait part de son projet.

– Mais tu as ton nouveau boulot, avait insisté Fliss. La carrière de tes rêves. Tu te rendras à peine compte de mon absence.

C'était à Noël, deux mois après les débuts de Rozie au palais. Le pire Noël dont elle se souvenait. Quoi que sa sœur ait pu dire, elle se rendait bien compte de son absence. Tout comme elle se rendait compte que Mikey ne lui avait pas demandé si elle était avec quelqu'un. Et il avait bien fait : cela n'arriverait jamais. Pas avec ce job.

Rozie prit alors conscience que son cousin ne quittait pas des yeux les clés de voiture qu'elle avait entre les mains.

– J'en ai eu un aussi, dit Mikey. Fran me l'a envoyé pour que je n'oublie pas leur amour parfait.

Avec un sourire forcé, il fouilla dans sa poche et en sortit un porte-clés identique au sien, avec une photo des mariés en forme de cœur. Rozie repensa soudain à sa Mini et se leva en grimaçant.

– Désolée, il faut que je file. Je suis mal garée. Embrasse tante Bea de ma part. J'aimerais pouvoir rester mais…

– L'appel du devoir, la coupa-t-il avec son meilleur accent snob. La reine et le pays d'abord.

Elle opina du chef.

Mikey l'attira vers lui pour la serrer dans ses bras.

– Tapes-en cinq à Sa Majesté et au duc de ma part.

– Compte sur moi.

De retour dans la voiture, Rozie songea au nouveau portable qui se trouvait dans son sac, sur le siège passager. Elle avait l'impression de transporter un obus prêt à exploser.

Un téléphone prépayé… ! Nom d'un chien ! Elle était en train de se transformer en Jason Bourne.

Elle avait discuté de tout cela avec Aileen jusque tard la veille au soir, car elle se demandait comment les « aides » de la reine avaient réussi à ne pas se faire prendre par leur propre sir Simon avant l'apparition de ce type d'appareils. Les choses étaient plus faciles à l'époque, semblait-il. Les diverses résidences royales regorgeaient de pièces dans lesquelles on pouvait se glisser à l'insu de tous. Celles-ci étaient équipées d'un téléphone fixe et il était impossible de déterminer avec certitude qui avait passé tel ou tel coup de fil. Ce n'était plus aussi simple. Les smartphones étaient de fantastiques outils mais le prix à payer était leur traçabilité.

Jusque-là, Rozie s'était servie de son portable professionnel, le seul dont elle disposait, pour passer ses coups de fil. Si on l'interrogeait, elle pourrait fournir une explication à peu près plausible pour chacun de ses appels mais elle ne pouvait pas continuer comme ça sans risquer d'éveiller les soupçons. Et si cela allait plus loin, elle ne mêlerait pas la patronne à l'affaire. Elle prendrait tout sur elle. Et là, qui passerait pour l'agent dormant aux yeux du MI5 ?

Elle se repérait à la perfection dans ces rues familières. Tout en longeant des chantiers de construction et des immeubles d'habitation, certains flambant neufs, d'autres anciens, elle passait en revue les appels à donner et les messages à envoyer avant son premier véritable entretien. Ce n'était pas exactement le genre de tâches que sir Simon lui avait décrites lors de la merveilleuse journée où elle avait décroché ce poste au palais de Buckingham. Et même si elle avait joué les dealeuses d'herbe avec Mikey pour plaisanter, elle n'en était finalement pas si loin. Toute sa vie, elle s'était évertuée à rester dans le droit chemin et voilà qu'elle se servait de sa famille pour garder un temps d'avance sur les services de sécurité intérieure.

Pas étonnant que la reine l'ait regardée bizarrement l'autre jour, dans son bureau, quand elle avait mentionné Henry Evans pour la première fois. Elle savait que cela ne pouvait qu'aboutir à des journées comme celle-ci.

Si le quartier de Westbourne Grove n'était pas loin de Ladbroke Grove, il ne serait pourtant jamais venu à l'esprit de Rozie d'y retrouver Mikey. Les chaises vintage des cafés étaient recouvertes de peaux de mouton, l'unique boutique solidaire ne proposait que des vêtements de créateurs et tous les autres commerces indépendants s'adressaient aux femmes qui vivaient dans les maisons pastel à plusieurs millions de livres juste au coin de la rue. Le nombre de visages noirs ou au teint mat diminuait un peu plus à chaque carrefour. De ce point de vue, c'était un peu comme être de retour au travail.

Rozie trouva enfin une place où se garer – une vraie, cette fois – et regarda sa montre. Elle avait dix minutes devant elle. Elle s'hydrata les mains avec du beurre de karité et consulta le carnet couvert de wax multicolore qu'elle avait acheté lors de sa journée shopping à Lagos avec Fran et Fliss.

Après quelques pages de mauvaise poésie visant à décourager d'éventuels curieux, elle y avait inscrit au crayon toutes les informations relatives à l'affaire Brodski afin de ne laisser aucune trace numérique.

Grâce au ciel, sir Simon n'avait pas à se soucier de telles choses au bureau et tous les noms, toutes les adresses, tous les numéros de téléphone des personnes invitées à dormir au château ce soir-là étaient dûment consignés sur le tableur fourni à la police par le grand-maître de la Maison royale. Rozie y avait eu accès et l'avait recopié la veille. Elle appela un des numéros (personne n'avait décroché la veille) et parla à un jeune homme qui accepta de la rencontrer en fin d'après-midi. Puis ce fut l'heure de son rendez-vous avec Meredith Gostelow.

La femme qui l'accueillit en haut de l'escalier semblait à la fois nerveuse et un peu ailleurs. Elle portait une longue robe vert émeraude avec d'énormes tennis rétro. Des mèches folles dépassaient de son extravagant demi-turban et une touche de rouge à lèvres assorti constituait son seul maquillage. Ses yeux bleus fatigués étaient cernés et dessous, on voyait encore des traces du mascara de la veille. Elle fit entrer Rozie en évitant son regard.

– Suivez-moi. Je n'ai pas… Je ne savais pas ce que vous vouliez.

Elle ouvrit la marche le long d'un couloir au carrelage damier, jusqu'à une petite cuisine en désordre donnant sur un jardin ombragé.

– Thé ?

– Avec plaisir. Ce que vous avez.

Meredith s'empara de deux mugs à pois sur une étagère, tira deux sachets d'une vieille boîte en fer cabossée et versa dessus de l'eau chaude. Elle prit ensuite du lait dans un frigo dont l'odeur trahissait la présence de quelque chose de très, très périmé. Alors qu'elle se préparait mentalement à l'entretien qui allait suivre, Rozie ne fut guère surprise de sentir un frottement contre sa cheville et de découvrir un chat écaille de tortue qui la fixait de ses yeux verts inexpressifs. Il fallait s'attendre à ce qu'une vieille folle pareille ait des chats.

L'architecte prit l'un des mugs et s'éloigna dans le couloir. Rozie empoigna le second et lui emboîta le pas, juste à temps pour voir la robe émeraude disparaître par une porte ouverte. Elle la suivit et ce qu'elle découvrit alors la laissa littéralement estomaquée.

La pièce, longue et spacieuse, était éclairée par des fenêtres encadrées de rideaux de soie rose clair. Bien que d'un délicat bleu porcelaine, les murs étaient presque entièrement couverts par un patchwork de tableaux et de lithographies dans des cadres dépareillés. Il y avait aussi un immense miroir ancien et de pleines étagères de livres impeccablement alignés du sol au plafond. Les meubles étaient simples mais de toute évidence coûteux. Des collections de jades et de petits bronzes étaient exposées sur deux consoles. L'ensemble était à couper le souffle, ce qui s'expliquait notamment par un système d'éclairage ingénieux, l'harmonie des couleurs et nombre de petits détails qui attiraient l'œil. Sans oublier beaucoup de goût et une finition parfaite.

Rozie en déduisit que Meredith Gostelow ne s'intéressait pas plus aux cuisines qu'au rituel du thé. Elle préférait les espaces de détente, auxquels elle savait donner vie avec un génie certain.

– Excusez le désordre, dit-elle en ramassant un livre sur un canapé – le seul objet qui traînait – avant de s'installer au milieu des coussins.

Le chat écaille de tortue grimpa à côté d'elle et Rozie s'assit en face. Elle posa son thé sur la table basse qui les séparait, véritable œuvre d'art constituée de bronze et de verre.

– Je ne m'attendais pas à cela, admit-elle.

– Ah ? Et à quoi vous attendiez-vous ?

– Je ne sais pas trop. Je ne connais pas d'architectes. À quelque chose de blanc et minimaliste, sans doute.

Meredith soupira.

– Tout le monde s'attend à cela. Comme si l'architecture s'était arrêtée à Norman Foster. C'est d'un ennui. Et le *maximalisme*, alors ? Le choc des cultures, les souvenirs vivaces. Cela ne respire-t-il pas la joie ? C'est pour cela que mes clients me paient.

Elle-même ne respirait pourtant pas exactement la joie. Elle semblait même morose.

– Vous êtes sur un projet, en ce moment ? demanda Rozie.

– Plusieurs, comme toujours. Mexico... Saint-Pétersbourg... Vous avez de la chance de me trouver ici. Je pars pour Heathrow à 19 heures. Écoutez, débarrassons-nous de ça tout de suite, d'accord ? Je suppose que vous êtes ici au sujet de Maksim. Vous êtes du MI5 ?

– Pas du tout, la détrompa-t-elle, stupéfaite. C'est même tout le contraire, en fait.

– Vous avez dit que vous étiez du Bureau privé de la reine...

– Oui.

– Mais qui vous envoie, alors ?

C'était une question tout à fait légitime et Rozie comprit qu'on allait la lui poser souvent – du moins, si elle avait la chance de ne pas perdre son emploi d'ici là. Il lui fallait donc une réponse astucieuse.

– Sa Majesté en personne.

Il n'existait pas de réponse astucieuse. Tout ce qu'elle avait sous la main, c'était la poudre magique de la patronne.

– Putain de merde ! ne put s'empêcher de lâcher Meredith en se redressant. Vous êtes sérieuse ? C'est vrai ?

– Oui, répondit Rozie, tout en voyant le regard sceptique de son hôtesse virer à l'émerveillement.

– Pourquoi désire-t-elle me parler à *moi* ?

– Je ne peux pas répondre à cette question, mais je peux vous assurer que tout ce que vous me direz restera confidentiel. Sa Majesté cherche à savoir ce que Mr Brodski a fait après la soirée. Vu la façon dont vous avez dansé tous les deux, je me suis dit que vous vous étiez peut-être rapprochés. Peut-être vous a-t-il parlé ce soir-là ? À moins que vous ne le connaissiez déjà avant ?

Le visage de l'architecte exprima un mélange d'émotions. L'excitation lutta un moment contre la méfiance avant de laisser place à quelque chose de plus serein. Elle se laissa alors aller contre le dossier du canapé.

– Non, je ne le connaissais pas, comme je l'ai déjà déclaré au sympathique policier qui m'a interrogée après sa mort. Nous avons dansé le tango, c'est tout.

– Mais il y avait autre chose, n'est-ce pas ?

– Oui.

Ne sachant plus quoi dire, Rozie resta silencieuse un instant. Puis elle repensa à lady Hepburn.

– Je crois savoir que ce fut un tango extraordinaire.

– Merci, dit Meredith, prenant le compliment pour elle. C'est aussi ce que j'ai pensé. J'ai appris à le danser en Argentine quand j'étais enfant.

– Il a été très admiré.

– La reine n'a pas assisté à cette danse, cependant. À ce moment-là, elle était partie se coucher.

– Exact, confirma Rozie.

– Alors pourquoi veut-elle... En quoi est-ce important ?

– Je peux seulement vous dire que c'est capital. Sans cela, elle ne vous le demanderait pas.

Meredith se leva et se dirigea vers un mur couvert d'œuvres d'art. Elle s'arrêta près de la fenêtre, d'où elle se mit à contempler les cerisiers en fleur.

– Si je vous réponds, ai-je votre parole que personne d'autre n'en entendra parler ?

– Vous l'avez tué ? demanda Rozie, qui avait l'impression d'être dans un monde parallèle.

Comment une telle question avait-elle pu sortir de sa bouche ?

– Non, bien sûr que non ! s'insurgea Meredith. Cela n'a rien à voir avec sa mort, ne soyez pas ridicule !

– Alors vous avez ma parole, personne d'autre n'en entendra parler, répondit Rozie avant que le silence tombe sur la pièce.

Meredith resta un instant debout dans un halo de lumière.

– Dansez-vous, Miss... ?

– Oshodi.

– Dansez-vous, Miss Oshodi ?

– Un peu.

– Eh bien moi, je danse beaucoup. Pas souvent, mais quand cela m'arrive, c'est de toute mon âme.

J'ai fait de la danse classique quand j'étais enfant et j'ai passé tous les concours avec succès. Je voulais être ballerine. Mais qui ne le voudrait pas ? Puis ces trucs ont poussé, dit Meredith en montrant sa poitrine, je suis devenue trop grande et puis... Et puis nous avons tous nos excuses, n'est-ce pas ? Je suis partie à l'étranger, j'ai voyagé en Amérique du Sud, j'ai rencontré un homme...

Rozie hochait la tête mais l'architecte semblait trouver qu'elle ne lui prêtait pas assez attention. Parlant toujours plus fort, elle vint s'enfoncer dans un fauteuil juste à côté d'elle.

– Il m'a appris à danser le tango. Et je suis très douée, Miss Oshodi. Avec les années et des cavaliers qui ne me permettaient jamais vraiment de retrouver l'étincelle, la théâtralité, les sensations, j'avais fini par l'oublier.

Meredith faisait de grands gestes en parlant et Rozie l'imaginait parfaitement sur scène, subjuguant son public.

– J'ai laissé tomber. Mes pieds sont restés immobiles. Et puis il y a eu Maksim. Bien sûr, il était magnifique – tout le monde a dû vous le dire. Et il a commencé par danser avec ces ravissantes créatures. Mais même si leur tango était irréprochable, elles ne ressentaient pas cette danse jusqu'au fond de leur âme, elles ne s'y abandonnaient pas tout entier. Et je ne sais pas... Maksim a dû déceler quelque chose dans mes yeux. Il m'a invitée à le rejoindre sur le parquet du salon Cramoisi. J'ai d'abord dit non. Comment passer après ces ballerines ? Mais il a insisté encore et encore, puis quelqu'un près de moi m'a encouragée. L'instant d'après, Maksim me tenait dans ses bras et disait quelque chose au pianiste. Celui-ci s'est lancé dans une excellente version de « Jalousie » et c'était parti.

– J'aurais aimé être là.

– Et moi, j'aurais aimé ne pas y être, dit Meredith d'une voix rauque.

Elle se leva de nouveau et se mit à faire les cent pas sur la moquette.

– Cette danse a réveillé en moi la fille de 18 ans que je suis toujours à l'intérieur et, en même temps, quelque chose d'intemporel chez Maksim. On aurait dit qu'il avait vécu un millier d'années et pas seulement vingt, vingt-deux ou vingt-quatre, que sais-je. Vous voyez ? Je ne sais même pas quel âge il avait ! Nous ne nous étions pas adressé la parole de tout le dîner. Même à ce stade, c'étaient déjà nos corps qui conversaient. On a raison de dire que la danse est l'expression verticale d'un désir horizontal…

Rozie commençait à comprendre où cette femme voulait en venir mais elle n'arrivait pas tout à fait à le croire. Elle luttait pour ne rien laisser paraître. Était-ce seulement possible ?

– Vous êtes devenus très proches ? osa-t-elle.

– Nous avons totalement fusionné. Le tango rend très animal : on se rapproche, on s'éloigne. Quand il m'a attirée vers lui… Il était évident qu'il avait envie de moi. Et, bien sûr, j'avais envie de lui. Enfin… C'est absurde, non ? Je vois à votre visage que c'est ce que vous pensez.

– Je suis désolée. Je ne voulais pas…

– Une femme de 57 ans et un homme dans la vingtaine. Une femme comme moi.

Elle regarda ses seins et son ventre avec mépris. À son arrivée, en la voyant dans sa robe émeraude et ses tennis, Rozie lui avait trouvé une certaine classe. Mais Meredith ne voyait que les dix kilos qu'elle avait pris avec la ménopause. Elle se mouvait plus lentement et découvrait des douleurs inédites. Chaque jour, il lui fallait fournir un peu plus d'efforts pour ne pas se sentir invisible.

– Je me demandais juste... Comment avez-vous fait ? Au château ?

– Pour coucher avec lui ? fit Meredith avec un sourire à la fois désabusé et triomphant. Vous avez déjà vécu un de ces moments, Miss Oshodi, où l'on éprouve le besoin impérieux d'être avec quelqu'un, où plus rien d'autre ne compte, même si cela n'a aucun sens et que c'est probablement mal ?

Rozie déglutit.

– Oui, bien sûr, vous savez de quoi je parle ! Eh bien, Maksim et moi avons tous deux compris sur la piste de danse que ce tango n'était qu'un début. Nous ne pouvions pas nous arrêter là. C'était complètement dingue. Je n'avais pas ressenti une telle euphorie depuis des années. Il m'a murmuré des bêtises à l'oreille et, quand je lui en ai chuchoté aussi, il a éclaté de rire. Nos âges respectifs n'étaient pas un problème. Mon... enfin... Ça n'avait aucune importance. Il m'a demandé où je passais la nuit et quand je lui ai expliqué où se trouvaient les suites des invités, il a dit qu'il se débrouillerait. Il est allé parler à la splendide Mrs Perovskaïa, qu'il semblait très bien connaître, et je l'ai vue lui répondre en souriant. Puis il m'a dit qu'il me rejoindrait dans ma chambre dans l'heure. Que je n'avais qu'à l'y attendre.

– Donc vous êtes allée dans votre chambre, pas dans la sienne.

– Et ? fit Meredith, plus déconcertée qu'autre chose.

– Êtes-vous allée dans sa chambre à un autre moment ?

– Non, bien sûr que non ! La mienne était beaucoup plus belle. J'avais une suite sublime, avec des meubles Régence. Alors que j'imagine qu'on avait dû le caser dans je ne sais quel trou à rats. Pourquoi y serions-nous allés ?

– Désolée, je vous ai interrompue. Vous êtes donc retournée dans votre chambre.

Meredith hocha la tête.

– J'ai dit au revoir à tout le monde et je suis remontée dans les étages de façon ostentatoire. J'étais persuadée que mon euphorie allait s'atténuer une fois que je serais seule mais ça n'a pas du tout été le cas ; j'étais en effervescence. J'étais au château de Windsor et chaque cellule de mon corps bouillonnait de vie. J'avais envie de rire et de faire l'amour toute la nuit. Je me sentais…

Meredith s'interrompit pour trouver ses mots et son expression redevint morne.

– Je me sentais moi. *Les neiges d'antan*. Et cela ne m'était pas arrivé depuis très longtemps.

– Et il est venu ?

Meredith leva les yeux vers son interlocutrice avec un sourire entendu.

– C'est le moins qu'on puisse dire… Il a frappé à la porte environ trente minutes plus tard. Il avait une bouteille de champagne à la main. Nous en avons bu une partie et, comme on dit…

Incapable de regarder Meredith en face, Rozie fit mine de s'intéresser aux livres d'art empilés sur la table basse en fredonnant à mi-voix. Meredith éclata de rire.

– Il est resté environ une heure. Ou deux ? Je n'en ai aucune idée. Et c'est tout ce que je vais vous dire. J'espère que c'est suffisant. À un moment, son téléphone a sonné. Un texto. Il s'est tourné pour le lire puis il m'a dit qu'il devait partir, malheureusement. Et c'est ce qu'il a fait. Je me suis contentée de sourire. J'étais certaine que je le reverrais. Pas pour une relation à long terme, ne vous méprenez pas. Je ne croyais pas que c'était le début d'une belle histoire d'amour, évidemment. D'une amitié, peut-être. Mais le lendemain, j'ai appris qu'il était mort et tout était…

Son air triste était revenu. Elle semblait vidée.

– … fini.

– Savez-vous ce qu'il a fait pendant que vous l'attendiez dans votre chambre ?

– Pas exactement. Mais, maintenant que j'y pense, quand il est arrivé avec le champagne, il portait une tenue différente. Un costume. Je me souviens avoir trouvé ça dommage, car il était vraiment splendide en smoking. Mais bon, il n'a pas gardé ses vêtements très longtemps.

– Avez-vous eu l'impression qu'il allait retrouver quelqu'un après vous ?

Meredith se mordit la joue tout en réfléchissant.

– Non, je ne crois pas. Mais peut-être que si, après tout. Il a juste dit « N'en parle à personne », mais il l'a dit en riant. Pas comme s'il avait honte mais plutôt comme s'il voulait que ce soit notre secret.

– Merci d'être aussi honnête.

– Je sais que j'aurais dû en parler à la police. En tout cas, en ce qui me concerne, ce furent ses dernières paroles. Je ne lui ai pas juré de ne rien dire à haute voix, mais je l'ai fait dans ma tête. Et je tiens mes promesses envers les morts.

Elle venait pourtant de lui raconter toute l'histoire. Voilà l'effet que produisait la poudre magique de la reine. Rozie était extrêmement reconnaissante à Meredith de lui avoir fait confiance. Elle ne voyait pas en quoi cela pouvait contribuer à expliquer le meurtre de Brodski, mais la patronne remarquerait peut-être quelque chose qui lui avait échappé. Elle se leva et remercia une fois de plus l'architecte.

– En fait, c'est vous qui m'avez aidée, dit Meredith. Je n'arrivais pas à analyser la situation jusqu'à ce que je mette des mots dessus. Je croyais avoir fait quelque chose de terrible et être punie pour cela mais, en réalité, c'était très agréable.

Rozie sourit.

– J'en suis ravie.

– À part la cystite.

Leurs regards se croisèrent et, après une seconde de silence, Rozie ne put plus contenir le rire qu'elle s'efforçait d'étouffer. Puis Meredith s'esclaffa à son tour, à gorge déployée.

Pour finir, elles échangèrent une accolade amicale et Meredith raccompagna sa visiteuse jusqu'à l'entrée.

– Mon Dieu, et dire que vous allez raconter ma vie sexuelle à la reine, lança-t-elle en ouvrant la porte.

– Je ferai cela avec retenue, promit Rozie. Je me cantonnerai aux points importants.

– Faites donc plutôt cela avec brio, l'exhorta Meredith. Rendez-moi justice. Et n'oubliez pas le tango.

CHAPITRE 10

La réunion était aussi longue qu'ennuyeuse. Soigneusement sélectionnés au fil des ans, les membres du Conseil privé étaient des gens compétents dont le bon sens et le soutien s'étaient révélés inestimables dans les moments difficiles. Intraitable, la reine dirigeait les séances debout et détestait qu'elles durent plus que prévu. Hélas, il restait des tas de choses à régler pour la célébration de son anniversaire, à l'ordre du jour. En vérité, elle se serait satisfaite d'une visite de ses arrière-petits-enfants, de quelques lettres agréables et d'une bonne balade à cheval dans le parc. Au lieu de cela, il allait y avoir des flambeaux, une infinité d'événements en tout genre impliquant pour la plupart de rester debout et, à la date officielle, une messe filmée à la cathédrale Saint-Paul. *On* y était habituée, bien sûr. Et *on* était heureuse de régner sur une nation aussi reconnaissante. Mais vraiment…

Pendant ce temps, ses pensées n'arrêtaient pas de revenir à Rozie. Serait-elle là ce soir, ainsi qu'elle l'avait annoncé à Simon ? À son retour, elle allait avoir beaucoup de choses à faire et la reine ne savait pas encore si elle était prête pour cela. Elle s'était bien débrouillée pour Henry Evans, mais cela n'avait pas été très difficile. Si la situation se compliquait, elle n'arriverait peut-être pas à suivre.

Il y avait toujours Billy MacLachlan, bien sûr. Après avoir été chargé de sa protection, il avait été promu inspecteur-chef. Il lui avait souvent rendu service par le passé et sa discrétion absolue n'avait d'égale que son incroyable inventivité. Il excellait à interroger les gens sans trop laisser de traces dans leur mémoire. Sachant qu'il supportait mal la retraite, une mission comme celle-ci pourrait lui plaire. Et même si Rozie s'en sortait bien, il pourrait toujours donner un coup de main. C'était bon à savoir.

L'arrêt suivant de Rozie fut à Mayfair, dans un bar d'hôtel aux couleurs ambrées aussi insipide que luxueux. Elle s'installa avec un café dans un coin tranquille, derrière un paravent d'orchidées blanches. Celle qui la rejoignit avec dix minutes de retard avait essayé de se déguiser. Pourtant, malgré ses lunettes de soleil masculines, son ample sweat-shirt à capuche noir et sa casquette de baseball, quiconque l'avait déjà vue ne pouvait que reconnaître sa moue si particulière, ses pommettes et la maigreur de ses cuisses dans son legging Lululemon.

Macha Perovskaïa se glissa sur le siège d'en face et jeta un coup d'œil vers les deux imposants gardes du corps en train de s'installer à bonne distance.

– Vous êtes la personne qui m'a appelée ?

Rozie hocha la tête.

– Oui, c'est moi.

La Russe enleva ses lunettes de soleil et la dévisagea un moment, la tête penchée sur le côté. Dans ce genre de situation, Rozie gardait un sourire égal.

Celui qui disait *Oui, j'appartiens bien au Bureau privé de la reine. Peut-être vous attendiez-vous à quelqu'un de plus âgé ?*

– OK, finit par dire Macha avec un petit geste en direction de ses gorilles. Je leur ai dit que vous m'interviewiez pour un blog consacré à l'art. Faites vite, il faut que je sois chez moi dans une demi-heure.

Rozie s'était demandé comment on bavardait de tout et de rien avec des milliardaires. Peut-être que cela ne se faisait pas, tout simplement.

– D'accord. C'est au sujet de la soirée du *dine-and-sleep.*

De tous les visiteurs présents ce soir-là, Macha et sa cadériste semblaient être les plus proches de Maksim Brodski. Rozie avait organisé cette rencontre afin de savoir si cette femme ou son mari pourraient l'éclairer sur ce qui lui était arrivé. À présent, elle était certaine que Macha avait quelque chose à voir avec tout ça. Et elle comptait bien découvrir quoi.

– D'après ce que j'ai compris, vous connaissiez très bien Mr Brodski…

– Oui, c'était mon professeur de piano.

– Ce soir-là, vous l'avez aidé.

– Pas du tout, répondit la Russe, une lueur de défi dans les yeux.

Rozie attendait de voir qui détournerait le regard en premier. Elle jouait à ce jeu depuis l'école primaire.

– Vous avez dit ne pas avoir beaucoup de temps. Et je ne vous demande pas si vous avez aidé Maksim, je l'affirme. Vous avez fait en sorte qu'il puisse aller retrouver Meredith Gostelow sans que le personnel du château et la police s'en aperçoivent. Et vous l'avez revu après.

Macha plissa les yeux. La Russe avait réussi à donner le change jusque-là, mais Rozie la vit se raidir sur son siège.

– Ce n'est pas vrai ! explosa-t-elle. Qui vous a dit cela ?

– Vous lui avez envoyé un texto et il est venu vous rejoindre.

Rozie avançait à tâtons dans l'espoir d'une réaction, mais celle qu'elle obtint la surprit : Macha se leva presque, se pencha au-dessus de la table et lui cracha sa réponse au visage.

– Vous ne savez rien du tout ! C'est cette vieille femme qui vous a dit ça ? Elle ment ! Elle est jalouse ! Elle croit que je couche avec Maksim, comme tout le monde. Même mon mari croit ça. Il pourrait me tuer pour ça, vous comprenez ?

Elle se laissa retomber sur sa chaise et marmonna, tout en frottant nerveusement la pierre de sa magnifique bague de fiançailles sur la table.

– Et pourtant, j'ai pris un risque pour Maksim, en tant qu'amie, et pour cette salope. Parce qu'ils avaient envie. Il riait, mais il était désespéré. Il m'a dit « Tu peux me faire monter là-haut, dans sa chambre. Je sais que tu peux. Fais-le ». Et je l'ai fait.

– Comment vous y êtes-vous prise ? Vous avez dû être très habile ? demanda Rozie d'une voix plus douce.

Cette femme avait besoin de se sentir valorisée.

Le regard de Macha s'illumina.

– J'ai imaginé un plan très vite. Je lui ai dit de retourner dans sa chambre et de s'habiller comme Vadim. Vadim est le valet de chambre de Youri. Il porte des costumes élégants – plus élégants que ceux de Maksim, mais le personnel de votre reine ne le sait pas, je pense. Maksim devait faire croire qu'il était Vadim et me retrouver au pied des escaliers qui vont aux suites des invités. Là, je devais dire aux domestiques que j'avais besoin de son aide. Je lui ai donné du champagne que j'ai trouvé. Nous avons monté l'escalier ensemble. Pendant ce temps, Youri était dehors avec son ami Jay. Ils fumaient des cigares et buvaient du porto en parlant de son voyage spatial et d'autres choses...

– Son *voyage spatial* ? l'interrompit Rozie, incapable de s'en empêcher.

– Oui. Il veut aller en orbite. Il a payé pour un vol dans deux ans. Ça coûte dix millions de dollars.

Macha regardait Rozie comme si c'était tout naturel, comme si elle racontait que Youri avait l'intention de s'offrir un chiot ou un vol pour New York.

– Mais je ne savais pas combien de temps ils allaient parler, et Youri pouvait appeler Vadim pour de vrai quand il remonterait. Alors j'ai dit à Maksim que je le préviendrais quand mon mari reviendrait. Et je l'ai fait. C'est tout.

Elle avait pratiquement grogné ses derniers mots.

– Et Maksim a pris ça comme un signal pour retourner dans sa chambre ?

– Je suppose.

– N'y avait-il pas un risque qu'il croise Vadim dans l'escalier ? Qu'aurait-il dit ?

– C'était son problème, répondit Macha en haussant les épaules. Il avait le temps d'y réfléchir.

– Vadim est-il venu, en fin de compte ?

– Oui, Youri était trop soûl pour se déshabiller tout seul, expliqua Macha comme si c'était normal.

Mais il ne l'a pas appelé aussitôt. Il a essayé de faire l'amour avant.

Elle avait dit cela sans ciller, pour voir comment réagirait Rozie.

– Je vois, répondit cette dernière, tout aussi impassible.

– Je ne l'ai pas arrêté. Il est venu vers le lit et m'a dit les choses habituelles. Il m'a aussi récité de la poésie russe, Pouchkine. Vous connaissez ?

– Pas vraiment.

– Vous devriez. Lermontov, aussi. Je l'ai laissé m'enlever les bretelles de ma nuisette mais soudain il m'a regardée comme s'il était dégoûté et s'est éloigné. C'est là qu'il a appelé Vadim.

Rozie avait l'étrange impression de servir de psychologue de fortune à cette femme agressive et en colère. Elle avait envie de lui prendre la main et de l'interroger sur ce qui n'allait pas. Au lieu de ça, elle lui demanda :

– Pensez-vous que son comportement avait un rapport avec Maksim ? Soupçonnait-il quelque chose ?

Le regard de Macha s'embrasa.

– Il n'y avait rien ! Pourquoi aurait-il fait ça ?

– Je vous crois mais…

– Youri n'a pas confiance en moi. Et ça l'étonne que quelqu'un me traite comme un être humain. Mais c'est tout ce que je fais avec Maksim : je joue du piano. Rachmaninov. Satie. Debussy. Nous rions parce qu'il est gentil. Il y a toujours quelqu'un dans la pièce avec nous, toujours. Demandez à ces hommes, là-bas. Ils sont avec moi à chaque minute. Si j'étais infidèle, ils le sauraient… Je m'en vais, maintenant. Je suis en retard.

– Attendez !

Macha était déjà en train de se lever et de remettre ses lunettes de soleil.

– Quoi ?

– Savez-vous ce qu'a fait Maksim ensuite ?

– Bien sûr que non, je vous l'ai dit.

– Et Youri ?

– Il s'est endormi à côté de moi. Il a ronflé comme un cochon. Il ne pouvait rien faire d'autre.

– Et Vadim ? Personne ne lui a demandé pourquoi il était venu dans votre chambre ?

– Je pense que si. Je lui ai dit de répondre qu'il était monté deux fois. Je ne voulais pas que la police en parle à Youri. Habillé en domestique, un beau Russe ressemble à n'importe quel autre, pas vrai ? Vladim est gay et, au moins, Youri pense que je ne risque rien avec lui.

Rozie prit alors conscience que Macha était parvenue à mettre en défaut le système de protection des invités de l'un des monarques les mieux gardés du monde, dans un château vieux de 1 000 ans équipé du nec plus ultra en matière de sécurité. Avec un mouvement de tête qui fit voleter sa queue-de-cheval, la belle milliardaire tourna les talons, se faufilant entre les tables d'une démarche sensuelle que sa tenue informe ne parvenait pas à dissimuler.

Il était difficile d'imaginer que Youri ne soit pour rien dans la mort de Brodski, même si Macha avait dit la vérité en affirmant qu'il n'était pas en état de commettre le meurtre. Il pouvait très bien l'avoir commandité. Un homme irait-il jusqu'à tuer pour une femme comme Macha Perovskaïa ?

Oui, estima Rozie. Un certain type d'homme, sûrement.

CHAPITRE 11

Le lendemain matin, c'était sir Simon qui aurait dû s'occuper de l'agenda de la reine. Mais Sa Majesté l'avait prié de contacter le bureau du Cabinet au sujet d'un problème diplomatique épineux avec le sultanat de Brunei. Ce fut donc Rozie qui alla prendre les boîtes.

– Je crois savoir que vous étiez absente hier, dit la reine en relevant les yeux. Je suis désolée pour votre mère.

– Ma mère est en pleine forme. Merci, Votre Majesté.

– Eh bien, vous m'en voyez ravie.

– J'ai passé une journée bien remplie à Londres. Je me demandais si vous aimeriez que je vous la raconte.

La reine était aux anges. Ainsi, le problème familial était un subterfuge ! Elle avait sous-estimé Rozie. Ce qui lui donna une idée.

– Je me disais que vous devriez peut-être rencontrer l'une des personnes qui vous ont précédée à ce poste. Aileen Jaggard. Il me semble que vous pourriez vous découvrir des points communs.

– Je l'ai vue avant-hier soir, Madame. C'est Katie qui me l'avait suggéré. Et vous avez raison quant à nos affinités.

– Ah, je vois.

Le visage de la patronne s'illumina et elle sourit d'une façon presque enfantine. Si Rozie lui avait déjà vu cette expression, elle n'en avait encore jamais eu l'exclusivité. Elle savoura un instant la situation. Il était difficile de se remettre au travail après cela mais leur temps était compté.

– J'ai eu une conversation avec la dernière cavalière de Mr Brodski et j'ai ainsi découvert ce qu'il a fait ce soir-là.

– Continuez.

Rozie résuma ses rencontres avec Meredith et Macha en éludant les détails sexuels. La patronne ne lui parut pas le moins du monde dépassée mais plutôt surprise, voire amusée.

– Ces femmes n'ont pas été avares de leur temps. Croyez-vous ce qu'elles vous ont dit ?

– Oui, Madame. Je ne suis pas experte en ce domaine mais elles n'étaient pas obligées de me dire quoi que ce soit. Je crois qu'elles souhaitaient que vous sachiez la vérité. Meredith m'a fait jurer le secret. Elle voulait que je n'en parle qu'à vous.

– Et vous l'avez fait ?

– Oui, Madame.

La reine fronça les sourcils.

– Cela complique un peu les choses.

– Vraiment ? Je suis désolée. Je…

– Nous y reviendrons plus tard. Reprenez.

– J'ai aussi interrogé les ballerines après leur répétition. Elles n'ont pas ajouté grand-chose à leur première déclaration à la police. L'une d'entre elles avait déjà croisé le chemin de Brodski mais sans bien le connaître pour autant. Encore une fois, j'ai beau ne pas être une spécialiste, je n'ai pas eu l'impression qu'elles mentaient. Elles étaient toutes les deux bouleversées par sa mort, ce qui se comprend.

– Et le jeune homme lui-même ? demanda la reine. Hormis son penchant pour le tango, vous avez découvert quelque chose sur lui ?

Rozie avait essayé. En fin d'après-midi, elle s'était rendue chez lui, à Covent Garden, et avait parlé à son colocataire, qu'elle avait pu joindre grâce à son téléphone prépayé. L'appartement se trouvait au dernier étage d'un immeuble, au-dessus d'un restaurant, tout près de la place. C'était un excellent emplacement, avec des fenêtres qui donnaient sur les rues grouillantes de monde d'où l'on entendait les voix des artistes de rue et des passants qui se rendaient au spectacle. En revanche, l'intérieur était basique : peint en blanc, des meubles d'occasion ou bon marché. Des vêtements et des cartons à pizza traînaient un peu partout, dans une atmosphère chargée d'effluves virils et musqués. Contrairement à ce qu'elle avait plus ou moins soupçonné, l'endroit ne sentait pas la fortune offshore et les comptes bancaires secrets.

Rozie (qui commençait à s'habituer à son rôle) s'était présentée comme venant de l'ambassade de Russie pour voir si Mr Brodski avait laissé des dettes – un loyer, par exemple ? Dans le but d'aider, en ces temps difficiles. Le colocataire, Vijay Kulandaiswamy, lui avait alors expliqué que le bail était à son nom et le loyer payé par la société qui l'employait à la City. En fait, il cherchait un remplaçant à Brodski pour couvrir les charges, même s'il avait souvent dû les payer lui-même. Depuis le jour où Maksim s'était installé avec lui, il l'avait toujours connu fauché.

Rozie en avait été étonnée.

– D'après nos informations, il est allé dans une école privée très coûteuse.

Vijay avait éclaté de rire.

– Moi aussi. Même école – c'est même là que nous nous sommes rencontrés. Mais ça ne signifie pas grand-chose. Ses frais étaient réglés par quelqu'un d'autre, je crois. Cela s'est arrêté quand il a eu fini ses études. Et celui qui payait ne s'est pas attardé dans les parages. Un patron ou un pote de son père, je dirais. Il n'en parlait pas beaucoup. J'avais l'impression qu'il était moitié reconnaissant, moitié furieux. Il appréciait la vie à Londres et il adorait la musique mais il se sentait déraciné, comme si sa place n'était pas ici. Ça le préoccupait beaucoup.

D'après Vijay, Maksim envisageait de devenir écrivain un jour mais, en attendant, il essayait de percer en tant que musicien professionnel. Il arrondissait ses fins de mois avec des leçons de piano et en donnant des cours de maths et d'informatique à des ados de bonne famille. Et, comme tout le monde, il passait beaucoup de temps sur Internet.

Non, Vijay ne savait pas qu'il avait un blog jusqu'à ce que la police lui en parle. Maksim n'était ni un hacker ni un passionné de technologie. Il n'était pas nécessaire de l'être pour enseigner l'informatique à des collégiens ; le programme en était encore au niveau Moyen Âge. Vijay avait des collègues très pointus en la matière et, selon eux, Maksim était loin d'appartenir à leur monde.

Son colocataire ne parlait pas beaucoup de la Russie, sauf quand il s'agissait de Poutine et ses acolytes. Il était incontestablement politisé. Même à l'école, où il était deux classes en dessous de Vijay, il était connu pour ses réquisitoires contre l'assassinat des représentants de l'opposition et des journalistes à Moscou. Il tenait un tableau à jour. Selon lui, en Russie, la vérité était un jeu dangereux. « Si un arbre tombe dans la forêt et que personne n'est là pour l'entendre, peut-on dire que cela fait du bruit ? Et si un journaliste est retrouvé mort après une chute du cinquième étage... Est-ce que quelqu'un s'en soucie ? » Cela le déprimait beaucoup.

À ce stade de la conversation, Vijay s'était rappelé qu'il parlait à quelqu'un de l'ambassade et s'était tu. Rozie s'était elle aussi souvenue de sa couverture.

– Bon, y a-t-il quelqu'un d'autre que nous devrions contacter ? Une petite amie, par exemple ? Quelqu'un d'important dans sa vie, que nous devrions informer de ce malheureux incident ?

Vijay avait haussé les épaules. Il y avait bien plusieurs filles dans les parages car Maksim avait du succès, mais aucune qui sortait du lot. Sa dernière relation longue avait pris fin quelques mois plus tôt, et il était encore trop triste et beaucoup trop gentil pour déjà s'investir avec qui que ce soit d'autre.

– Il me manque, vous savez ? Je... C'était sympa de vivre avec lui. Le son du piano me manque. Découvrir qu'il a fini le beurre de cacahuètes juste au moment où j'en ai envie me manque. Être obligé de faire croire aux filles qu'il est occupé parce qu'il n'est pas intéressé me manque. Il me devait quelques centaines de livres, mais je m'en fiche complètement. Il aurait fini par me rembourser. De toute façon, cela n'avait pas d'importance. Il était...

Vijay avait poussé un grand soupir, l'air un peu hagard.

– Comme je vous l'ai dit, c'était un type bien. Personne ne mérite de partir comme ça. Il prenait soin de lui ; il semblait en parfaite santé. Je ne me serais jamais douté qu'il avait un problème au cœur.

Rozie avait alors soudain pris conscience qu'un véritable être humain avait disparu ce soir-là, qu'il ne s'agissait pas seulement d'une « affaire ». Elle ne savait pas si les émissaires de l'ambassade de Russie prenaient les gens dans leurs bras pour les réconforter mais elle avait décidé que, dans ce cas précis, ils le feraient.

Elle n'avait rapporté à la reine que les grandes lignes de cet entretien.

– J'ai essayé de découvrir qui, dans son passé ou plus récemment, aurait pu vouloir sa mort, poursuivit-elle. En dehors de Mr Perovski peut-être. Mais je n'ai rien trouvé, Madame. À moins que vous ne pensiez que quelque chose m'a échappé.

– Non, confirma la reine. De ce point de vue, je crains que Humphreys ait raison. Le mobile est ici, quelque part.

– Sir Simon m'a dit ce matin que Mr Robertson et Mr Dorsey-Jones avaient plus ou moins été suspendus de leurs fonctions. Cela doit être difficile pour eux.

Rozie n'avait pas oublié la conversation de la reine avec Henry Evans, et elle savait combien elle désapprouvait la théorie de Humphreys.

– J'imagine, répondit Sa Majesté. D'ailleurs, j'ai une autre mission à vous confier, Rozie. Cela ne vous ennuie pas ? Je suis consciente que cela n'entre pas dans le cadre de vos attributions officielles. Et il se peut que vous ayez à travailler sur votre jour de repos.

– Tout ce que vous voudrez, Madame.

La reine lui donna de rapides instructions. Cette nouvelle recrue s'en tirait encore mieux qu'elle l'avait espéré. Elle n'avait tout de même pas là une nouvelle Mary, si ? Jusque-là, en ce qui concernait ses petits secrets, personne n'était jamais arrivé à la cheville de Mary Pargeter. Mais cette Rozie Oshodi – qui avait une bonne dizaine d'années de moins que Mary à ses débuts – semblait très prometteuse.

CHAPITRE 12

Plus tard dans la journée eut lieu une remise de récompenses au salon Waterloo. La reine avait toujours préféré qu'elles se tiennent à Windsor. Bien que la pièce soit vaste et abrite les portraits de tous les rois et hommes d'État ayant contribué à la défaite de Napoléon, elle restait moins solennelle que la salle de bal de Buckingham. Tout était moins solennel que le palais. Il ne manquait pourtant rien au cérémonial quand elle distribua les honneurs aux personnes méritantes sous les regards enamourés de leurs familles, en présence des Gurkahs et des Yeomen.

Quand tout fut terminé, Sa Majesté apprécia vivement le thé et la tranche de gâteau au chocolat qu'elle prit dans son salon privé en regardant les résultats des courses sur Channel 4. Parfois, elle aimait faire une petite sieste avant ses obligations de la soirée mais aujourd'hui, elle avait autre chose en tête. Elle demanda au valet d'avertir la gouvernante de ses projets. *On* pouvait faire ce qu'*on* voulait dans son propre château mais les domestiques ne goûtaient guère les visites-surprises dans leurs quartiers. Elle leur accorda donc quelques minutes pour donner un coup de propre.

Cela faisait un bon moment qu'elle n'avait pas mis les pieds dans les couloirs du grenier, au-dessus des appartements des visiteurs. Elle emmena les plus jeunes de ses chiens, toujours en demande d'exercice, et les regarda courir devant elle, s'arrêtant devant chaque porte pour renifler. À la vitesse d'un dorgi enthousiaste, il fallait compter une bonne dizaine de minutes pour parcourir la distance qui séparait les appartements privés de ceux des visiteurs, du côté sud de la cour.

Elle connaissait bien le quartier des invités car il lui arrivait d'y passer pour vérifier l'état du mobilier ou s'assurer que tout était bien en place avant l'arrivée d'un hôte particulièrement prestigieux. En revanche, les greniers lui étaient moins familiers. Ils avaient autrefois accueilli des moineaux et une famille de choucas, ainsi que des meubles inutilisés et des déguisements datant de l'époque victorienne. Philip avait tenu à faire aménager ces combles cinquante ans plus tôt, quand il était devenu clair que la famille allait passer la plupart de ses week-ends à Windsor. Quand on est reine et qu'on habite un château, il faut pouvoir loger beaucoup de personnel. Non seulement ses propres domestiques mais aussi ceux des visiteurs, voire d'autres personnes ayant à faire sur le domaine mais que l'on ne peut héberger ailleurs. Plus on créait de chambres et plus la demande semblait augmenter. Et c'était ainsi que Maksim Brodski s'était retrouvé ici.

Le moment était venu : elle voulait voir l'endroit de ses propres yeux.

Les murs blanchis à la chaux du couloir du dernier étage étaient couverts de divers croquis edouardiens jugés de trop piètre qualité pour les étages inférieurs. Les chambres étaient aussi spartiates que fonctionnelles, récemment repeintes dans des tons verts et crème, avec une petite touche de violet ici et là sur les plaids ou les assises des sièges. En voyant le résultat, Philip avait dit que cela lui faisait penser à un motel (comment savait-il à quoi pouvait bien ressembler un motel ?) ou au pensionnat de Gordonstoun, ou encore – vu le choix des couleurs – à Wimbledon. La reine ne voyait pas en quoi c'était un problème, mais dans sa bouche ce n'était pas un compliment. De toute façon, cela ne dérangerait pas les visiteurs.

Elle croisa plusieurs femmes de chambre, toutes sortes de valets et le responsable des cheminées, tous occupés ou en route vers leurs tâches respectives. Tout à coup encerclé par les chiens, un domestique portant un plateau à cloche fit la preuve éclatante de son professionnalisme en se faufilant parmi eux sans même ralentir le pas. La gouvernante, Mrs Dilley, attendait Sa Majesté dans la partie du couloir où se trouvait la chambre de Mr Brodski. À sa gauche, la reine remarqua une porte munie d'un écriteau indiquant qu'il s'agissait d'une cabine de douche. Elle entendait des bavardages en provenance d'une autre chambre, un peu plus loin. Elle était ravie que les gens à l'intérieur ignorent sa présence. Comme les conversations s'interrompaient toujours dès qu'elle arrivait quelque part, il lui était particulièrement agréable d'entendre son personnel parler normalement.

– Voici la chambre, Madame, annonça Mrs Dilley en insérant une petite clé dans la serrure.

Avec son vernis acajou assez laid et son numéro 24 gravé sur une petite plaque en cuivre, c'était une porte tout ce qu'il y avait de plus ordinaire. Sur une feuille A4 plastifiée collée dessus, on pouvait lire :

« ENTRÉE INTERDITE ». Bien que l'on puisse fermer toutes ces chambres de l'intérieur avec un verrou à l'ancienne, la reine se souvenait avoir trouvé la plupart d'entre elles ouvertes lors de son dernier passage. Au château, jusqu'alors, tout le monde partait du principe que les résidents se respectaient les uns les autres, ainsi que leurs biens – ce qui était plutôt agréable. Désormais, il fallait imaginer le pire et les portes se fermaient. Les objets de valeur étaient certes en sécurité mais c'en était bel et bien fini de l'ambiance sereine.

Brodski connaissait probablement son assassin, se dit-elle en pénétrant dans la chambre. À moins d'avoir laissé la porte entrebâillée, il avait fallu qu'il lui ouvre. Et pourquoi aurait-il fait entrer un inconnu au beau milieu de la nuit ?

Mrs Dilley alla se placer près de la tête de lit pour y attendre patiemment que la reine ait terminé son inspection. Il n'y avait pas grand-chose à voir. À droite de la gouvernante, une petite fenêtre permettait de distinguer un minuscule bout de ciel gris entre des rideaux violets. Une petite table et une chaise étaient disposées juste en dessous. Les draps et tous les autres objets superflus avaient été enlevés. Il ne restait qu'un matelas nu sur le sommier en bois collé au mur, côté porte. À gauche de Sa Majesté se trouvait une petite commode à laquelle il manquait la moitié des poignées (il faudrait faire réparer cela). Et pile en face, son regard s'arrêta sur une penderie grande ouverte. À l'intérieur… rien du tout. Ni taches ni autres signes de vie ou de mort. Pas le moindre indice révélant qu'un drame s'était produit ici.

La reine étudia de plus près la porte de la penderie, dont la poignée en D avait accueilli le second nœud.

L'ensemble paraissait fragile – pas assez solide pour contenir un homme, et encore moins pour qu'il s'y pende. Quel genre de personne pouvait regarder un tel objet et se dire : *Voilà l'instrument d'un crime* ?

Elle s'éclaircit la voix.

– Cela a dû être très dur pour la femme de chambre qui l'a découvert.

Mrs Dilley releva les yeux.

– Mrs Cobbold ? Oui, horrible, Madame. Dans un premier temps, elle n'a pas pu entrer. Il a fallu qu'elle aille chercher le passe-partout à l'office. Puis elle a ouvert la porte et il était là, juste devant elle, avec ses jambes qui dépassaient de la penderie. Elle a failli s'évanouir. Mais elle va déjà beaucoup mieux, Madame.

Tout le monde cherchait toujours à la rassurer. Sauf Philip, l'unique personne à qui elle pouvait faire confiance pour lui parler sans détour. D'après sir Simon, il devait rentrer le lendemain. Et ce ne serait pas trop tôt.

– Je suis heureuse de l'entendre. A-t-elle déjà repris le travail ?

– Oh non, Madame, répondit Mrs Dilley, l'air perplexe. La semaine prochaine, peut-être ?

Donc elle n'allait pas si bien que ça, ce qui n'avait rien d'étonnant.

– Merci, Mrs Dilley.

– Je vous en prie, Madame.

– J'espère que cette situation ne vous a pas créé trop de difficultés, avec la police dans les parages en permanence ?

– Non, Madame. C'est seulement affreux. Pour nous tous.

La gouvernante plongea son regard dans celui de la reine et ne le lâcha pas, de femme à femme. Ses yeux exprimaient une immense compassion. Elle savait tout ce que cette tragédie au sein même du château signifiait pour sa souveraine. Cette dernière détourna la tête et appela les chiens, qui gambadaient dans le couloir. Ils entrèrent en trottinant et s'agitèrent autour d'elle, ce qui rendit brièvement un semblant de normalité à la pièce.

– Candy, Vulcan. On y va.

Le grand couloir lui parut deux fois plus long qu'à l'aller. Elle avançait lentement. Elle ne s'était pas attendue à un tel choc. Non pas à cause de ce qu'il y avait dans la chambre mais à cause de ce qui ne s'y trouvait pas, à savoir une quelconque trace de l'individu qui y avait perdu la vie. Brodski avait quitté ce monde sans rien laisser derrière lui et elle s'en sentait plus ou moins responsable.

Si elle l'avait consulté, sir Simon lui aurait déconseillé d'aller dans cette chambre, et c'était en partie pour cela qu'elle ne lui avait rien demandé. Il lui aurait dit que ce n'était pas nécessaire – ce qui était faux –, et que cela pouvait être bouleversant – ce qui était vrai mais rageant au possible. Même si elle ne lui en avait pas donné l'occasion, l'imaginer en train de prononcer ces mots suffisait à l'énerver. Elle balaya ces pensées. Ainsi que le lui avait si souvent répété sa grand-mère la reine Mary quand elle était enfant, ruminer n'apportait jamais rien de bon.

Elle se mit donc à penser à la porte qui ne pouvait pas s'ouvrir sans clé depuis le couloir. Brodski n'avait rejoint sa chambre que très tard dans la nuit. Par conséquent, quelle que soit l'identité de la personne qu'il avait fait entrer ou qui était arrivée avec lui, il s'agissait de quelqu'un qui avait patienté tout le temps nécessaire. Un espion aurait été capable de se procurer un passe-partout, supposait-elle. Ce qui pouvait coller avec le scénario du complot auquel Humphreys semblait tant tenir. Et pourtant, le second nœud mal serré indiquait plutôt une agression improvisée. Il ne pouvait pas s'agir non plus d'un vieux règlement de comptes puisque Brodski ne connaissait personne ici. Et il était tout aussi improbable que l'affaire soit sexuelle. Le jeune homme avait eu tout ce qu'il lui fallait à l'étage en dessous et le nombre de personnes d'humeur à batifoler au château ce soir-là était forcément limité. Même Philip en conviendrait, non ?

Mais… qui avait fait le coup, alors ?

Pas Poutine. Gavin Humphreys n'était qu'un imbécile embourbé dans son idée fixe, tout en elle le lui disait.

Pas Charles, qui, ce soir-là, était retourné à Highgrove avec Camilla. (Elle s'efforçait d'être objective en ne négligeant aucune éventualité, d'autant plus que cette réception avait eu lieu à sa demande.) Le principal d'Eton était aussi rentré chez lui, à deux pas d'ici. Mais l'aventure de Brodski avec l'architecte avait démontré que, avec un peu d'ingéniosité, il était possible de circuler entre les quartiers du personnel et des invités sans être inquiété. À ce stade, sachant que les noms de sir David Attenborough et de l'archevêque de Canterbury figuraient sur la liste des suspects, tout ça était carrément en train de virer au comique. Non. Franchement, non. Si on ne pouvait pas avoir confiance en ces hommes, autant baisser les bras tout de suite.

Cependant, même en les excluant, les possibilités restantes étaient déconcertantes. Bien qu'il n'existe aucune raison de soupçonner l'ancien ambassadeur à Moscou, elle ne pouvait pas écarter l'hypothèse qu'il se soit passé quelque chose en rapport avec Brodski – quelque chose dont elle n'aurait pas été informée – durant son mandat en Russie. La police n'avait découvert aucun lien entre le jeune homme et la romancière, pas plus qu'avec la professeur. Même si après tout Anthony Blunt, l'espion soviétique de triste mémoire, avait lui aussi été un universitaire. Bien entendu, la plupart de ces gens étaient des piliers de l'*Establishment*. Mais qui sait… ? Puis il y avait l'architecte, qui avait dansé le dernier tango avec Brodski. La reine réfléchit une minute à ce qu'aurait pu être son mobile, sachant ce que Rozie lui avait rapporté. Cependant tout dans cette tragique histoire semblait la disculper. La pauvre femme était juste tombée sous le charme. Cela laissait Perovski, son épouse, son ami gestionnaire de fonds spéculatifs et leurs domestiques. N'était-ce pas sur eux que la police aurait dû se concentrer ?

Alors qu'elle adressait un signe de tête à un policier posté à l'entrée des appartements privés, la reine se fit la réflexion qu'il était vraiment insensé d'avoir agi à Windsor. Quand vous êtes en contact quotidien avec un homme que vous détestez, pourquoi choisir le château pour l'assassiner ? Il fallait cependant avouer qu'une fois à l'intérieur, les mesures de sécurité ne posaient plus vraiment de problème. Sauf à proximité de sa personne. Mais les invités pouvaient faire tout ce qu'ils voulaient avec leurs employés, ou entre eux, jusque tard dans la nuit. Et de toute façon, le coupable courait toujours. C'était tout de même la stratégie la plus risquée qu'on puisse imaginer. Une fois le meurtre découvert, tout ce que le pays comptait de détectives et d'espions de haut vol allait forcément se mettre sur l'affaire. Pourquoi frapper ici, alors qu'il aurait été tellement plus facile de le faire à Mayfair ou à Covent Garden ?

Selon cette logique, l'assassin devait donc être quelqu'un qui ne connaissait pas très bien Brodski. Ce qui rouvrait la liste des suspects, incluant tous ceux qui se trouvaient dans la partie haute du château ou dans les environs ce soir-là. Elle avait le sentiment de ne pas avoir vraiment progressé. Elle avait même plutôt régressé puisqu'elle avait plus de doutes que jamais.

Quelque chose d'étrange s'était produit le soir du *dine-and-sleep*. Pas durant la réception. Avant. Un vague souvenir, bloqué dans un recoin de son cerveau, la titillait. Tout en regardant les chiens entrer dans son salon, elle crut un instant le sentir revenir. Puis il lui échappa de nouveau.

Elle nota de demander à Rozie une liste complète des visiteurs ayant passé la nuit au château. Il lui faudrait aussi insister auprès de l'ambassade de Russie pour en savoir plus sur la famille de Brodski. Quelle tristesse qu'un homme ayant vécu si intensément ait quitté ce monde pour toujours… et que personne ne soit là pour le pleurer.

Sir Simon attendait la reine avec une petite pile de documents à signer. À côté de lui se tenait un valet portant un plateau sur lequel étaient disposés un verre, des glaçons, du citron, une bouteille de Gordon's et une autre de Dubonnet. Elle regarda l'un des hommes avec une certaine impatience et l'autre avec envie. Encore cinq minutes, et enfin *on* pourrait se détendre quelques instants.

CHAPITRE 13

– Bonjour, *cabbage*. Tout est sous contrôle ?

Assis à la table du petit déjeuner, Philip avait l'air de n'être jamais parti.

– Je pensais que vous arriviez dans la matinée.

– Je suis rentré hier soir. J'avais un dîner avec quelques amis à Bray. Mon Dieu, vous êtes livide. Avez-vous dormi, au moins ?

– Oui, merci.

Elle essaya d'avoir l'air furieux mais il était bien trop jovial. Il y avait toujours une petite étincelle malicieuse dans son regard, sauf quand il était très en colère. Comme à son habitude, il était déjà habillé pour la journée et sa cravate était impeccablement nouée sur sa chemise à carreaux. La radio était allumée, il y avait des toasts sur la table, et tout cela donnait l'impression que l'endroit avait repris vie. Elle ne put s'empêcher de sourire.

– M'avez-vous rapporté des caramels ?

– Mince, j'ai oublié. Vous avez vu les photos de William et Catherine dans la presse ? Ils font pratiquement toutes les unes. J'avais dit à William que l'Inde lui plairait. Vous les avez vus dans cette réserve avec les éléphants et les rhinocéros ? Quels veinards ! C'est mieux que d'épingler des médailles sur des revers de vestes.

La reine se refusa à mordre à l'hameçon.

– Et le saumon ?

– Incroyable. J'en ai pris quatre. Je les ai rapportés dans une glacière. Je me suis dit que la cheffe pourrait en faire quelque chose pour votre anniversaire.

– Merci.

– Remarquez, le menu doit être prévu depuis six mois.

C'était exact.

– Mais ils peuvent toujours le changer, continua-t-il.

– Hum…

Bien sûr que non, mais elle allait y réfléchir. Elle était très touchée qu'il ait pensé à son anniversaire. Et qu'il ait estimé que quatre gros poissons étaient un cadeau adéquat – ce qui était le cas. Le saumon était toujours bienvenu sur la table de Sa Majesté. Bon pour le cerveau, apparemment. Et cela lui rappelait de belles journées passées au bord des torrents.

Un agréable silence régna un moment dans la pièce – si on faisait abstraction de la radio en fond sonore –, puis Philip leva les yeux et lança :

– Ce maudit Russe… Tom m'a dit que c'était un meurtre.

L'écuyer de Philip, le capitaine de corvette Tom Trender-Watson, était un proche de sir Simon et presque toujours au courant de tout ce qui se passait au château. Dieu merci, il était également d'une discrétion irréprochable.

– Ont-ils déjà trouvé qui a fait le coup ? demanda Philip. Je n'ai entendu parler de rien.

– Non. Le MI5 pense que c'est Poutine.

– Quoi ? En personne ?

– Non. Avec la complicité de l'un de nos domestiques.
– Quelle bande d'idiots !
– C'est à peu près ce que je me dis.
– Vous pensez à quelqu'un ?

Les yeux rivés sur son thé, la reine soupira.

– Pas précisément. Il y avait du monde ce soir-là au château, mais je ne vois pas qui aurait voulu le tuer.

– La moitié des dames lui auraient plutôt souhaité du bien, d'après ce qu'on m'a rapporté.

– Mmm. Oui, en effet.

Elle fut tentée de lui parler des batifolages de Brodski avec l'architecte, mais elle savait qu'il aimerait tellement cette histoire qu'il la raconterait aussitôt à tout son personnel. Son écuyer étant le seul à savoir tenir sa langue, la rumeur se propagerait comme un feu de forêt. Elle n'était pas censée être au courant alors elle préféra se taire.

– Eh bien, il va falloir qu'ils trouvent rapidement, déclara Philip. Craindre d'être entouré d'assassins, ça ne réussit à personne. Et il faut surtout que l'affaire soit réglée avant que les médias ne s'en emparent. Sans quoi ils s'en donneront à cœur joie.

Sachant déjà tout cela, la reine se contenta d'un autre « Mmm ».

– Vous devriez en glisser un mot au type de la police chargé de tout ça. Tant pis pour le MI5. Poutine ! Bah !

Sur ce, il ouvrit son journal. La reine était à la fois un peu contrariée qu'il lui dise de faire ce qu'elle s'apprêtait de toute façon à faire, et soulagée qu'il soit là pour la rassurer avec des paroles telles que « Poutine ! Bah ! ».

Il la préservait véritablement de la folie.

Ravi Singh ne pouvait s'empêcher de penser à la fois où il avait remporté le concours d'éloquence des quatrièmes au collège. Tout comme aujourd'hui, ses mains tremblaient et il sentait le sang battre à ses tempes. C'était la seule fois où il avait été convié dans le bureau lambrissé de Mrs Winckless, la principale, qui se trouvait dans la partie la plus chic de l'établissement, au bout d'un long couloir carrelé. Il se souvenait qu'il y avait sur son bureau un vase qui contenait des boules pâles dont il ignorait encore qu'il s'agissait d'hydrangeas. Et elle portait une robe bleu électrique qui moulait sa poitrine beaucoup trop généreuse pour ne pas mettre un adolescent mal à l'aise.

La salle du Chêne, où la reine lui avait accordé une audience, ne ressemblait évidemment pas à ce bureau lambrissé. Elle était plus grande et d'une forme étrange du fait qu'elle se situait dans une tour. Les murs étaient blancs, les canapés confortables et un bon feu brûlait dans la cheminée. Détail inattendu : on y trouvait même un téléviseur. En tout cas, la situation était comparable : face à une femme qui l'impressionnait, il se sentait coupable, même s'il pensait avoir fait du bon travail.

Je suis à la tête de la police métropolitaine, se répéta-t-il en s'asseyant. *J'ai atteint le plus haut niveau possible dans mon domaine. Elle ne va pas me gronder.*

La reine prit place en face de lui sur un petit canapé rouge. Tout sourire, elle lui proposa un biscuit pour accompagner son thé tandis que ses chiens venaient se blottir à ses pieds. C'était plutôt bon signe.

Il songea au regard perçant que lui avait lancé Humphreys en entendant parler de cette convocation.

– Il faudra que vous me racontiez tout. Mot pour mot. Nous devons savoir ce qu'elle en pense.

Mais la reine semblait juste vouloir s'enquérir de l'évolution de l'enquête. Ce qui était parfaitement normal puisque le crime avait eu lieu dans son château.

– Évidemment, les spécialistes du MI5 sont sur l'affaire, Madame, mais j'ai bien peur que la liste des suspects ne soit très longue. Beaucoup de gens avaient accès à ce couloir, ce soir-là. Vous êtes allée voir par vous-même, je crois ? Nous les avons tous interrogés. Évidemment, devoir leur cacher que nous enquêtons sur un meurtre ne facilite rien. Et cela nous complique aussi la tâche pour comparer les ADN avec le cheveu trouvé sur le corps. Évidemment, nous le ferons dès que nous aurons un suspect sérieux.

Il se rendit compte qu'il venait de dire « évidemment » trois fois. Et il transpirait sous sa veste. Sa Majesté était une femme charmante et ne lui avait pas posé la moindre question délicate, mais cette entrevue était plus éprouvante qu'un passage au journal télévisé.

– Je suis persuadée que vous faites tout ce qui est en votre pouvoir.

– Bien sûr, Madame. Évid… euh, nous sommes particulièrement attentifs aux gens qui connaissaient Brodski ou qui avaient des liens avec la Russie. Le valet, qui avait la chambre voisine ; la femme de chambre ; les ballerines, bien que d'après leur historique informatique, leur alibi FaceTime semble tenir le coup. Il y a aussi une bibliothécaire spécialiste de l'histoire russe, mais elle loge à une distance considérable du lieu du crime. Quant à l'archiviste… euh, je pense que Mr Humphreys sera plus à même que moi de vous en dire davantage à son sujet.

– Et Mr Robertson ? Y a-t-il du nouveau en ce qui le concerne ?

– Rien pour le moment, Madame. Rien de certain. Il se trouve qu'il nous a fourni des explications pour certains versements qui posaient question. L'enquête suit son cours.

– Je vois. Est-ce tout ? À qui d'autre avez-vous parlé ?

Le commissaire consulta ses notes.

– Le service de communication avait organisé une sorte de conférence ce jour-là. Il y avait cinq personnes venues de l'extérieur, en plus de celles qui travaillent ici. Divers employés qui résident à Windsor régulièrement. Et des invités du gouverneur.

– Il y avait aussi mes invités du *dine-and-sleep*.

– Ils sont exclus des listes des suspects, Madame. On ne peut pas se rendre des suites des invités aux quartiers qui abritent le personnel sans passer par deux contrôles de sécurité, et personne n'a rien vu.

La reine accueillit cette remarque avec un sourire qu'il aurait qualifié d'espiègle s'il ne s'était pas agi d'elle.

– Oh, plusieurs petites choses surprenantes se sont produites au fil des ans, commissaire. Ce matin encore, Philip me rappelait qu'une fois, dans le cadre d'un pari, l'ambassadeur de France avait réussi à faire venir dans sa suite une artiste de cabaret déguisée en valet.

– Rien de semblable ici, Madame, lui assura Singh, tout en se promettant de raconter cette anecdote à ses hommes.

– Eh bien, c'est un soulagement.

Elle savait qu'à ce stade, il aurait été de son devoir de lui révéler ce que Rozie avait appris de Meredith Gostelow et Macha Perovski… Malheureusement,

Rozie avait juré le secret. La jeune femme avait manqué de jugeote. On ne savait jamais ce qu'on risquait de nous demander de dire ou de faire. En parler à Mr Singh ferait entrer Rozie dans l'affaire – et, par ricochet, l'y ferait entrer aussi –, ce qu'il fallait bien sûr éviter à tout prix. En revanche, si quelqu'un aidait le commissaire à comprendre que des batifolages entre employés et invités étaient possibles, peut-être découvrirait-il la suite tout seul. Elle se contenta donc d'accepter avec grâce ses propos rassurants.

– Et y a-t-il des nouvelles de l'ambassade ?

– Madame ?

– Au sujet de la famille de Brodski. Quelqu'un a-t-il réclamé le corps ?

Singh resta silencieux. Personne n'avait abordé le sujet.

– Non, Madame. J'imagine qu'il est toujours à la morgue. Voulez-vous que je me renseigne sur ce que savent nos services ?

– Oui, merci. C'est très aimable à vous. Et qu'en est-il des nouveaux gilets pare-lame, dites-moi ?

Se ruant dans la brèche qu'elle venait d'ouvrir, Singh enchaîna sur le nouvel uniforme de ses troupes, au sujet duquel la reine était remarquablement bien informée. *Rien ne lui échappe*, se dit-il. Elle lui rappelait son arrière-grand-mère, Nani Sada, qui était de fait bien plus effrayante que Mrs Winckless dans son bureau lambrissé. En tout cas, il pourrait dire à Gavin que Sa Majesté était satisfaite de l'évolution de l'enquête.

CHAPITRE 14

L'immeuble était long et bas, quatre étages de brique rouge-brun avec balcons de la même couleur et baies vitrées modernes. Sans être experte en architecture, Rozie estimait qu'il avait dû être construit dans les années 1960. Au premier abord, ce n'était pas un bâtiment très engageant, mais ce qui le distinguait des autres c'était la vue sur la Tamise et l'imposante silhouette de la centrale électrique de Battersea qui perçait à travers les arbres.

Elle se trouvait à Pimlico, un quartier de Londres où vivaient de nombreux députés et où les luxueuses maisons aux façades couvertes de stucs jouxtaient les appartements d'après-guerre. Il devait y avoir environ une demi-heure de marche d'ici au palais de Buckingham. Une balade agréable par un matin ensoleillé. Et un endroit où il devait faire bon vivre, à en juger par le cadre.

Elle prit un panier en osier portant le logo de Fortnum & Mason sur le siège arrière. Le trajet en voiture depuis Piccadilly avait été éprouvant car il lui avait fallu se faufiler dans le trafic à l'heure de pointe. Elle avait deux livraisons à effectuer et devait être de retour à 15 heures. Quand vous travailliez pour le

Bureau privé, un « jour de repos » signifiait en réalité une demi-journée, et aucun retard n'était envisageable. Elle ferma la portière du genou, la verrouilla et se dirigea vers l'entrée de l'immeuble, le panier à la main.

La porte de l'appartement numéro 5 s'ouvrit sur un homme aux cheveux poivre et sel et à la barbe naissante, vêtu d'un ample short de sport et d'un tee-shirt imbibé de sueur, une serviette autour du cou. Il n'avait répondu qu'à la troisième sonnerie. Elle fut d'abord un peu horrifiée de constater son laisser-aller, avant de comprendre qu'elle l'avait interrompu en pleine séance de sport. Ce qui était plutôt bon signe.

– Mr Robertson ?

– Oui ?

Il avait les yeux rivés sur le panier, qui était aussi gros que le permettait le siège arrière de la Mini. L'objet ne semblait pas à sa place sous la lumière crue, dans cet étroit couloir à la peinture écaillée.

– C'est le Bureau privé qui m'envoie, dit-elle simplement, sachant que toute autre précision aurait été inutile. C'est pour vous.

– Quoi ? fit-il tout en s'essuyant le visage. Entrez donc.

Il la précéda dans une petite entrée d'une propreté irréprochable malgré la présence de deux vélos de course, d'un portemanteau, de plusieurs cadres sur le mur et d'une étagère pleine de chaussures de sport. La pièce suivante était la cuisine, deux fois moins grande que celle de Meredith Gostelow à Westbourne Grove mais donnant directement sur les légendaires cheminées de la centrale électrique. Toutes les surfaces de la pièce scintillaient.

– Puis-je vous offrir quelque chose ?

– Non, merci. Je dois faire vite.

Elle posa le panier sur le plan de travail à côté de l'évier et sourit au page de la reine.

– Je suis entrée il y a peu de temps au service de Sa Majesté. Je m'appelle Rozie. Je… Le Bureau privé tenait à ce que je vous apporte ceci afin que vous sachiez que nous sommes conscients de votre situation. Je dois souligner que cela vient bien du Bureau, et non de Sa Majesté à titre personnel.

Quand elle lui avait transmis le message de la reine, lady Caroline avait bien insisté sur ce point. Sa Majesté ne s'excusait pas pour ce que ses fonctionnaires, y compris ceux du MI5, faisaient en son nom. Ç'aurait été aussi hypocrite qu'incorrect.

Alec Robertson s'essuya une nouvelle fois le visage, l'air perplexe.

– Vous devez le souligner ? répéta-t-il.

Sa voix grave était agréable et il roulait légèrement les « r » à l'écossaise. Rozie l'imagina en train de servir du thé à la patronne, de tirer sa chaise, de s'assurer que tout se passait exactement comme elle le souhaitait. C'était le genre de personne qu'il était plaisant d'avoir à ses côtés.

– Bon, voyons un peu cela.

Il défit le nœud et souleva le couvercle. Le panier contenait du vin, du whisky et des pots de marmelade, ainsi que du thé, des sablés et des biscuits au gingembre dans de jolies boîtes métalliques couleur anis. Il y avait aussi une carte, sans message ni signature, ornée d'un camélia blanc.

Alec regarda Rozie avec insistance puis baissa de nouveau les yeux pour examiner une boîte de biscuits, qu'il prit avant de la remettre en place. Enfin, il posa son index sur la carte.

– Un camélia blanc. La fleur préférée de la reine mère… Vous le saviez ?

Rozie eut l'impression qu'il avait les yeux embués.

– Non, pas du tout.

– La fleur préférée de mon épouse, aussi. Je le lui ai dit une fois, il y a sept ans. Quand Mary est morte.

– Oh.

Rozie fit un rapide calcul. La reine mère était morte en 2002 – il ne faisait donc pas référence à une conversation qu'il avait eue avec elle.

– Une fois, répéta-t-il, le doigt toujours sur la carte. Il y a sept ans. Quelle femme.

Rozie toussota.

– Comme je vous l'ai dit, au Bureau privé, nous tenions juste à ce que… Nous n'aurions probablement pas dû… mais nous…

– Dites-lui merci, l'interrompit-il avec son accent des Highlands. Un grand merci.

Rozie avait une boule dans la gorge. Désemparée, elle hocha la tête et déclara qu'elle ferait mieux de partir.

Sa visite chez Adam Dorsey-Jones fut assez différente. Après avoir traversé la Tamise, elle arriva à Stockwell, dans une rue de maisons georgiennes converties en appartements. Cette fois, il n'y avait pas de carte ornée d'un camélia blanc dans le panier, mais l'homme en jean et pull vert en face d'elle réagit à l'identique quand elle affirma que la reine n'y était pour rien.

– Mais oui, c'est ça. Vous avez décidé de faire ça par pure bonté de cœur.

– On peut dire ça comme ça.
– Eh bien, merci beaucoup, Miss secrétaire-particulière-adjointe-que-je-ne-connaissais-pas.
– De rien.
– Vous êtes bien généreuse.
Rozie retint un sourire.
L'archiviste posa le panier sur la table basse de son salon rempli d'objets d'art.
– De toute évidence, vous ne me soupçonnez pas d'être un espion russe sous prétexte que mon petit ami est allé à Saint-Pétersbourg.
– Je ne suis pas qualifiée pour en juger, lui répondit Rozie d'un ton neutre.
– Et pourtant… ce panier.
– C'est juste… de la part du Bureau.
Là, l'homme s'assit et lui parla des deux ans qu'il venait de consacrer au projet de numérisation dont on l'avait chargé. Il se souvint de son excitation quand il avait trouvé des documents manuscrits de George II jusqu'alors disparus, de ses nuits passées à travailler tard pour tenir les délais. Il se souvint aussi avoir manqué l'anniversaire de son compagnon deux semaines plus tôt pour aller chercher à Windsor les dernières informations nécessaires au bouclage de son rapport.
– Ils ne veulent pas me dire ce qu'ils me reprochent. Mais d'après leurs questions, ils semblent croire que j'appartiens aux services secrets russes. Ils ont l'air de penser que si on aime la littérature russe, on est forcément fan du Kremlin. Ma thèse portait sur Soljenitsyne. Si vous voulez tout savoir sur leurs pratiques de torture mentale, il faut lire *Le Pavillon des cancéreux*. Quant à la galerie de Jamie, elle est spécialisée dans les artistes russes du début du XXe siècle, quand ils ont ouvert la

voie à l'abstraction et à l'expérimentalisme. Les révolutionnaires détestaient cela. Ils les ont presque tous tués ou exilés, ou bien ils leur ont rendu la vie impossible. Ça ne donne pas vraiment envie de devenir fan de l'État russe. Mais qu'est-ce que j'y connais, après tout ?

– Ça finira par s'arranger, répondit Rozie.

Elle savait qu'elle n'avait pas le droit de le rassurer. Dans vingt ans, le personnage secondaire qu'elle était dans cette affaire apparaîtrait sûrement comme celui de la fille naïve qui avait eu pitié de l'espion. En réalité, elle avait surtout conscience que l'amertume occasionnée par de telles injustices risquait de nuire gravement au fonctionnement de la Maison royale.

– Je suis désolée, ajouta-t-elle.

– Oui, je veux bien le croire, répondit-il.

Sur le chemin du retour, dans la circulation intense de Cromwell Road, elle écouta Radio 4. Il n'y était question que des dernières apparitions de William et Kate en Inde. Rozie avait peine à croire qu'elle verrait ces gens au château dans deux semaines et entendrait même probablement le récit de leurs aventures de leur propre bouche.

Il y eut ensuite une annonce concernant deux analystes de la City retrouvés morts à la suite d'une overdose de cocaïne. Sur un ton préoccupé, la journaliste se demandait dans quelle mesure « l'utilisation des drogues récréatives est-elle en train d'atteindre un niveau dangereux dans le milieu des affaires ? » et « Jusqu'à quel point les consommateurs de ces produits sont-ils responsables du trafic meurtrier qui décime des communautés entières en Amérique du Sud ? ».

Mais Rozie n'écoutait plus. La journaliste avait donné le nom des deux victimes : un homme de 37 ans,

Javier quelque chose, et une femme de 27 ans, Rachel Stiles, qui travaillait pour Golden Futures, une petite société de placement.

Les noms de « Rachel Stiles » et « Golden Futures » lui disaient quelque chose : elle les avait vus sur la liste des visiteurs logés au château le soir du *dine-and-sleep*. Celle-là même que le grand-maître de la Maison royale avait dressée pour la police et que la reine avait demandé à consulter. « Golden Futures » avait marqué Rozie car c'était un nom qui semblait plein de promesses.

Et voilà que cette jeune femme était morte à l'âge de 27 ans.

TROISIÈME PARTIE

La Ceinture et la Route

CHAPITRE 15

– Cela n'a rien à voir avec les Russes, assura sir Simon à la reine ce soir-là, après que Rozie eut mentionné la coïncidence. L'inspecteur-chef Strong s'est renseigné auprès de la brigade criminelle de Shepherd's Bush, le quartier où le docteur Stiles a perdu la vie. Elle avait un problème d'alcool.

– Juste ciel. Vraiment ?

– Encore une victime de la City, je suppose. Elle prenait beaucoup de cachets, et de la cocaïne en plus. L'accident était inévitable. Tragique, bien sûr.

Il le pensait sincèrement. Sir Simon était marié mais n'avait pas d'enfants. En revanche, il avait une nièce de 27 ans. Elle aussi avait travaillé à la City avant de monter son entreprise, ce qui semblait vouloir dire s'échiner jour et nuit. C'était une jolie fille, enfant unique, avec un brillant avenir devant elle. Sir Simon savait que s'il lui arrivait quelque chose, son frère et sa belle-sœur ne s'en remettraient jamais.

– Voulez-vous me rappeler ce que faisait cette jeune femme au château ? demanda la reine.

– Elle était invitée par le gouverneur. Il avait organisé une petite réunion consacrée au renseignement extérieur pour le bureau des Affaires étrangères.

– Ah, oui. Le jeune homme de Djibouti.

– Je vous demande pardon, Madame ?

– Je me souviens que le gouverneur était très impressionné par un intervenant qui arrivait d'Afrique. J'étais pourtant persuadée que cette rencontre devait être consacrée à la Chine. Il faudra que je lui pose la question.

– Oui, Madame. Ce serait logique, en effet. Le docteur Stiles était une spécialiste de l'économie chinoise.

– Tiens ?

– Elle était titulaire d'un doctorat en financement des infrastructures chinoises. Golden Futures investit beaucoup sur les marchés asiatiques. Une étoile montante, en quelque sorte.

– Vous êtes très bien informé, Simon.

– Je m'y efforce, Madame. Et il y a autre chose.

– Oui ?

– Vous avez interrogé le commissaire au sujet de la famille de Mr Brodski. Vous vouliez savoir si quelqu'un était venu chercher la dépouille. Eh bien, ils ont vérifié auprès de l'ambassade et non, personne ne s'est encore présenté. Ils pensent – les gens de l'ambassade, je veux dire – que sa mère est dans un institut psychiatrique. Le jeune homme avait un demi-frère mais il semblerait qu'il soit mort durant des manœuvres à l'armée. Leur armée, pas la nôtre, bien sûr. Pour le père, pas de doute. Vous vous souvenez sûrement qu'il est décédé quand Brodski était enfant. A priori, c'est tout. J'imagine que les Russes finiront néanmoins par rapatrier le corps.

– Merci, Simon.

Cette fois encore, le secrétaire nota que la patronne semblait morose. Elle avait des fils, elle aussi. Ces conversations n'étaient jamais faciles.

– Souriez donc un peu, Lilibet, insista Philip. Vous faites une vraie tête d'enterrement. Oups ! Pardon.

Ils étaient dans la voiture, en route pour un dîner avec un entraîneur qu'ils connaissaient depuis l'époque où William était encore bébé. Ses chevaux avaient battu ceux de Sa Majesté deux fois l'année passée mais elle ne lui en tenait pas rigueur. Quel plaisir ça allait être de ne parler que de courses pendant toute la soirée ! Et comme le fils aîné de leur hôte avait une grande exploitation en Northumbrie, Philip allait pouvoir discuter du rendement du bétail, des avancées en matière d'agriculture bio et des caprices de la saison de chasse.

Elle attendait ce moment avec impatience depuis le matin et portait pour l'occasion une robe en dentelle argentée dans laquelle elle resplendissait et un nouveau rouge à lèvres rose dont elle était enchantée. Comme toujours, même à 94 ans, Philip avait l'air de sortir tout droit d'un magazine. Elle n'avait jamais vu quiconque porter aussi bien l'uniforme ou le smoking. Quand ils s'étaient mariés, il était le meilleur parti d'Europe. Elle s'était sentie si chanceuse à l'époque, et c'était toujours le cas aujourd'hui… même s'il était affreusement agaçant la moitié du temps.

– Personne n'est venu chercher le corps, répondit-elle pour se justifier.

– Eh bien, quelqu'un va finir par le faire, c'est certain.

– Je n'en suis pas du tout convaincue.

– Ce n'est pas votre problème, si ?

– Pourtant, j'ai l'impression que c'est le cas, soupira-t-elle.

– Allons, Lilibet. Vous n'êtes pas responsable du monde entier, vous savez. Vous avez seulement dansé une fois avec cet homme. Cela ne suffit pas à en faire votre petit ami.

– Philip ! Non mais vraiment…

Elle se perdit dans la contemplation des véhicules qui doublaient la Bentley, stabilisée à cent dix kilomètres à l'heure. Cette voiture était si confortable qu'on avait l'impression de ne pas bouger du tout, un vrai plaisir. Ils ne l'utilisaient que pour les grandes occasions et elle sentait encore le cuir neuf plutôt que le vieux chien – ou du moins le produit servant, en vain, à masquer l'odeur de vieux chien. Le silence déconcertant du moteur donnait l'impression de filer à toute allure dans une de ces cabines insonorisées que l'on trouvait autrefois dans les magasins de disques.

– Allez, crachez le morceau. Qu'y a-t-il ?

Elle n'était pas sûre de bien savoir ce qui la contrariait jusqu'à ce qu'elle se tourne vers Philip et voie un rayon de lumière sur ses cheveux blond-blanc, la courbe de sa mâchoire et son maintien plein d'assurance – on l'aurait cru au garde-à-vous –, qu'il conservait même assis en toute décontraction dans la voiture.

– Il m'a fait penser à vous, ne put-elle s'empêcher de répondre.

– Qui ça ? Le Russe ? Vraiment ?

– Quand vous étiez plus jeune.

– Bah ! Merci beaucoup.

Si Philip était l'un des hommes les plus beaux qu'elle ait jamais rencontrés, en revanche ce n'était pas le plus sensible. Mais il la connaissait par cœur et l'une des choses qu'elle aimait le plus chez lui, c'était qu'il ne lui faisait pas de courbettes comme la plupart des gens.

Il la voyait comme « Lilibet », telle qu'elle se percevait elle-même. Il était direct, mais pas vraiment tendre. Par conséquent, il n'était pas la meilleure personne à qui expliquer les sentiments que lui inspirait le jeune Russe, même s'il y était pour beaucoup.

Sans qu'elle s'en aperçoive, Maksim Brodski l'avait ramenée au temps de La Valette, quand elle dansait toute la nuit aux côtés des épouses des officiers de la Navy et savourait sa liberté auprès de son séduisant mari. Une époque où elle était convaincue que le roi, son père, resterait encore longtemps un monarque avisé pour son pays et un guide pour elle. Il était mort l'année suivante. Ces quelques précieux mois à Malte étaient restés dans le cœur de la reine, comme pris dans de l'ambre.

À présent, elle savait pourquoi l'image du jeune homme mort dans la penderie était si difficile à accepter. Cela ne lui facilitait pas la tâche mais, au moins, elle comprenait.

– Vous vous sentez mieux ? demanda Philip sans vraiment la regarder.

– Oui, merci.

Il prit sa main et la serra tandis que la voiture poursuivait son chemin sous le ciel d'encre du Berkshire.

Quand on lui avait demandé de passer prendre un verre à Windsor samedi vers midi, sir Peter Venn avait spontanément accepté. Sa femme et lui avaient prévu d'aller voir une exposition à la National Gallery avec des amis de l'époque où il était en poste à Rome, mais il avait tout annulé sans sourciller. Quand la reine vous invite, vous y allez.

La raison pour laquelle il était convié ne lui avait pas été précisée mais, rompu à la discrétion d'usage à la cour, il n'avait pas cherché à en savoir plus. En tant que gouverneur du château, il connaissait les lieux – en l'occurrence la salle Octogonale de la tour Brunswick, qui donnait sur le parc. Il y retrouva lady Caroline Cadwallader, le chanoine de la chapelle Saint-George située au pied de la colline, et plusieurs autres figures majeures de la Maison royale. Sa Majesté était en forme, impatiente que commence le Royal Windsor Horse Show, un de ses concours hippiques favoris, qui devait avoir lieu un mois plus tard. Elle parla des espoirs qu'elle plaçait en Barbers Shop, en lice pour l'épreuve de dressage monté. N'étant pas féru de sports équestres, contrairement à la majorité de l'assistance, sir Peter ne saisissait pas très bien le concept de dressage « monté » (les chevaux participants à la compétition n'étaient-ils pas tous montés ?). La précision devait pourtant avoir son importance puisque la reine était tout excitée d'avoir une chance de l'emporter dans cette catégorie.

– Je sais combien vous avez été occupé ces derniers temps, gouverneur, dit-elle en posant sur lui son regard bleu vif.

Un instant, il se demanda s'il avait eu l'air de s'ennuyer.

– Vraiment ?

– Je parle de cette réunion que vous avez organisée, et où vous m'avez présenté un jeune homme de Djibouti, d'une timidité maladive, précisa-t-elle en imitant plutôt brillamment le pauvre garçon, les yeux rivés sur ses chaussures pour fuir son regard.

Dotées des compétences diplomatiques les plus affûtées du pays, les personnes présentes comprirent aussitôt que cette conversation ne les concernait pas et s'évaporèrent comme par enchantement. Assez déçu par l'incapacité de Kelvin Lo à se montrer sous son meilleur jour lors de cette rencontre, sir Peter était ravi d'avoir l'occasion de parler un peu plus de lui.

– Vous vous en souvenez, Madame ! En fait, Kelvin est une sorte de génie. Bien qu'il ne travaille pour nous que depuis quelques mois, il a déjà déniché de nouvelles informations précieuses à propos de ce qu'on appelle la Ceinture et la Route.

– La ceinture et la route… ?

– Oui. C'était le véritable sujet de notre rencontre. Le grand projet qu'a la Chine de relier l'Asie, l'Afrique et l'Europe. Le nom est très troublant car, en réalité, « ceinture » désigne les voies terrestres, qui sont souvent des routes, alors que « route » désigne les voies maritimes, qui n'en sont jamais. Sauf métaphoriquement. J'ai l'impression que les Chinois sont très friands de métaphores.

– Oh, fit la reine, à qui cela rappelait quelque chose. C'est ce qu'on nomme aussi la nouvelle route de la soie, non ? Nous en avons parlé quand le président Xi Jinping est venu l'année dernière.

– Eh bien, il s'agit peut-être de son appellation romantique, Madame, mais la réalité n'a rien de romantique. Je ne suis pas un expert, bien entendu, mais j'ai eu le plaisir d'accueillir cette réunion ici au château. C'était une rencontre classée secret, organisée par le bureau des Affaires étrangères en collaboration avec le MI6. Elle s'est tenue ici afin que tout le monde puisse y assister en toute discrétion, et parce que la proximité avec Heathrow était très pratique pour Kelvin. Cela lui a permis de faire une rapide escale chez nous alors qu'il se rendait à une conférence en Virginie, même si son avion a été retardé à cause de la météo. Nous avons dû reporter la réunion d'un jour car il détenait des renseignements cruciaux sur ce que les Chinois sont en train de faire en Afrique. Je suis désolé – je me suis peut-être trop appesanti sur les détails, Madame ?

– Au contraire, c'est passionnant. Continuez, je vous en prie.

– Kelvin a créé un programme informatique permettant de cartographier les investissements infrastructurels des Chinois sur ce continent et dans les pays environnants. Et ils sont encore plus colossaux que nous le pensions. Ou qu'ils le prétendent.

– À ce point ?

– Oh oui, Madame. Le président Xi Jinping rattrape le temps perdu. Il nous reste néanmoins à découvrir dans quelles proportions les nations qui les accueillent s'endettent et si les infrastructures en question peuvent servir à des fins militaires. Mais je ne vais pas vous ennuyer plus longtemps avec tout cela. Vous en découvrirez bientôt plus dans le rapport qui est en cours de rédaction au MI6. Ainsi que dans la synthèse du bureau des Affaires étrangères, plus axée sur nos préoccupations stratégiques, qui ne saurait tarder.

– Mais qui étaient les participants, exactement ? Ils m'ont paru si jeunes.

– Ils le sont, Madame. C'est d'ailleurs assez effrayant, non ? Que des gens de l'âge de nos petits-enfants semblent soudain tenir le sort du pays entre leurs mains... Nous avions là divers experts de la City, du monde universitaire et du GCHQ, notre service de renseignements électroniques. Pratiquement personne de plus de 35 ans, dirais-je. Kelvin en a 26. Incroyable, non ?

La reine remarqua alors que lady Caroline essayait d'attirer son attention. Le temps filait et la cheffe devait commencer à s'inquiéter pour le poisson.

– Eh bien... Tout ça est très intéressant, dit-elle en faisant tourner son alliance autour de son doigt pour indiquer à lady Caroline qu'elle pouvait venir les interrompre.

C'était regrettable, car elle aurait voulu prolonger un peu cette discussion véritablement intéressante. Jusqu'alors, elle n'avait pas eu conscience que la réunion de sir Peter était si secrète et d'une telle importance stratégique. Il y avait là matière à réflexion.

CHAPITRE 16

Le reste du week-end fut très agréable. Le dimanche, après la messe, Edward et Sophie vinrent avec leurs enfants et tout le monde alla faire une promenade à cheval. Puis, de retour au château, on feuilleta en famille les albums de Barbers Shop, qui revenaient aussi bien sur ses débuts de champion de courses hippiques dans la catégorie des hongres que sur ses récentes victoires en dressage monté. Son entraîneur le ferait venir de l'Essex pour le concours de Windsor de mai. À 14 ans, on ne le verrait sûrement plus qu'un an encore dans ce genre de compétitions. Après quoi il manquerait à tout le monde. Il avait été une telle star – dans les hippodromes comme sur les pistes. Quel plaisir ce fut d'entendre Louise poser des questions intelligentes sur sa lignée et son dressage…

Ce soir-là, sir Simon vint lui présenter un agenda de la semaine qui, pour la première fois depuis un mois, semblait bien chargé : le Conseil privé, les 500 ans de la poste, son quatre-vingt-dixième anniversaire et, pour couronner le tout, les Obama. En vérité, c'était l'événement qu'elle attendait avec le plus d'impatience. Ce couple avait quelque chose de glamour qui lui rappelait les Kennedy et les Reagan. Intelligents et chaleureux, ils s'étaient bien entendus avec toute la famille lors de leur dernière visite. À l'époque, ils avaient été reçus en grande pompe au palais de Buckingham mais cette fois, ce serait plus calme et plus intime. Elle voulait que Windsor soit la perfection même. Cela aurait été plus facile sans avoir le meurtre d'un ressortissant étranger sur les bras et des services secrets qui traquaient les traîtres au sein même de la Maison royale.

Elle s'était couchée de bonne heure mais n'arrivait pas à dormir. Cette histoire de nouvelle route de la soie la tarabustait. Elle s'emboîtait avec quelque chose. Pas moyen de mettre le doigt dessus, mais c'était quelque chose qui s'était produit ce soir-là quand elle s'était rendue à la tour Normande. Le gouverneur y avait invité ses hôtes à prendre un verre dans son salon privé et elle était passée les saluer.

Elle n'était pas restée longtemps. Ils étaient huit dans la pièce, se souvenait-elle. Ridiculement jeunes pour la plupart. Sir Peter avait fait les présentations. L'ambiance n'était pas très festive et elle avait attribué cela à la nervosité, mais ils semblaient surtout ne pas bien se connaître. Ils devaient avoir été tirés de la familiarité de leurs organisations ou institutions respectives pour cette réunion et ils étaient encore mal à l'aise les uns avec les autres. C'était tellement différent des soirées militaires auxquelles elle participait souvent, où les officiers apparaissaient soudés et n'aimaient rien tant que plaisanter et se charrier mutuellement.

Tout le monde était sur son trente et un. Pas en tenue de soirée, bien sûr, mais en smoking ou robe de cocktail. À l'exception de deux femmes, il n'y avait que des hommes, dont le dignitaire du bureau des Affaires étrangères à l'origine de cette rencontre et deux barbouzes du MI6. Tous les autres devaient être des analystes et des universitaires, avait-elle supposé. L'une des filles avait les traits fins et des cheveux blonds coupés court qui lui avaient fait penser à Twiggy, l'égérie des Swinging Sixties. L'autre avait le teint mat et une longue tignasse brune qui lui cachait à moitié le visage. Il s'agissait de Rachel Stiles – la jeune femme qui était morte d'une overdose quelques jours plus tard. L'un des participants y était-il pour quelque chose ? La réunion ayant été reportée au lendemain, ils avaient tous dû passer la nuit sur place.

La Chine et la Russie.

Se pouvait-il qu'il y ait un lien ? D'un point de vue géopolitique, c'était – comme l'aurait dit sir Simon – tout à fait probable. Maksim Brodski était-il une sorte d'espion russe ? Perovski l'avait-il fait venir afin qu'il perce des secrets chinois ? Rachel Stiles l'avait-elle aidé ? Était-ce pour cela qu'ils étaient morts tous les deux ?

Oh, pour l'amour du ciel ! Voilà qu'elle délirait autant que cet idiot de Humphreys. Tout cela était absurde. Et pourtant son esprit n'arrêtait pas de revenir à cette réunion dans la tour Normande. Quelque chose clochait. Sur le moment même, elle s'en était fait la réflexion. Elle savait maintenant qu'elle aurait dû faire confiance à son instinct. Si seulement elle parvenait à se rappeler ce qui l'avait gênée.

Elle essaya de visualiser la scène. L'un des participants était particulièrement grand, se souvenait-elle. Un autre avait un nom à consonance indienne. Un autre encore avait parlé de ratios d'endettement à une vitesse excessive et attendu qu'elle réponde quelque chose d'intelligent. Elle s'était contentée de sourire et de dire : « Comme c'est intéressant. » Qu'aurait-elle pu faire d'autre ?

En tout cas, si elle voulait découvrir l'assassin avant l'arrivée du Président vendredi, il allait falloir travailler très, très vite.

Le lundi matin, Rozie se présenta au travail en jodhpurs, tee-shirt à manches longues et vieille veste en tweed. Ce n'était pas ainsi que s'habillait généralement une secrétaire particulière adjointe, mais on lui avait dit de retrouver la patronne derrière les écuries royales, en tenue adéquate pour une promenade à cheval.

La reine s'y trouvait déjà, en veste matelassée et coiffée de son fameux foulard en soie. Rozie ne se souvenait pas l'avoir jamais vue porter une bombe. À croire que les reines ne tombaient pas de leur monture. Pour être honnête, le poney à la robe noire et luisante qui l'attendait patiemment dans la cour immaculée, près de son palefrenier, semblait être la plus placide des créatures. Juste à côté, un cheval bai-brun aux jambes courtes et puissantes agitait sa soyeuse crinière en direction de Rozie, comme s'il cherchait à la séduire.

– Ah, bonjour ! lança Sa Majesté, radieuse. Vous faire monter Temple nous a semblé être une bonne idée. Il est à peu près de la taille adéquate et a un excellent caractère, tant qu'on lui fait bien comprendre qui commande.

Rozie fit une petite révérence, ce qui lui parut bizarre avec des bottes d'équitation aux pieds.

– Merci, Votre Majesté.

– D'après votre dossier, je crois savoir que vous avez appris à monter à Hyde Park. Moi aussi. Allons-y.

Même quand la reine était d'humeur légère, rien ne lui échappait.

Elles se mirent en selle et deux palefreniers les suivirent, l'un sur un poney noir presque identique à celui d'Elizabeth, l'autre sur un robuste Windsor Grey. C'était une journée maussade ; les nuages filaient dans le ciel et un léger crachin menaçait. La reine leva les yeux.

– J'ai regardé la météo sur la BBC. Nous disposons d'environ une heure.

– Oui, Madame.

À travers prés et sous-bois, elles se dirigèrent vers l'est jusqu'aux grands espaces de Home Park, où Temple adopta un pas régulier. Retrouvant ses réflexes de cavalière, Rozie épousa naturellement le rythme de l'animal et prit soudain conscience du bien que cela lui faisait.

– Le quartier de votre jeunesse n'est pas très loin de l'endroit où j'ai grandi, dit la reine, faisant référence à la maison de ses parents.

– En effet, Madame.

– Je suis très impressionnée que vous sachiez monter. Cela n'a pas dû être facile… pour prendre des leçons.

Rozie savait que Sa Majesté était bien trop polie pour préciser ce qu'elle entendait par là. Mais elle avait raison : cela avait été très compliqué. Les filles qui grandissent dans les cités ne sont pas censées faire du cheval. Certes, son quartier était proche de Hyde Park, mais on n'a pas le même mode de vie quand on réside dans l'une des grandes maisons de Holland

Park ou Mayfair que lorsqu'on habite un logement social à Notting Hill. Son père travaillait pour le métro londonien et était confronté jour après jour à l'agressivité des passagers. Sa mère, sage-femme, faisait aussi du bénévolat dans sa communauté pour remédier à la disparition des services publics. Libérer du temps et de l'argent pour l'équitation n'était pas vraiment une priorité.

Mais peut-être avaient-elles autre chose en commun que Hyde Park : elles étaient toutes deux des filles aînées sur lesquelles leurs parents avaient fondé de grands espoirs.

– Je me suis débrouillée, Madame.

– Ah ? Comment ?

– J'ai travaillé aux écuries.

Jour et nuit, dès l'aube, le week-end – dès que c'était possible, en fait –, afin de gagner de quoi monter. Rozie y passait souvent une heure le matin et deux autres le soir. Elle n'était jamais première de sa classe mais avait toujours réussi à faire ses devoirs et à se maintenir à un excellent niveau. Tel était le marché passé avec sa mère : « Si tu n'as pas de bonnes notes, tu peux dire adieu aux poneys. — Aux chevaux, maman. — C'est pareil. »

– Vous avez fait de la compétition ?

– Oui, Madame. Dans l'armée.

Pour Rozie, tout était compétition. Après avoir jonglé entre l'école et les écuries, l'université lui avait paru une partie de plaisir. Elle s'était donc inscrite au programme de formation militaire de l'Officer Training Corps et avait tout de même obtenu sa licence avec mention. Sans être la meilleure cavalière du monde, un concours complet d'équitation ne lui faisait pas peur. Avec un cheval décent et un peu d'entraînement, elle pouvait voler, nager ou faire tout ce qu'on lui demandait.

Également bonne tireuse, elle avait même remporté l'insigne remis aux cent meilleurs candidats du fameux concours de Bisley. Rozie avait beau ne pas se sentir à sa place dans ce genre d'endroits, cela ne l'avait jamais empêchée de l'emporter sur les hommes. Rien ne surpassait le plaisir qu'elle éprouvait à battre un garçon de la haute dans une de ses disciplines de prédilection. Elle avait appris très tôt à simuler l'indifférence, ce qui rendait la chose encore meilleure. Et maintenant, elle était là. Après un passage en Afghanistan et une ascension professionnelle fulgurante au sein d'une banque d'affaires, elle travaillait pour la reine…

En temps normal, elle faisait ce qu'elle avait à faire sans penser à tout cela. Mais se retrouver sur ce cheval la ramenait à ses petits matins à Hyde Park. Comment aurait-elle pu imaginer être ici un jour ?

– Que pensez-vous de Temple ? lui demanda la reine.

– Il n'est pas content, gloussa Rozie. Je sens qu'il a envie de se lâcher.

– Ne le laissez pas faire.

– Il est très imbu de lui-même, non ?

La reine lui sourit.

– Et à juste titre… avec un physique comme le sien ! Oui, Temple, tu le sais que tu es superbe, hein ?

Elles avançaient tranquillement sur les chemins, écoutant les oiseaux chanter entre deux grondements d'avions. Rozie n'avait encore jamais vu la reine aussi à l'aise. Elle avait l'impression qu'elle venait de franchir une sorte de seuil et qu'à présent, elle, la fille des quartiers populaires, était devenue quelqu'un d'autre : compagne d'équitation, membre du cercle rapproché. Cette balade était-elle une récompense pour le travail qu'elle avait effectué à Londres ? Sa Majesté ne dirait rien et Rozie ne poserait jamais la question, mais ça en avait tout l'air.

Elles parlèrent du récent voyage de Rozie à Lagos, une ville qui s'était tellement développée qu'elle comptait aujourd'hui vingt millions d'habitants. Ce n'était pas une découverte pour la reine, qui était toujours parfaitement informée sur les métropoles du Commonwealth. En revanche, Rozie avait été sidérée la première fois qu'elle y avait mis les pieds quelques années plus tôt. Elle s'était rendu compte à quel point elle s'était trompée en imaginant le Nigeria comme une sorte de pâle copie de l'Angleterre au soleil. En vérité, c'était tout le contraire – le pays suivait sa propre voie avec beaucoup plus d'assurance que la petite île.

– Ce sont vos grands-parents qui sont venus s'installer à Londres ?

C'était exact. Rozie parla avec fierté des parents de son père, qui étaient arrivés dans les années 1960. Son grand-père avait commencé en lavant les corps à la morgue. C'était le seul emploi qu'on avait bien voulu lui confier, mais il avait toujours été très impliqué dans la vie de son quartier. À Peckham, tout le monde connaissait Samuel Oshodi. Si on avait besoin de quoi que ce soit, il cherchait comment se le procurer et finissait toujours par l'obtenir.

– Il a été décoré de l'ordre de l'Empire britannique, ajouta Rozie. J'étais encore toute petite mais je me souviens du jour où il est allé au palais. Nous nous sommes tous réunis pour fêter ça. Ce jour-là, après vous avoir rencontrée, il...

Elle s'interrompit, souriant encore à ce souvenir. Son grand-père avait dit que Sa Majesté était « très petite mais tout à fait éblouissante » et que « même sa peau semblait scintiller ». Aujourd'hui, ces paroles faisaient partie du folklore familial. Bien qu'elles soient censées être flatteuses, Rozie ne savait pas trop comment l'intéressée allait les prendre.

D'ailleurs, l'intéressée regardait Rozie très bizarrement. Avait-elle pensé à haute voix sans s'en rendre compte ? Elle était sûre que non. La reine la fixait comme si elle venait de lui poser une question épineuse. Ou comme si quelqu'un d'autre l'avait fait et qu'elle, Rozie, n'était pas là...

Sa Majesté venait enfin de se rappeler.

Son souvenir perdu lui était revenu avec la clarté d'une image en Technicolor pendant que Rozie parlait. En fait, il était même réapparu de façon si limpide qu'elle avait peine à croire qu'elle avait pu l'oublier.

– Rentrons, lança-t-elle. Le ciel est menaçant.

La reine avait raison. Les nuages gris acier avaient laissé la place à d'immenses colonnes noires comme des perles de Tahiti. La température avait chuté. La BBC s'était montrée un peu trop optimiste, ce qui n'était pas la première fois. Elles prirent le chemin du retour et mirent leurs montures au trot.

La reine repensait au bonheur qu'elle avait lu sur le visage de Rozie alors qu'elle parlait de la médaille de son grand-père. Les médailles faisaient cet effet-là. Elle aurait dû y penser lors de la dernière remise de récompenses, qui s'était déroulée de manière agréable mais très routinière. Le souvenir de l'exaltation enfantine de

Rozie avait fait remonter à la surface ce qu'elle avait elle-même oublié.

Une décoration était quelque chose d'exceptionnel, de personnel et de durable. Il arrivait de temps à autre que quelqu'un la refuse, mais tous ceux qui l'acceptaient la conservaient fièrement. Elle leur rappelait le jour où ils l'avaient reçue et ce qu'ils avaient fait pour la mériter. Et cela valait aussi pour leurs familles. La reine avait eu d'innombrables conversations avec des épouses, des veuves, des maris et des fils, tous aussi fiers de ces médailles, qu'elles soient civiles ou militaires. Les gens étaient souvent timides lors de leur première rencontre avec elle, mais jamais quand il s'agissait de décorations. Il suffisait d'une question pour qu'ils s'ouvrent. Parfois, ils étaient submergés par l'émotion, si des amis ou des frères d'armes étaient morts lors d'actes de bravoure, ou s'ils la portaient en hommage à un proche décédé. Mais ils n'étaient jamais indifférents. *Jamais*.

L'autre soir, sur sa robe de cocktail, Rachel Stiles avait passé une veste de smoking au revers de laquelle on pouvait voir une minuscule croix argentée sur une couronne de lauriers. Elle n'était pas la seule invitée à porter une médaille. Après une illustre carrière, sir Peter en avait sept, et deux autres hommes dans la pièce étaient eux aussi décorés. Mais celle du docteur Stiles avait particulièrement intéressé la reine car il s'agissait de la Croix d'Elizabeth, décernée aux plus proches parents de militaires morts au combat ou lors d'attentats terroristes. Elle l'avait instituée elle-même moins de dix ans auparavant pour que leur sacrifice soit reconnu.

– Pour qui est-elle ? se souvenait-elle avoir demandé.

La jeune femme s'était raidie.

– Mon père.

Sa réponse lui avait paru forcée et ressemblait presque à une question. Mais Sa Majesté avait insisté.

– Où cela s'est-il passé ?

Cette fois, la fille lui avait vraiment semblé embarrassée.

– Euh, au palais de Buckingham.

En voyant combien elle était nerveuse, Sa Majesté avait décidé d'en rester là et s'était même reproché d'avoir été trop vague. Il était pourtant évident qu'elle n'avait pas voulu dire « Où lui a-t-on remis sa médaille ? », puisque c'était parce que son père était décédé que sa famille l'avait reçue. Non, elle avait voulu dire « Lors de quel attentat ou conflit est-il mort ? ».

C'était un sujet sensible, naturellement, mais elle avait appris au fil des ans que les familles aimaient lui parler de leur deuil. Peut-être était-ce parce qu'elle incarnait plus ou moins ce pour quoi leurs proches étaient morts ? Parce qu'elle se montrait toujours sincèrement émue et avait rencontré beaucoup d'autres familles dans la même situation ? Ou parce qu'elle avait elle-même perdu des êtres chers dans des guerres et des attentats ?

La reine s'était attendue à un bref récit de l'histoire forcément tragique derrière cette médaille – pas à une réponse en deux mots, et surtout de cette nature. D'autre part, la réponse en elle-même était aussi inhabituelle. En général, la Croix d'Elizabeth était remise par des lords-lieutenants lors de cérémonies pouvant se dérouler un peu partout dans le pays. Elle ne l'avait fait personnellement à Buckingham qu'en de rares occasions. Peut-être était-ce d'ailleurs ce qui avait marqué la jeune femme ?

C'était une situation délicate, s'était-elle dit sur le moment. La fille était émotive et timide. Cela expliquait sûrement son étrange réponse. Elle n'était clairement pas douée pour faire la conversation. C'était elle, perdue dans le groupe derrière lui, que lui avait rappelée Kelvin Lo lorsqu'il avait fixé le bout de ses chaussures, le lendemain.

Peu après leur court échange du premier soir, la reine avait quitté la tour Normande pour se rendre dans les appartements d'État, puis elle s'était concentrée sur la soirée *à la russe* de Charles. Elle n'y avait plus pensé par la suite.

Mais le désarroi de Rachel Stiles ce soir-là n'était pas dû à l'émotion. Elle était seulement confuse. Sa réponse sonnait faux, alors qu'elle concernait un événement qui aurait dû être ancré au plus profond d'elle-même. Car cette médaille n'était pas la sienne. Elle ignorait ce qu'elle signifiait. Parce qu'elle portait la veste de quelqu'un d'autre.

Cette fille était-elle seulement Rachel Stiles ?

Comme si cela avait été orchestré, un coup de tonnerre retentit soudain et les premières gouttes de pluie se mirent à tomber sur le parc. Emma, le poney Fell de la reine, secoua un peu la tête et continua tranquillement au trot. En revanche, Temple regarda en l'air comme s'il avait entendu un coup de feu puis fila droit devant à toute allure, emportant Rozie avec lui.

– Rattrapez-les ! ordonna la reine au palefrenier qui chevauchait le Grey.

Temple galopait vers les arbres. Si elle n'y prenait pas garde, Rozie risquait de se faire assommer par une branche.

Et il pleuvait des cordes, à présent. Tout en maudissant le service météo de la BBC, la reine fit de son mieux pour ne pas se faire distancer.

CHAPITRE 17

Une heure plus tard, elles étaient de nouveau au travail dans le salon privé. Comme elle n'avait pas monté depuis longtemps, Rozie s'attendait à avoir mal aux cuisses le lendemain. Mais les vertus euphorisantes de la balade le valaient bien. Elle frissonnait encore rien qu'en y pensant. Elle avait surtout apprécié la traversée de Home Park au grand galop, vers la fin, jusqu'à ce que Temple lui obéisse enfin et se mette à trotter comme un cheval de concours à l'Olympia de Londres. Elle aimait déjà beaucoup cet animal. C'était un rebelle, mais elle pensait l'avoir cerné. La reine venait d'ailleurs de l'autoriser à le monter quand elle en avait envie. Rozie était aux anges.

En cachemire et perles, comme si elle venait de passer la matinée dans un salon, Sa Majesté sirotait une tasse de thé noir au miel. L'averse n'avait pas duré mais elle s'était quand même fait tremper. En rentrant, elle était aussitôt allée se refaire une beauté et se sécher les cheveux. La semaine était mal choisie pour s'enrhumer.

La reine informa Rozie de l'incident de la Croix d'Elizabeth.

– Selon vous, cette jeune femme aurait volé cette veste ? demanda Rozie.

– C'est possible. (Ou usurpé une identité, avait envie d'ajouter la reine, sans pouvoir se résoudre à prononcer ces mots.) Pourriez-vous vérifier si la famille Stiles a bien reçu cette médaille, je vous prie ? Et pourrais-je aussi voir une photo d'elle ?

– Oui, Madame.

– Oh, et… Rozie ?

– Madame ?

– Il y a un monsieur du nom de Billy MacLachlan qui vit à Richmond. Il a fait partie de mon service de protection, il y a longtemps. Vous trouverez ses coordonnées dans les dossiers. Pourriez-vous lui demander, en toute discrétion, de bien vouloir s'assurer auprès du légiste chargé de l'affaire que les circonstances de la mort du docteur Stiles n'avaient rien d'anormal ? Je pense qu'il a encore de bons contacts dans la police. Il pourrait aussi leur indiquer qu'une de ses sources ne croit pas à une simple overdose.

– Oui, Madame.

– Inutile de vous préciser que…

– Non, Madame, bien sûr. Par ailleurs, pour ce qui est de mardi, le prince de Galles et la duchesse de Cornouailles arriveront de Highgrove vers midi environ…

L'après-midi de Sa Majesté avait été consacré à une coupe de cheveux et une longue séance avec Angela, son habilleuse. Il fallait prévoir plusieurs options pour les jours à venir, d'autant que le temps était imprévisible. Elle avait aussi choisi ses bijoux, disposés dans des coffrets garnis de velours. Elle appréciait toujours de passer du temps avec Angela (qu'elle aurait pu qualifier d'amie proche en d'autres circonstances) mais elle avait beaucoup à penser aujourd'hui. Malgré tous ses efforts, rester concentrée lui avait été plus difficile que d'habitude. Il lui avait fallu déployer des trésors de patience pour tenir jusqu'au soir, moment où Rozie arriva enfin avec le programme du lendemain et quelques réponses à ses questions du matin. Rien de bien extraordinaire.

– Le père du docteur Stiles, le capitaine James Stiles, du corps des Sapeurs, a été tué par une bombe artisanale au Kosovo en 1999, rapporta Rozie. Rachel avait 10 ans. La Croix d'Elizabeth a été remise à sa mère – morte peu après d'un cancer des ovaires – par le lord-lieutenant d'Essex à la caserne de Merville, à Colchester, en 2010. Rachel avait un frère cadet, mais il semblerait qu'elle se soit arrogé le droit de porter la décoration.

– Je vois.

– Et j'ai une photo de Rachel ici, Madame.

Rozie présenta à la reine une photocopie du formulaire fourni au service de sécurité du château avec une photo d'identité agrafée en haut. On y voyait une jeune femme aux yeux bleus et à l'épaisse chevelure brune.

– J'ai essayé d'en trouver de meilleures mais ce n'est pas chose facile, avoua Rozie. Pour une millé-niale, elle est étrangement absente des réseaux sociaux. Il n'y a aucune photo sur le site web réservé aux professionnels, LinkedIn, et elle n'apparaît ni sur Facebook ni sur un quelconque site de rencontre ou autre.

Il y avait bien quelques images de soirées dans les bureaux de Golden Futures mais rien de vraiment exploitable. Et pour annoncer sa mort, les médias s'étaient contentés d'un cliché flou de remise de diplôme.

La reine sortit une loupe d'un tiroir de son bureau pour mieux examiner la photo d'identité. De loin, et sans la loupe, elle aurait dit que c'était elle – que c'était la jeune femme qu'elle avait vue. Mais à présent elle se rendait compte que c'était surtout à cause des cheveux. Le nez de cette fille était différent de celui dont elle se souvenait vaguement. Celui-ci était plus gros et moins joli. Et le menton était plus long. Mais si on lui avait demandé de jurer sur-le-champ qu'il s'agissait de quelqu'un d'autre (ce que personne ne risquait de demander, heureusement), elle en aurait été incapable. Il lui semblait que ce n'était pas la même personne, mais tout ça n'était qu'une question d'impressions.

En tout cas, une chose était certaine : la caserne de Merville ne ressemblait en rien à Buckingham. Cette conversation au sujet de la cérémonie de décoration était tout à fait absurde. Et, ironie du sort, la Croix d'Elizabeth était justement l'une des rares médailles que l'on ne remettait presque jamais au palais. Elle était bien placée pour le savoir. Alors pourquoi la jeune femme avait-elle répondu cela ? D'autant que Rachel n'avait même pas reçu la médaille, c'était sa mère. Bien sûr, elle avait pu oublier ou se tromper, troublée de se retrouver face à la reine.

Mais cette dernière savait, elle le sentait. Il y avait autre chose.

Semblant deviner où elle en était de ses réflexions, Rozie paraissait perplexe.

– Mais si ce n'était pas la bonne personne, les agents de sécurité s'en seraient aperçus, non ?

– C'est précisément en cela que consiste leur travail.

– Et après ? Après le meurtre, je veux dire, quand la police a interrogé tous ceux qui étaient présents à Windsor ce soir-là ? Ils auraient remarqué quelque chose.

– On serait en droit de le penser, soupira la reine avant de changer de sujet. Vous n'avez pas encore de retour de Billy MacLachlan, j'imagine ? demanda-t-elle sans grand espoir.

Sachant que Rozie ne l'avait contacté que quelques heures plus tôt, il était peu probable qu'il ait déjà découvert quelque chose.

– Non, Madame. Mais il a dit qu'il nous tiendrait au courant dès qu'il aurait du nouveau.

– Bien.

La jeune femme semblait hésiter à partir. Elle paraissait nerveuse, ce qui n'était pas dans ses habitudes.

– Y avait-il autre chose ?

– En fait, oui, Madame. Je pense avoir commis une terrible erreur. Je suis désolée.

– Dites-moi tout.

Sa Majesté vit Rozie prendre son courage à deux mains et lever le menton.

– J'ai contacté l'employeur de Rachel Stiles pour demander qui était son plus proche parent. Je me disais que vous souhaiteriez peut-être que je lui parle. Bref, j'ai prétendu appeler de la part du grand-maître de la Maison royale et dit que nous désirions rendre à ce proche quelque chose que Rachel avait oublié ici. Et là, mon interlocutrice m'a dit qu'elle ignorait tout de sa venue au château de Windsor. J'avais oublié que la réunion était top secret, Madame. Ou, du moins, j'ai supposé que ses collègues étaient dans la confidence.

Mais ils ne savaient rien, et la secrétaire de direction qu'on a fini par me passer non plus.

– Oh, juste ciel, vous n'avez pas précisé la nature de la réunion, j'imagine ?

La voix de la reine était posée. La bourde était regrettable mais pas catastrophique.

– Non, Madame, bien sûr que non. Mais cette jeune femme m'a expliqué qu'elle était surprise que Rachel soit venue à Windsor, parce qu'elle était malade et qu'ils ne l'avaient pas vue depuis des jours. Je lui ai demandé des précisions et elle m'a répondu que son absence remontait à une semaine avant sa mort, ce qui correspond à peu près au moment du *dine-and-sleep*.

– Merci, Rozie, dit la reine, pensive.

– Voulez-vous que j'en parle à quelqu'un, Madame ?

– À l'occasion, vous pourrez peut-être demander à l'inspecteur-chef Strong si son équipe a réussi à interroger tous nos visiteurs après la mort de Mr Brodski. J'ai eu l'impression que oui. Et dites au commissaire que je m'inquiète pour notre sécurité et que j'aimerais qu'il vérifie les procédures appliquées ce jour-là et le lendemain. Je voudrais m'assurer que toutes les autorisations ont bien été de nouveau contrôlées après coup. J'imagine que c'est le cas et j'attends donc qu'il me fasse son rapport.

Sans être superstitieuse, Sa Majesté avait observé que les mauvaises nouvelles arrivaient souvent par trois. Le lendemain, après une première annonce prometteuse, trois informations contrariantes lui parvinrent effectivement en l'espace d'une heure.

Elle commençait juste à se préparer pour une réunion du Conseil privé quand Rozie se présenta.

– J'ai eu un retour de Billy MacLachlan, Votre Majesté.

– Bien. Quelque chose d'intéressant ?

– Il se trouve que oui. Le résultat de l'examen toxicologique du corps de Rachel Stiles est un peu surprenant. Outre la cocaïne et l'alcool, on a trouvé des traces de tranquillisants qui ne lui avaient pas été prescrits. Mais il paraît qu'elle avait des problèmes d'anxiété depuis longtemps. Comme nous le savons, elle a perdu ses parents très jeune.

– Je vois.

Quoi qu'il en soit, ce que lui annonça ensuite Rozie ne collait pas du tout avec la théorie que la reine était en train d'échafauder. L'équipe de Strong avait bien interrogé tout le monde durant les jours qui avaient suivi le meurtre. Même si elle n'était pas encore remise de sa grippe, Rachel Stiles avait accepté de répondre aux enquêteurs dans son appartement des Docklands. Elle était donc au courant des faits.

De plus, à la demande du commissaire, le directeur de la sécurité du château avait confirmé que les procédures avaient toutes été respectées. Si Stiles avait demandé à quelqu'un de se faire passer pour elle, cette personne avait fait de l'excellent travail.

Mais le troisième coup dur fut, de loin, le pire.

Humphreys avait fait part à Rozie – avec un certain contentement, lui semblait-il – de la dernière découverte de l'équipe de la tour Ronde : l'année précédente, Alec Robertson, son page, avait acheté en ligne une culotte en dentelle identique à celle retrouvée près du corps de Brodski. L'étau se resserrait.

La date limite que Sa Majesté s'était fixée pour résoudre cette affaire approchait et elle commençait à douter d'avoir fait le moindre progrès. Elle restait pourtant convaincue d'être sur la bonne piste mais Strong et son équipe lui avaient, sans le savoir, mis des bâtons dans les roues. Pour le moment, elle devait se concentrer sur les jours à venir, qui allaient l'occuper à plein temps. L'Histoire était sur le point de s'écrire, sous le regard du monde entier. Ce pauvre Alec Robertson allait devoir attendre.

C'était très pénible, mais elle n'y pouvait rien.

CHAPITRE 18

Petite fille, un jour qu'on lui demandait ce qu'elle aimerait faire quand elle serait grande, la princesse Elizabeth avait répondu qu'elle voulait « vivre à la campagne, avec beaucoup de chiens et de chevaux ». C'était exactement la teneur de ces dernières semaines, mais pour les jours à venir il allait falloir qu'elle soit reine.

Le mercredi, la veille de son anniversaire, le prince Philip et elle allèrent visiter le centre de tri postal de Windsor à l'occasion des 500 ans de la poste, le Royal Mail. Il faisait beau et la foule applaudissait en agitant des drapeaux. Angela avait fait un excellent travail en lui recommandant une robe et un chapeau roses qui seraient très photogéniques sous le soleil. Le centre de tri allait être rebaptisé en son honneur. Ils allèrent d'abord voir une exposition puis assistèrent à l'inévitable lancement d'un timbre commémoratif.

Tout cela était très joyeux, et la suite fut encore plus britannique : ils assistèrent à l'inauguration d'un nouveau kiosque à musique à Alexandra Gardens, où des écoliers chantèrent pendant que d'autres interprétaient un extrait de *Roméo et Juliette*.

Un peu fatigués après tout ça, Philip et elle firent une petite sieste avant de dîner avec les membres de la famille déjà arrivés pour les festivités du lendemain. Les appartements privés se remplissaient d'enfants, de petits-enfants et d'arrière-petits-enfants. Elle n'avait pas vu la plupart d'entre eux depuis le jour où ils avaient posé ensemble pour des portraits de famille, après Pâques, peu de temps avant le *dine-and-sleep*.

Les photos d'Annie Leibovitz seraient bientôt diffusées partout. La reine en était très satisfaite, même si elle préférait de loin ses clichés personnels. Elle aimait quand les gens étaient pris sur le vif, en train de faire les idiots, de s'amuser… et ce n'était pas exactement le style Leibovitz. Cependant, celle où elle posait avec Anne avait quelque chose. Une autre, avec les chiens sur les marches du château, était plutôt jolie. Et les gens allaient adorer celle avec Louise et James, ses arrière-petits-enfants, et son incontournable sac à main. Comme d'habitude, la photographe américaine était arrivée avec beaucoup plus de collaborateurs et de matériel que nécessaire et la séance avait duré quatre fois trop longtemps au goût de Sa Majesté. Mais, dans l'ensemble, c'était une réussite. Elle montrerait le résultat aux enfants dès ce soir.

De loin, Rozie observait la reine, rayonnante de plaisir au milieu de sa famille. Elle était vraiment éblouissante, comme l'avait dit Baba Samuel. C'était dû à sa peau, qui était parfaite, et aussi à ses yeux qui pétillaient chaque fois que quelque chose l'amusait. Certes, les perles et les diamants ne faisaient sans doute pas de mal au teint, mais Baba Samuel avait raison : même en robe de chambre, elle semblait scintiller. Et là, avec sa tenue de soirée en damas et ses bijoux anciens, elle était resplendissante.

Rozie décida donc de ne pas tout gâcher, ni aujourd'hui ni demain, en lui apprenant que Vadim Borovik, le valet de Youri Perovski, avait été découvert salement amoché dans une ruelle de Soho. Macha Perovskaïa l'avait appelée dans l'après-midi, au comble de la panique et du désespoir.

– Youri sait qu'il m'a aidée ! C'est lui qui a fait ça ! Il l'a fait punir et, après, ce sera moi !

Il avait fallu un certain temps et beaucoup de savoir-faire à Rozie pour la calmer un peu. Macha refusait de croire à la version de la police, qui voyait là une agression homophobe typique.

– Bien sûr qu'ils disent ça ! Puisqu'il est gay, tout est possible !

– Il va s'en remettre ? demanda Rozie.

– Qui sait ? Peut-être qu'il va mourir pendant la nuit.

Rozie se dit que les Russes étaient vraiment des gens mélodramatiques. Mais elle décida néanmoins de prendre des nouvelles du valet le lendemain, juste par acquit de conscience. Du moins, si elle en trouvait le temps.

Le lendemain aurait justement dû être son jour de pause mais avec l'anniversaire, tous les congés étaient annulés. Les têtes couronnées allaient déferler des quatre coins de l'Europe pour assister aux festivités pendant que le président des États-Unis atterrirait à l'aéroport de Stansted. Il était prévu qu'il voie la reine le jour suivant. Rozie et sir Simon devraient être sur le pont de l'aube au crépuscule pour superviser le tout et régler les problèmes éventuels. Le monde entier allait avoir les yeux rivés sur eux. Il fallait donc que tout soit d'une perfection absolue à chaque seconde de la journée. La reine Victoria avait vécu jusqu'à l'âge de 81 ans. Atteindre les 90 ans était une première pour la monarchie. La reine tenait donc à entamer la décennie à venir de la même façon qu'elle comptait bien la poursuivre.

Le lendemain, rien de nouveau n'avait filtré de la tour Ronde. En revanche, c'était le 21 avril et on aurait dit que tout Windsor était dans la rue. Les gens s'agglutinaient contre les barrières ou se penchaient à leurs balcons ou leurs fenêtres, agitant des myriades de drapeaux britanniques. Les cloches de la chapelle sonnaient par-dessus les clairons et la fanfare des Coldstream Guards.

La reine s'interdit de penser à l'enquête afin de pouvoir se consacrer pleinement à sa mission du jour, qui consistait à être elle-même en public – résultat de toute une vie d'apprentissage. Durant le bain de foule au pied du château, elle eut l'impression que tout le monde avait un bouquet à lui donner. Il y eut des ballons roses géants, des rencontres avec d'autres nonagénaires et l'inauguration d'un chemin baptisé *Queen's Walkway* en son honneur (elle était très douée avec les rideaux de velours et les petits cordons). Il y eut aussi un immense gâteau mauve aux mille saveurs – confectionné par la gagnante de l'émission de pâtisserie de la BBC –, qu'elle n'eut pas l'opportunité de goûter.

L'année précédente, les gens de chez Land Rover avaient créé pour elle une sorte de papamobile à partir d'une Range Rover décapotable. À l'arrière en compagnie du prince Philip, elle salua tous ceux qui lui souhaitaient son anniversaire en agitant leurs drapeaux.

Le soleil avait consenti à briller de nouveau, apparaissant dans toute sa splendeur entre les nuages argentés. Le fond de l'air était frais mais pas froid. De toute façon, la gaieté des gens qui lui lançaient des « *Happy Birthday !* » le long de la route la réchauffait.

Elle pensa à la première reine Elizabeth et à ses déplacements à l'intérieur du pays. Qu'aurait-elle fait de la *queen-mobile*, comme ne manquait jamais de l'appeler Philip ? Elle aurait apprécié la foule, c'était certain. De son côté, elle essayait de ne pas penser aux tireurs d'élite postés sur les toits et se réjouissait de pouvoir encore se prêter à cet exercice. L'époque était plutôt aux vitres pare-balles et aux véhicules blindés. Mais ça, c'était pour le Premier ministre. Si on avait empêché le peuple de voir sa reine, à quoi aurait-elle servi ? D'où sa tenue du jour, vert gazon en hommage à la saison. Elle était aussi ravie de la clémence du climat que de sa santé de fer, qui lui permettait encore de se tenir debout dans une décapotable.

Plus tard, le soleil couchant apporta une nuance rose nacré au ciel d'argent. Après un discours bref mais touchant, Charles invita la reine à allumer un flambeau, le premier parmi un millier à travers tout le Royaume-Uni, et même jusqu'à Gibraltar. Une splendide chaîne de torches enflammées fit briller la Longue Promenade dans le crépuscule. Cela lui faisait beaucoup penser aux célébrations qui avaient eu lieu à la fin de la guerre. Sir Simon l'avait informée qu'environ deux cent cinquante mille personnes lui avaient souhaité un bon anniversaire sur Twitter. Heureusement qu'ils n'avaient pas envoyé de cartes.

Elle avait demandé que tout soit aussi simple que possible et c'était le plus simple que ce pays pouvait faire. Mais bien que fatigante, la journée avait été joyeuse. L'avoir passée à Windsor comptait beaucoup pour elle. Elle avait le sentiment de l'avoir partagée avec toute la ville, et ses habitants avec elle. L'heure était maintenant venue d'aller dîner au château – dans le style de Charles, c'est-à-dire dans le salon Waterloo avec soixante-dix invités, une forêt de fleurs et des tas de discours amusants. Et – du moins l'espérait-elle – sans aucun mort le lendemain matin.

Elle se dit alors que si Poutine avait vraiment voulu faire passer un message, c'était aujourd'hui qu'il aurait dû frapper.

En montant se changer, elle trouva sur son oreiller un paquet de caramels écossais et un petit mot de Philip. Il n'avait donc pas oublié. Elle en mangea un, histoire de prendre des forces pour la soirée qui l'attendait.

CHAPITRE 19

Le vendredi matin, le jour se leva clair et gris après une nuit de pluie. Le président Obama était à Londres et devait rendre visite à Mr Cameron à Downing Street, ce qui donna un peu de répit à Sa Majesté… à sa plus grande satisfaction.

La première dame et lui étaient attendus pour le déjeuner, et bien que – Dieu merci – personne ne soit venu informer la reine d'un autre assassinat, on enquêtait toujours activement sur celui qui avait eu lieu. Les heures passant, elle avait espéré que sir Simon se manifeste ou que Gavin Humphreys demande à la voir pour lui annoncer un rebondissement spectaculaire. Mais rien de tel ne s'était produit.

Plus tard dans la matinée, sir Simon lui transmit une nouvelle information, qui ne fit qu'enfoncer un peu plus l'affaire dans la confusion. Comme le cheveu trouvé sur le corps de Brodski ressemblait à ceux de Rachel Stiles, et que cette dernière était morte peu après, la police avait procédé à un test ADN. Le cheveu appartenait bien à la jeune femme.

Rachel était donc vraiment venue au château. Et pourtant, elle s'était montrée incapable d'expliquer pourquoi son père avait reçu une médaille.

– Vous semblez surprise, Madame.

– Pas vraiment, répondit-elle en reprenant contenance. Se connaissaient-ils ?

– Pas que l'on sache. Mais elle a dit avoir eu une brève conversation avec lui dans le couloir la nuit précédant sa mort. Une des femmes de chambre l'a confirmé. C'est peut-être à ce moment-là que le cheveu est passé de l'un à l'autre. L'inspecteur-chef Strong est en contact avec le commissaire divisionnaire du secteur Isle of Dogs, où le corps de Rachel Stiles a été retrouvé. Quelqu'un va chercher s'ils se connaissaient auparavant. Mais cela semble improbable et, même si c'était le cas, cela n'expliquerait pas grand-chose. Elle n'a su qu'elle dormirait ici qu'en fin d'après-midi, elle ne pouvait donc pas avoir planifié un meurtre.

– Je vois. Merci pour ce petit compte rendu.

– Madame.

Voilà. Juste au moment où le Président était sur le point de monter à bord du *Marine One* pour venir à Windsor, l'enquête sur la mort de Brodski faisait deux pas en arrière. Pas celle du MI5, bien sûr ; celle-ci continuait d'avancer tout droit sur la voie délimitée par ses œillères. Mais sa propre théorie, toujours en cours d'élaboration, revenait soudain à son point de départ.

Soit. Comme Harry le lui avait appris, elle n'avait donc plus qu'à « faire genre » que tout allait bien.

Après d'innombrables discussions, il avait été décidé qu'elle accueillerait le Président et Mrs Obama en personne juste après leur atterrissage sous la terrasse est. Ce n'était pas la procédure normale, mais normalement *on* ne fêtait pas non plus son anniversaire avec le président des États-Unis et la première dame dans son château favori. Elle irait les chercher avec une Range Rover, et Philip conduirait.

Il y avait trois hélicoptères en tout et ce fut un soulagement de les voir réussir à se frayer un chemin dans l'espace aérien de Heathrow puis se poser sans anicroche sur le terrain de golf. La journée étant venteuse, la reine avait recouvert ses cheveux d'un foulard et Philip portait un imperméable. Une fois son service de protection déployé, le Président sortit du *Marine One* le sourire aux lèvres.

Il restait un point d'interrogation quant à la place que chacun devait occuper dans la voiture, mais le problème fut vite résolu. Le personnel semblait avoir supposé que ce serait comme pour un dîner officiel – le monsieur invité s'assied auprès de la dame qui l'accueille –, mais la reine suivit plutôt le modèle des parties de chasse, où les hommes s'installent ensemble à l'avant pour discuter. Elle monta donc à l'arrière avec Michelle qui s'avéra aussi charmante qu'à son habitude, une fois sa nervosité surmontée.

La première dame était particulièrement grande. À force de lever les yeux vers elle, la reine commençait à avoir un torticolis. Cependant, *on* appréciait sincèrement son charisme de star. Il était agréable de ne pas être la seule femme dont la presse voulait des photos. Les moindres faits et gestes de Mrs Obama étaient commentés et disséqués. Elle avait l'habitude d'être à la fois adorée et diffamée, et jamais vraiment tranquille. Elles avaient donc beaucoup en commun – même si Sa Majesté occupait déjà le trône une dizaine d'années avant la naissance du mari de Michelle Obama, bien sûr.

Le château grouillait maintenant d'agents de sécurité, de caméras de télévision et de techniciens. Afin de contenter tout le monde, une brève conférence de presse eut lieu dans la salle du Chêne, puis ils purent enfin se détendre. La discussion porta sur le référendum et les élections à venir, ainsi que sur les projets de vie du couple après la Maison-Blanche. Ces deux-là lui manqueraient, mais la perspective d'une femme à la tête des États-Unis était intéressante. Comme le monde avait changé depuis 1926. Qui aurait pu imaginer une telle éventualité à l'époque ?

Ce ne fut qu'après le déjeuner, quand ils retournèrent à pied vers les voitures pour se dire au revoir, que le Président se pencha vers elle et lui dit :

– Je crois savoir que vous avez eu un petit problème ici. Avec un jeune Russe. Si nous pouvons aider d'une façon ou d'une autre…

La reine se tourna vers lui avec une expression grave, puis sourit brièvement pour dédramatiser.

– Merci. Nos services de renseignement semblent maîtriser la situation. Je crois qu'ils pensent que c'est le majordome qui a fait le coup.

– Ce serait conforme à la tradition.

– J'espère que ce n'est pas lui. Je suis plutôt attachée à mes domestiques.

Le président Obama pensa à la maison de sa tante à Hawaï, à ses chambres d'étudiant à New York. Et à l'équipe dévouée de la Maison-Blanche qui, à présent, satisfaisait tous ses caprices. Puis il hocha la tête, l'air sérieux mais une lueur malicieuse dans le regard.

– Ne le sommes-nous pas tous, Madame ? Ne le sommes-nous pas tous ?

CHAPITRE 20

Assise dans sa chambre, la lumière allumée, Rozie savait qu'après une journée aussi épuisante elle aurait mieux fait de se mettre au lit. Mais elle était encore bien trop survoltée pour dormir. Il était 2 heures du matin. Presque toutes les fenêtres du château étaient noires. Elle aurait voulu contacter Fliss sur FaceTime mais, à cette heure-ci, sa sœur devait être en plein sommeil, comme tout le monde ici. Et comme tout le monde ici, elle devait sûrement se lever tôt le lendemain.

Dans moins de cinq heures, le réveil allait sonner. Elle aurait dû prendre une douche rapide, boire quelque chose de chaud et mettre en veille la partie de son cerveau qui, toutes les cinq minutes, examinait chacune de ses décisions ou réactions du jour pour leur attribuer une note. Au lieu de cela, elle se dirigea vers le bar et se servit un whisky. Ayant déjà mangé toutes les chips de plantain qu'elle avait rapportées de Lagos, elle s'en prit à un Tupperware de petits sandwichs à la confiture qui faisaient à peu près la taille d'un ancien penny. Il s'agissait des restes du goûter des enfants de la veille, que la cuisine lui avait fait passer. Qu'aurait dit son grand-père en apprenant qu'elle avait plaisanté avec le prince héritier du Danemark et mangé les *jam pennies* du prince George ?

Son ordinateur portable étant resté ouvert, elle jeta un œil au programme du lendemain avant d'aller faire un tour sur Twitter, la BBC, le *Financial Times*, le *New York Times* et le *Washington Post*. Puis, à son sixième sandwich, elle jeta un œil au *Daily Mail* et au *Daily Express*, ainsi qu'à tous les autres torchons qui suivaient la famille royale, afin de s'assurer qu'ils n'avaient pas publié plus de bêtises que d'habitude à propos de cette journée. Dans sa playlist, elle opta pour Art Blakey, espérant qu'un peu de jazz Blue Note compenserait l'effondrement de son taux de cortisol. Elle se laissa ensuite happer par plusieurs pièges à clics sur YouTube : « Le président Obama arrive au château de Windsor : EN DIRECT », « Hillary Clinton nous dit tout sur sa traversée du désert : Saturday Night Live », « Les 9 pubs les plus drôles de Julia Louis-Dreyfus pour Old Navy ». (À ce stade, elle s'en voulait affreusement.)

Elle stalka sa sœur et plusieurs cousins sur Facebook, avant d'y chercher au hasard des gens qu'elle connaissait. Sur son écran, l'horloge indiquait 3 heures du matin. Si elle n'éteignait pas bientôt cet ordinateur, elle allait… Elle était trop fatiguée pour penser à ce que ça allait donner le lendemain, mais ça n'allait pas être facile. Tant pis. Elle mangea un autre *jam penny* et tapa « Meredith Gostelow ». L'architecte n'était pas sur Facebook. Étrange. Cette femme n'avait-elle pas de vie ? Puis elle essaya « Macha Perovskaïa », espérant voir des tas de photos de vacances exotiques et de femmes influentes en train de déjeuner. Hélas, elle avait bien un profil mais il était privé. *Ça peut se comprendre*, se dit Rozie. Sur sa lancée, en repensant à sa journée à Londres, elle pianota « Vijay Kulandaiswamy », un nom difficile à oublier.

Elle eut plus de chance sur ce coup-là.

Il n'y avait qu'un résultat à sa recherche et la photo de profil était bien celle de l'homme qu'elle avait rencontré à Covent Garden dans l'appartement de Brodski. Vijay était très présent sur les réseaux. Il aimait les GIF et les memes relatifs aux élections américaines, et Rozie était en terrain connu. On le voyait aussi avec des amis dans des bars et des restaurants un peu partout sur la planète. Alors qu'elle faisait défiler son fil d'actualité, Rozie se sentit enfin gagnée par le sommeil, à sa plus grande joie. Mais une fois revenue sur la page d'accueil, elle se réveilla d'un coup.

La photo la plus récente, qu'elle n'avait pas vraiment regardée, était un vieux cliché de Vijay avec un groupe d'amis débraillés, l'air ivre et content, dans une ambiance de fin de soirée. La légende commençait par « Tellement tristes, tu vas nous manquer », et elle pensa d'abord qu'elle faisait référence à Maksim Brodski.

Mais ce message d'adieu n'était pas pour Brodski. Il s'adressait à quelqu'un d'autre – une fille. Quelle malheureuse coïncidence que de perdre son colocataire et une amie à deux semaines d'intervalle. Cette fille avait 26 ans, précisait la légende. Son nom était Anita Moodie et la façon dont elle était morte n'était pas clairement spécifiée. C'était une chanteuse de talent, douée pour les langues, et elle avait voyagé dans le monde entier. Vijay avait aussi partagé une photo d'elle avec son frère, prise sur le pic Victoria à

Hong Kong deux ans plus tôt. Leurs visages souriants étaient pleins d'espoirs et de promesses.

Poussée par la curiosité, Rozie avait envie de savoir ce qui avait bien pu arriver à cette fille. Mais c'était comme si Vijay avait préféré éviter le sujet. Était-ce un terrible accident ? Une maladie ?

Elle consulta le profil du frère de Vijay, Selvan. Lui aussi était très présent en ligne. Sa page Facebook regorgeait de photos de lui adolescent, en compagnie d'Anita et d'autres amis. Sur deux ou trois d'entre elles, Maksim Brodski prenait des poses alanguies ou riait face à l'objectif, une fille sur les genoux.

Apparemment, les deux frères avaient fait leurs études à Allingham. Bien sûr, Vijay lui avait dit que Maksim et lui étaient de vieux camarades d'école ! En allant voir le profil d'Anita Moodie, Rozie découvrit qu'elle aussi avait fréquenté cet établissement. D'après les dates de naissance, elle avait dû être dans la même classe que Selvan, c'est-à-dire entre les promotions de Maksim et de Vijay.

De retour sur la page de Selvan, Rozie trouva plusieurs références à Anita, noyées dans les commentaires. « Partie trop tôt », « Je ne savais pas qu'elle allait si mal », avait écrit quelqu'un. Selvan avait répondu « Moi non plus. C'est un choc pour nous tous », avec un emoji triste.

Rozie prit une gorgée de whisky et sentit des picotements le long de sa colonne vertébrale. Trois personnes dans la vingtaine étaient mortes ces dernières semaines, et deux d'entre elles étaient à l'école ensemble. À ce stade, elle ne voyait pas comment la mort d'Anita Moodie pouvait avoir un rapport avec celle de Maksim Brodski et encore moins avec celle de Rachel Stiles.

Est-ce que ça pouvait être une simple coïncidence ? C'était possible, bien sûr. Mais vraiment ?!

Le bureau de l'inspecteur-chef Strong, dans la tour Ronde, était tout près. *Il faudrait que j'y aille demain matin*, se dit-elle. Mais elle savait qu'elle n'irait pas. Sir Simon lui avait expliqué que la police n'accordait pas la moindre importance au fait que le cheveu trouvé sur le corps de Brodski était celui de Rachel Stiles. Ils avaient bien relevé cette information mais la culotte les intéressait beaucoup plus. Rozie avait suffisamment étudié les statistiques à la banque pour savoir qu'il serait très facile d'arguer que la connexion scolaire n'était qu'une coïncidence. Que les jeunes mouraient aussi. Qu'ils se droguaient, qu'ils se suicidaient. C'était tragique mais vrai. Et, de toute façon, comment expliquerait-elle qu'elle avait passé sa nuit à éplucher le profil de Vijay Kulandaiswamy – un homme qu'elle était censée n'avoir jamais rencontré ?

Elle se sentait étrangement calme, cependant. Avalant d'un trait son reste de whisky, elle laissa Art Blakey jouer sur son portable, se glissa dans son lit tout habillée et éteignit la lumière.

Elle avait oublié de mettre son réveil et elle ne rouvrit les yeux qu'à 9 heures, avec un affreux mal de tête. Sa première pensée fut que, Dieu merci, c'était au tour de sir Simon de récupérer les boîtes rouges aujourd'hui. Elle les avait préparées la veille au soir et elles étaient plus remplies que d'habitude après deux jours relativement tranquilles – du moins, en termes de paperasserie. Rozie y avait ajouté une petite sélection de lettres personnelles, triées sur le volet, que la reine aurait plaisir à lire. Bien entendu, toute nonagénaire qu'elle était, Sa Majesté avait prévu de travailler pendant le week-end pour rattraper le temps perdu. Selon sir Simon, elle avait paru aussi stupéfaite qu'offensée quand il lui avait subtilement suggéré d'y renoncer.

Il irait chercher les boîtes dans une heure ou deux. Lui, et non Rozie, qui n'avait pas pensé à ce détail la veille. Elle n'était donc pas censée rencontrer la reine aujourd'hui, samedi, ni même dimanche. Elle se demanda une minute si elle pourrait attendre jusqu'à lundi pour l'informer de sa découverte. Tout ça ne voulait peut-être pas dire grand-chose, après tout.

Mais un homme était mort. La reine en était profondément affectée. Et Rozie aussi.

Elle se prépara une tasse de thé et finit les sandwichs à la confiture. Son mal de tête commençait un peu à s'estomper et elle se sentit mieux après une douche. Dix minutes plus tard, elle était vêtue d'une jupe crayon moulante, d'un chemisier blanc et d'une veste sur mesure qui lui avait coûté son premier mois de salaire. Elle était également coiffée, sobrement maquillée et juchée sur ses éternels talons. Elle venait d'échafauder un plan et il ne lui restait plus qu'à donner deux ou trois coups de fil en temps voulu pour parvenir à ses fins.

Sir Simon était en train de parler au grand-maître de la Maison royale quand elle passa devant sa porte. Il tapota vaguement sa montre en lui lançant un regard interrogateur. Le respect des horaires était un tout petit peu moins important le week-end quand on n'était pas en contact direct avec la patronne.

Une fois dans son bureau, Rozie étudia l'emploi du temps de la reine pour la journée, s'attardant sur l'heure avant le déjeuner. Puis elle passa un appel au bureau du Premier ministre afin de parler à Emily, sa secrétaire, avec qui elle avait récemment sympathisé.

– Nous avons réfléchi à des cadeaux que le Cabinet pourrait souhaiter faire à la reine, lui annonça-t-elle. C'est sir Simon qui en détient la liste.

– Oh, vraiment ? Parce que David est désespéré. Il ne pense qu'à des choses qu'elle a déjà, ou qu'elle a en or, ou que Sam, sa femme, trouve stupides. Ou alors il change d'avis parce que l'un ou l'autre des ministres grimace.

– Simon a trouvé plusieurs excellentes idées hier.

– Fabuleux. Parce que nous n'avons que jusqu'à juin, point d'orgue des célébrations, et ce n'est pas énorme si on fait fabriquer le cadeau sur mesure. Surtout que David a évidemment beaucoup à penser. Dieu merci, elle ne voulait rien pour son vrai anniversaire. Le Président lui a offert quelque chose ?

– Je ne sais pas.

Durant la visite, Rozie avait assuré le standard du Bureau privé. Seul sir Simon aurait pu répondre à cette question. Pendant une seconde, le côté surréaliste de son travail la frappa une nouvelle fois. Si elle voulait savoir ce que Barack Obama avait offert à la reine pour son anniversaire en privé… eh bien, il lui suffisait de demander.

– Puis-je lui parler maintenant ? demanda Emily. À Simon, je veux dire.

– Il n'est pas dans son bureau. Essaie vers 11 heures.

– Pas de souci. Merci, ma belle.

Le téléphone produisit un agréable cliquetis quand Rozie le reposa sur son socle. Emily était diligente, persévérante et obnubilée par la liste des choses que le Premier ministre avait à faire. Le cadeau du gouvernement pour les célébrations officielles de l'anniversaire de la reine était en tête de liste depuis un moment déjà, et elle était prête à tout pour clore ce dossier. Rozie passa ensuite deux autres appels.

À 11 heures, elle s'arrangea pour faire le débriefing de la veille avec sir Simon et le responsable de la sécurité du château. À 11 h 15, à la demande de Rozie, un employé de la cathédrale Saint-Paul appela son patron pour parler longuement des détails de la cérémonie d'anniversaire. Voyant la conversation s'éterniser, sir Simon, qui devait bientôt aller chercher les boîtes, n'arrêtait pas de consulter sa montre. Mais à 11 h 30, sa secrétaire vint lui annoncer que le bureau du Premier ministre était en ligne pour la troisième fois et qu'on désirait l'entretenir de vive voix d'un sujet très urgent.

Il soupira, leva les yeux au ciel puis opina du chef.

– Je vais prendre l'appel, dit-il en regardant Rozie. Cela ne vous ennuie pas d'aller récupérer les boîtes ?

Oh non, cela ne l'ennuyait pas. Quand le téléphone sonna de nouveau, elle sortit élégamment du bureau, le laissant une fois de plus pantois devant son aptitude à marcher aussi vite avec une jupe et des talons pareils.

– Ah, bien, c'est vous, dit la reine sans surprise, tout en glissant le dernier document dans la boîte et en s'assurant qu'il ne manquait rien.

– Oui, Votre Majesté.

Rozie fit une petite révérence. Maîtriser cet exercice en jupe serrée avait nécessité un peu d'entraînement.

La reine posa sa tasse sur sa soucoupe.

– Merci.

Jusqu'alors en retrait, la domestique en charge du café prit le plateau et quitta la pièce. La reine se tourna vers Rozie.

– Y a-t-il du nouveau ?

– Oui, Madame.

Rozie avait travaillé sur son compte rendu afin de ne pas faire perdre à la reine un temps précieux. Elle lui apprit que Vadim Borovik s'était fait tabasser à Soho mais la rassura aussitôt en précisant qu'il était sorti de l'hôpital. Elle lui signala aussi que Macha Perovskaïa craignait que son mari ne soit derrière cette agression. Enfin, elle parla de ses recherches sur Internet la nuit passée et de la curieuse coïncidence de la mort d'Anita Moodie.

La reine parut intriguée.

– Cette fille était très amie avec Brodski, selon vous ?

– Eh bien, ce qui est certain, c'est qu'ils se connaissaient. D'autre part, il pourrait y avoir un rapport avec la musique. Maksim jouait du piano, et Anita a elle aussi étudié la musique à l'université. En fait, elle était titulaire d'un diplôme de chant.

– Et c'est ce qu'elle a fait après ses études ? Chanter ?

– D'après ce que j'ai compris, oui. Elle n'était pas très active sur Facebook mais ses amis faisaient parfois référence à ses prestations.

La reine intégrait les informations sans trop savoir qu'en faire.

– Est-on certains qu'il s'agit d'un suicide ? demanda-t-elle.

– C'est ce que ses amis semblent penser. Mais ils ont tous été très surpris.

– Vous avez une photo d'elle ?

– Oui, Madame.

Rozie avait pris plusieurs captures d'écran des pages Facebook de Selvan et d'Anita avec son téléphone. Elle les fit défiler sous les yeux de la reine qui les étudia à travers ses lunettes à double foyer. On y voyait une jolie jeune femme aux yeux marron foncé et au regard sérieux. Ses cheveux presque roux étaient coiffés en un carré très court. Sur tous les clichés, elle apparaissait soignée, très féminine, avec des vêtements bien coupés. Le cerveau de la reine tournait à plein régime.

– Merci, Rozie. Merci beaucoup. Vous voulez bien demander à Mr MacLachlan de se renseigner sur Anita Moodie pour nous ? Il serait intéressant d'en apprendre un peu plus sur sa vie. Demandez-lui donc aussi de découvrir si elle parlait le mandarin. Et pourriez-vous tenter de savoir quel type de lingerie Alec Robertson est censé avoir acheté en ligne ?

– En fait, je me suis déjà renseignée, Madame. Hier.

Rozie passait régulièrement dans la petite salle des opérations de la tour Ronde pour échanger quelques mots avec les équipes de l'inspecteur-chef Strong. Souvent munie de *jam pennies* ou de tranches de cake aux fruits qu'elle récupérait en cuisine et qui étaient fort appréciés.

La reine semblait étonnée.

– Vraiment ?

– J'ai pensé que cet achat avait pu vous préoccuper.

Cette phrase n'était qu'une façon polie de dire qu'elles étaient d'accord : la piste de la culotte était ridicule.

– Elle vient de chez Marks & Spencer, ça date de l'été dernier. C'est un modèle de la gamme la plus populaire de la marque et il s'en est vendu plus de cent mille. Mr Robertson maintient l'avoir achetée pour sa fille de 16 ans, Isla, qui vit avec lui. Il lui offre souvent des vêtements et elle possède plusieurs sous-vêtements similaires. Bien sûr, cela ne prouve en rien qu'il n'en a pas acheté d'autres pour un usage différent.

– Non, en effet. L'inspecteur-chef Strong est-il exalté par cette piste ?

– Je dirais qu'il est passablement exalté, Madame. Cent mille, cela fait quand même beaucoup de culottes.

– Merci.

Rozie prit les boîtes et les rapporta dans le bureau de sir Simon. Il était toujours au téléphone, en train de parler de dessous de verres à champagne en argent gravé avec Emily. Il leva théâtralement les yeux au ciel en tapotant sa montre. Rozie éclata de rire. Elle l'aimait vraiment beaucoup.

C'était mal de mentir à un homme comme lui… Mais tout ça était tellement excitant !

CHAPITRE 21

Le cyber-café de Clapham Junction n'était meublé que de trois tables, d'un bar où l'on vendait des gâteaux indigestes et des sodas et d'un comptoir sur lequel se trouvaient huit ordinateurs, dont seulement six en état de marche. Avec ses cinq clients qui pianotaient sur leurs claviers en sirotant, l'endroit était plutôt rempli pour un dimanche matin. Deux femmes en hijab discutaient tranquillement en gardant un œil sur un bébé endormi dans son landau près de la porte. Un jeune homme en tee-shirt était penché sur son écran, totalement absorbé. Juste à côté, un vieil homme, qui tapait avec un seul doigt, parsemait son clavier de miettes de gâteau en attendant que sa page charge.

Mais l'homme un peu dégarni dont le caban ouvert laissait deviner une tenue impeccable n'était pas venu pour discuter ou manger du gâteau. Il était au régime, et rien de ce qui était vendu ici ne lui convenait. Quant au thé, trop infusé, il était imbuvable. Il se contentait donc d'eau du robinet en se disant qu'il aurait préféré être chez lui, à Richmond, avec tout le confort moderne, une bouilloire digne de ce nom et son ordinateur.

Le problème, c'était que son ordinateur avait son propre URL. Bien sûr, il y avait la navigation privée. Mais le gouvernement employait les meilleurs hackers du pays, à qui il ne faudrait que quelques secondes pour le repérer. Mieux valait être ici, dans ce petit café anonyme, à dix minutes de train de son domicile.

Cela ne faisait que vingt minutes que Billy MacLachlan effectuait des recherches sur Anita Moodie et il lui semblait avoir déjà trouvé une mine d'or sur son compte Instagram. Cette fille était accro aux selfies et elle publiait depuis des années. Il y avait plus de deux mille photos disponibles, et il les examinait une à une. Cette partie du travail n'avait rien de difficile (bien que cette eau du robinet soit détestable ; même le thé était meilleur). Anita aimait voyager. Elle menait la grande vie. Elle appréciait les belles choses et les beaux endroits. Il avait plaisir à étudier ces images, qu'il avait triées au préalable grâce à des filtres, et prenait des notes au fur et à mesure.

Les concerts qu'elle avait donnés en tant que chanteuse depuis qu'elle avait quitté l'École des études orientales et africaines suivaient une sorte de logique. Une logique très intéressante. MacLachlan le mentionna dans son bloc-notes à spirale avant de boire une gorgée d'eau, puis une de thé (non, en fait, le thé était encore pire), et continua à faire défiler la page.

Après avoir constaté l'efficacité de la CIA pendant la visite d'Obama, la reine n'était pas la seule à être chagrinée à l'idée que les meilleurs cerveaux de la police britannique et du MI5 ne soient même pas fichus de résoudre une petite affaire de meurtre. Et ce n'était pourtant pas faute d'essayer.

L'inspecteur-chef Strong leva les yeux vers le tableau accroché à une cloison de la salle des opérations de la tour Ronde. Il y figurait un nombre affolant de suspects et de points d'interrogation. En supposant que Maksim Brodski leur ait ouvert ou qu'ils sachent forcer une serrure basique, beaucoup de gens auraient été en mesure d'entrer dans sa chambre ce soir-là. Une fois à l'intérieur, avec un minimum de préparation, tout ce qu'il fallait pour le tuer et créer une mise en scène, c'était deux mains. Mais qui aurait pu vouloir faire ça ? C'était le problème sur lequel David Strong n'arrêtait pas de buter.

Humphreys croyait toujours à la théorie de l'agent dormant, et il pouvait se montrer très persuasif. Dans le monde du renseignement, on lui prêtait une ou deux avancées intéressantes, fondées sur des recherches aussi pointues que discrètes, concernant les nouvelles stratégies plutôt préoccupantes de nations prétendument amies. La patience et la minutie étaient ses chevaux de bataille. Selon lui, la patience avait été l'atout principal de l'agent dormant du palais et, s'il avait raison, elle avait porté ses fruits. Le meurtre avait été commis, et il était encore loin d'être élucidé. Du point de vue de l'agent dormant, ce devait être une grande réussite.

Pourtant...

Strong était bien trop poli pour le faire remarquer directement à Humphreys quand ils rencontraient les huiles – c'est-à-dire deux ou trois fois par semaine –, mais la communauté du renseignement russe ne semblait pas être en train de célébrer allégrement l'assassinat d'un dissident juste sous le nez de la reine. Ou, si elle s'en réjouissait, c'était avec une telle discrétion que pas le moindre murmure n'était remonté aux oreilles du MI6 au Kremlin ou dans ses autres avant-postes russes.

Si on s'était donné autant de mal pour tuer quelqu'un – surtout de la sorte, après avoir placé un agent sur le terrain si longtemps à l'avance –, pourquoi garder cela bien caché sous sa chapka ? Après les assassinats de Markov en 1978 et de Litvinenko en 2006, tout comme après la tentative de meurtre de Gorbuntsov en 2012, le milieu des services secrets avait bouillonné de rumeurs et de spéculations, et même eu droit aux provocations triomphalistes et bravaches de Poutine et sa bande. Strong savait tout cela parce qu'il s'était renseigné. Il désirait mieux comprendre le monde dans lequel Humphreys évoluait. Et quand vous travaillez pour le château de Windsor, les gens vous répondent.

Mais ce n'était pas la seule raison pour laquelle Strong gardait le champ des suspects ouvert. Son sérieux y était aussi pour quelque chose. Son équipe avait fait des recherches approfondies sur les danseuses et sur le petit ami avec qui l'une d'entre elles avait dit avoir conversé sur FaceTime. (C'était vrai.) Ils avaient cherché du côté de la camériste de Perovskaïa, bien que celle-ci soit de très petite stature. Son ADN n'avait été retrouvé nulle part dans la chambre de Brodski. Si ce n'était pas une preuve formelle de son innocence, en tout cas rien ne l'accusait.

Puis il y avait la fille de la réunion des services secrets. Elle avait croisé Brodski dans le couloir, juste devant sa porte, alors qu'il revenait de son petit concert dans le salon Cramoisi. Une femme de ménage qui passait par là avait été témoin de la scène. Selon la fille, il l'avait aidée à chercher la lentille de contact qu'elle venait de perdre, et la domestique avait confirmé cette version. Pendant un moment, Strong avait pensé qu'elle était la dernière personne à l'avoir vu en vie. Mais pourquoi l'aurait-elle attaqué ? Impossible que ça ait été planifié, elle venait juste d'apprendre qu'elle allait devoir rester dormir.

S'étaient-ils adonnés à des pratiques sexuelles débridées ? Avait-il abusé d'elle d'une façon ou d'une autre ? Quelque chose s'était-il mal passé ?

Après s'être posé toutes ces questions, Strong avait fait une découverte explosive au sujet du valet russe. Il avait été mis sur la voie en écoutant le commissaire Singh. Selon lui, il y avait eu à certaines occasions de petits batifolages entre invités et domestiques, ainsi que des paris sur les chances de faire passer des gens dans les quartiers des visiteurs à l'insu des agents de sécurité (il disait tenir cela de la reine elle-même, mais il en avait peut-être rajouté).

Strong y avait beaucoup pensé, un soir, alors qu'il examinait une nouvelle fois toutes les possibilités avec les trois membres de sa petite équipe. Bien sûr, la sécurité du château de Windsor était conçue pour empêcher les intrusions et, surtout, pour protéger la famille royale. Sa fonction première n'était pas de veiller sur les « invités de marque », comme les appelait le personnel. Certes, les employés n'avaient pas le droit de se rendre dans les quartiers réservés aux visiteurs sans y être explicitement conviés. Mais si quelqu'un, homme ou femme, voulait conspirer afin de jouer aux lits musicaux avec les bonnes ou les valets, existait-il un dispositif conçu pour l'en empêcher ?

Cette question avait ouvert une nouvelle piste intéressante. Ils avaient réinterrogé, un peu plus rigoureusement, les domestiques et les policiers de service ce soir-là. Strong avait ainsi découvert que Vadim, le valet, était monté deux fois à l'étage des invités. D'abord pour aller voir la belle Macha Perovskaïa puis pour rejoindre son maître.

La première fois, Perovski était en train de boire un verre en bas avec son ami des fonds spéculatifs et cela semblait donc cohérent. Mais l'un des inspecteurs de son équipe avait remarqué quelques détails curieux dans les témoignages des domestiques. Lors de son premier passage, les hommes postés dans le couloir n'avaient pas pu voir le visage du valet, qui tournait la tête, et son costume était gris. La seconde fois, il les avait regardés bien en face et son costume était noir.

Pour le moins bizarre. Par conséquent, l'équipe avait questionné le valet de façon musclée et il avait fini par craquer. En fait, il n'y avait rien du tout entre sa sublime maîtresse et lui. De son propre aveu, il était homosexuel et avait un compagnon régulier. Il avait joué le jeu de Macha pour lui faire plaisir mais ne voulait surtout pas que l'on puisse croire qu'ils avaient fait quelque chose ensemble.

Ce n'était donc pas lui, Vadim, qui était monté avec elle la première fois. Ni aucun autre homme ayant l'intention de coucher avec elle – il en était certain. Macha Perovskaïa était une perle rare. Elle était fidèle à son mari, et tellement heureuse d'être au château ce soir-là qu'elle n'aurait jamais rien fait qui puisse mettre cette soirée en péril. Ce n'était pas ce genre de femme. En réalité, c'était Mr Brodski qui était monté avec elle et ils étaient amis, juste amis. Ils adoraient tous deux la musique. Peut-être était-ce pour parler de Rachmaninov ?

Quand ils avaient questionné Macha, celle-ci avait aussitôt dénoncé Meredith Gostelow. L'architecte étant à Saint-Pétersbourg pour son travail, les enquêteurs n'avaient pas encore pu l'interroger de vive voix. Cependant, elle n'avait pas nié être l'objet des attentions du jeune homme, comme l'avait affirmé Macha. Ainsi donc, Brodski avait fait ça avec la vieille femme et non avec la jeune. Qui l'eût cru ?

Cela signifiait qu'il avait été absent de sa chambre pendant deux heures et qu'ils n'en avaient rien su jusqu'alors. Strong avait honte. Mais cela n'expliquait pas ce qui s'était produit ensuite. Les agents de sécurité étaient certains que l'homme qu'ils savaient désormais être Brodski était remonté seul jusqu'au couloir du grenier. Meredith Gostelow ne l'avait pas suivi. Cela mettait fin à la thèse de Humphreys selon laquelle, sous prétexte qu'elle travaillait sur un projet à Saint-Pétersbourg, cette femme aurait été une sorte de Mata Hari d'âge mûr envoyée par Poutine pour séduire et assassiner le jeune pianiste après le poulet et les petits-fours. Dommage, cela dit. Strong aimait bien cette idée.

Il songea alors que Vadim avait pu tuer Brodski après avoir couché Perovski. Mais là encore, pourquoi ? Parce que cet homme s'était fait passer pour lui ? Le supprimer pour cette raison aurait été quelque peu excessif.

Cette histoire semblait terrifier Meredith Gostelow. Depuis sa chambre d'hôtel à Saint-Pétersbourg, elle les suppliait de ne rien divulguer car, étant une architecte de renommée internationale, elle craignait pour sa réputation. (Strong n'avait jamais entendu parler d'elle mais, vu ses connaissances en la matière, cela ne signifiait pas grand-chose.)

Quoi qu'il en soit, heureusement pour elle, il y avait peu de risques que cette information capitale fuite. La crainte de faire les gros titres était telle que c'était sans doute l'enquête la plus confidentielle et sécurisée que Strong ait jamais menée, ou mènerait jamais. Tous les membres de son équipe réduite étaient d'une loyauté sans faille. Aucun document ne traînait. Aucun message ne s'égarait sur on ne sait quel groupe WhatsApp. Les autres agents de la police métropolitaine qui participaient aux recherches et aux interrogatoires ne disposaient que d'un nombre d'éléments limité. Leurs questions ne recevaient que des réponses vagues, y compris quand les collègues concernés étaient de bons amis. Malgré cela, plusieurs sommités du gouvernement appelaient régulièrement afin de proférer des menaces aussi sévères que superflues quant à ce qui se produirait en cas de négligence.

Seul Singh semblait faire confiance à ses troupes pour mener à bien leur travail. Strong aimait bien le commissaire. Il en prenait tout le temps plein la gueule, mais ne faisait jamais retomber la pression sur ses subordonnés.

Et voilà qu'en prime, Vadim Borovik avait été victime d'une agression, supposément homophobe, en plein Soho. Strong était convaincu qu'il s'agissait plutôt d'une affaire privée en rapport avec Perovski et son épouse. Il étudia une nouvelle fois le tableau. Devait-il demander à Singh de parler de tout cela à Sa Majesté et d'en profiter pour lui apprendre que Brodski se baladait encore dans les couloirs après l'extinction des feux ? Elle devait avoir des choses plus importantes à gérer. C'était à des hommes comme lui que revenait le soin de s'occuper des détails scabreux.

Une brève sonnerie l'informa qu'il venait de recevoir un mail. Il l'ouvrit et lâcha un juron. Voilà quelque chose que la reine voudrait savoir. Et il était bien content de ne pas être celui qui devrait le lui dire.

CHAPITRE 22

C'était la dernière semaine de tranquillité à Windsor avant le retour à la capitale. Même si le mot « tranquillité » était un terme relatif quand il s'agissait du château, et encore plus quand on s'apprêtait à accueillir plus de mille chevaux pour le Royal Horse Show, qui se tenait dans quinze jours. Philip était dans son élément.

– Je file à Home Park pour voir comment ça se passe avec les obstacles pour les épreuves d'attelage.

Il se tenait près de la porte, veste sur le dos et clés de voiture en main. Dans moins de quatre-vingt-dix minutes, Sa Majesté devait rencontrer l'administrateur de la chapelle Saint-George afin d'étudier une nouvelle proposition d'illumination nocturne. Qui irait imaginer que l'éclairage extérieur d'un édifice ancien puisse être une question cruciale ? Pourtant, les habitants de Windsor parlaient beaucoup plus du débat « lumière blanche versus lumière légèrement bleutée » que du Brexit. Il était donc impératif qu'elle ait les idées claires.

– Je viens avec vous.

Il fallait cinq minutes en Range Rover pour rejoindre le terrain de sport de Home Park, visible depuis la colline du château. Philip prenait très au sérieux son rôle de garde forestier de Windsor Great Park – dont Home Park faisait partie – et aimait garder un œil sur tout ce qui s'y passait. Et rien n'était plus important que le prochain Royal Horse Show, qui allait bientôt réunir un nombre record de chevaux, plusieurs milliers de visiteurs et une équipe de tournage de la chaîne ITV.

Pour le moment, le terrain était un véritable bourbier entouré de camions-bennes, de chandeliers d'obstacles en métal et de barrières amovibles. Chaussures de sécurité aux pieds et casque sur la tête, le contremaître, assez nerveux, leur montra les étendues verdoyantes où les chevaux seraient parqués, où on stockerait l'eau et la nourriture et où on installerait les stands.

Plus loin, des travaux de rénovation des tribunes étaient en cours.

– La reine vient ici depuis 1943, expliqua Philip au contremaître. Depuis la toute première édition. On y présentait aussi des chiens, à l'époque. Jusqu'à ce qu'un labrador chipe le sandwich au poulet du roi, après quoi il n'y en a plus jamais eu.

Son rire tonitruant fit reculer son interlocuteur.

– En fait, c'était un lurcher, rectifia la souveraine en s'approchant. Et l'événement a rapporté plus de trois cent mille livres. Assez pour acheter soixante-dix-huit Typhoon.

– Plaît-il, Madame ? demanda le contremaître, l'air perplexe.

– L'avion. Il nous a bien aidés à gagner la guerre.

– Mon grand-père était à Dunkerque, Madame, se permit l'homme, un peu plus à l'aise maintenant qu'il sentait le couple d'humeur à bavarder.

– Oh, vraiment ? Comme c'est intéressant. A-t-il survécu ?

– Oui, Madame. Il a joué au football pour le club de Sheffield Wednesday. Il nous a quittés il y a cinq ans. En pleine forme jusqu'à la fin.

– Tant mieux pour lui.

La reine se disait pourtant que ce monsieur ne devait pas être beaucoup plus vieux qu'elle. Une génération qui ne tenait plus qu'à un fil…

De retour au château, elle ne regretta pas de s'être octroyé cette petite bouffée d'air frais. Elle était désormais absorbée par les mille et un détails qu'il lui restait à régler pour l'événement. Toute la famille allait revenir, ainsi que le roi de Bahreïn et sa suite. Il y avait le problème du linge de lit de la chambre 225, la préférée des invités de marque. Une bonne avait signalé que les plus beaux draps étaient un peu effilochés. On ne pouvait évidemment pas les utiliser. Mais fallait-il faire refaire la dentelle édouardienne ? Par quoi les remplacerait-on en attendant ? Les Linley seraient-ils contrariés de ne pas avoir leur chambre habituelle, dont on aurait sans doute besoin pour quelqu'un d'autre ? Puis ce fut l'heure d'aller voir l'administrateur dans son antre, près de la chapelle, afin de trancher une fois pour toutes la question de l'éclairage.

Après cela, un message de l'entraîneur l'informa que Barbers Shop s'était fait un claquage musculaire pendant un exercice. Il n'était donc pas certain à cent pour cent qu'il puisse participer au concours. S'il déclarait forfait, ce serait une tragédie. Il avait de très grandes chances de remporter l'épreuve de dressage monté et méritait vraiment de gagner. De plus, elle ne l'avait pas vu depuis des mois et était très impatiente qu'il arrive d'Essex. Quand sir Simon vint à sa rencontre, la mine austère, dans le grand couloir, elle lui lança aussitôt :

– Pas de mauvaises nouvelles, merci. J'en ai déjà eu plus qu'assez aujourd'hui.

Mais elle n'eut pas droit à son habituel petit sourire sardonique. Au contraire, ses traits se crispèrent.

– Il se pourrait fort que celle-ci soit pire, Votre Majesté.

Voilà qui ne présageait rien de bon.

– Entrez et dites-moi.

Une fois dans la salle du Chêne, qui donnait sur la cour, elle commença par s'asseoir. Le secrétaire lui expliqua alors qu'Alec Robertson, son page préféré, avait fait une surdose de paracétamol et se trouvait à l'hôpital Saint-Thomas. C'était sa fille qui l'avait découvert, chez lui, à Pimlico.

– Merci, Simon.

La reine lui sembla totalement abasourdie. Triste et accablée. Il s'effaça sur-le-champ afin qu'elle puisse essuyer une larme si nécessaire.

Une fois seule, elle prit une grande inspiration.

– Le salaud ! grommela-t-elle.

Et elle ne parlait pas de ce pauvre Alec.

Plusieurs jours s'écoulèrent sans évolution notable. Dans les cuisines, les buanderies et les bureaux du grand-maître de la Maison royale, les nerfs craquaient et les esprits s'échauffaient car tout le monde buvait trop de café et manquait de sommeil. Dans une des chambres froides, le chef pâtissier versait pour la troisième fois consécutive du chocolat sur un nouveau type de *truffle cake* qui devait être servi deux semaines plus tard lors de l'une des grandes réceptions. Cela faisait deux jours qu'il essayait en vain de parfaire son glaçage à la ganache. Dans quelques heures, il allait devoir ranger son matériel et le rapatrier dans les cuisines du palais de Buckingham. Son équipe et lui n'emportaient à Windsor que les ustensiles personnels ou indispensables avec lesquels ils aimaient travailler tous les jours, mais cela faisait quand même beaucoup. Et quand ils en auraient terminé avec la garden-party de Londres, il leur faudrait revenir aussitôt ici pour le concours d'équitation, avec seulement trois jours pour tout préparer.

La sous-majordome qui, au début de l'enquête, avait spéculé sur les activités sexuelles de Mr Brodski commençait à se demander si elle avait fait le bon choix de carrière. Pendant des années, elle avait rêvé de travailler pour la reine. Après une formation très poussée, l'obtention de ce poste l'avait comblée de bonheur. Mais cela faisait des jours qu'elle ne s'était pas couchée avant 1 heure du matin. Chaque journée de travail semblait se fondre dans la suivante. Et aujourd'hui, le prince Andrew lui avait crié dessus sous prétexte qu'elle lui barrait le chemin alors qu'elle transportait deux lourdes chaises. Ce n'était pas si grave, mais à quoi bon tout cela ? Quand on suspendait des serviteurs aussi loyaux et sympathiques qu'Alec Robertson, avec interdiction de le contacter alors que la rumeur le disait à l'hôpital. Était ce tout ce qu'on obtenait ici ? Avec un CV comme le sien, elle pouvait espérer un emploi avec un salaire à six chiffres dans une grande maison sous les tropiques. Ce soir, elle jetterait peut-être de nouveau un œil aux annonces.

Dans son bureau de la tour Normande, sir Peter Venn examinait sa liste de rendez-vous pour la semaine à venir. Il se préparait à prendre les rênes du château en l'absence de la reine. Il avait bien conscience de la tension qui régnait dans les cuisines et les couloirs. En général, cela se calmait une fois que l'événement concerné avait eu lieu. Mais, cette fois, il était impossible d'ignorer la présence des policiers qui continuaient leurs investigations juste à côté, dans la tour Ronde. La veille, il avait été contacté sans préavis par un journaliste qui lui avait posé des questions bizarres sur la Russie et demandé pourquoi le rapport d'autopsie de la victime n'avait pas été rendu public. Il n'y en avait plus pour longtemps avant que la simple curiosité ne se mue en quelque chose de plus sérieux et que quelqu'un se mette à creuser pour de bon. Et là, ce serait le branle-bas de combat.

Le grand-maître de la Maison royale venait de lui transmettre ses dernières instructions concernant l'hébergement des invités durant le concours d'équitation. Même son épouse, toujours imperturbable, paniquait un peu. Elle avait beau avoir reçu des ambassadeurs, des maréchaux, deux astronautes et plusieurs duchesses au fil des ans, elle n'était pas sûre de pouvoir satisfaire les attentes de gens comme Kylie Minogue ou du duo télévisuel Ant & Dec.

Rozie percevait ces grondements comme s'il s'était agi d'un orage d'été. Elle s'efforçait de ne pas s'inquiéter mais elle voyait combien tout le monde travaillait dur. Elle était consciente que ce qui faisait l'unité de la grande famille du château était quelque chose de fragile. Un lien ténu qui lui avait permis de ne pas trop s'en vouloir quand sa cousine Fran avait dû programmer son mariage en fonction de son propre emploi du temps. Qui faisait aussi qu'elle acceptait de travailler pendant ses jours de repos, d'avoir un mur humide dans sa chambre ou de ne pas pouvoir fêter Noël et les anniversaires avec ses proches.

C'était une question de devoir, de confiance et d'affection, mais qui fonctionnait dans les deux sens. Raison pour laquelle ce qui arrivait à Alec Robertson ébranlait les fondations du château. Qu'allait-il se passer ensuite ? Qu'allaient faire tous ces gens qui sacrifiaient leur vie – de leur plein gré, certes – pour satisfaire une seule personne ? Que se passerait-il si la confiance disparaissait ? Si l'affection laissait place à l'aigreur ? Ce serait un véritable séisme… et tout l'édifice s'effondrerait.

Rozie fit ce qu'elle faisait toujours quand elle sentait le stress monter : elle alla se changer et partit courir à l'heure du déjeuner. Tout en sillonnant le parc, elle essayait de mettre de l'ordre dans les éléments dont elle disposait. C'était sur Rachel Stiles que la police devait se concentrer, non ? Cette fille buvait ; elle consommait des drogues ; et on avait trouvé son ADN dans la chambre de Brodski. L'avait-elle tué avant de se suicider ? Mais l'autre fille, alors ? Anita Moodie ? Stiles l'avait-elle assassinée, elle aussi ?

Après avoir torturé ses poumons pendant quarante minutes, Rozie n'avait fait aucun progrès concernant l'affaire mais se sentait tout de même mieux.

– Vous avez l'air de meilleure humeur, fit remarquer sir Simon quand elle revint au bureau. De bonnes nouvelles au sujet de votre mère ?

N'en étant plus à un mensonge près, elle lui répondit que sa mère était presque rétablie. Les endorphines lui permirent de tenir tout l'après-midi.

La semaine touchait à sa fin. En ce samedi midi, Billy MacLachlan, au volant de sa Honda Civic, s'étonnait une fois de plus que le Suffolk soit aussi loin de… de tout, en fait. La région était très agréable une fois que l'on était sur place mais, bon Dieu, tous ces kilomètres !

Son autoradio perdit le signal de la station de musique classique qu'il écoutait et il profita du silence pour repenser à la conversation qu'il avait eue la veille à Edgware. La jeune femme enseignait la musique dans une école pour filles de bonne famille du nord de Londres, où elle coachait aussi les joueuses de netball. Il avait réussi à la voir à l'heure du déjeuner, entre une répétition de la chorale et une séance d'échauffement des troisièmes. Après s'être servi du café dans de gros mugs dans la salle des profs, ils s'étaient installés au fond d'une classe vide.

Escort girl.

Elle avait vraiment dit « escort girl ». Au bout d'une demi-heure de discussion, une fois un peu détendue et son café complètement refroidi. Il réécouterait l'enregistrement sur son téléphone plus tard mais il en était sûr. Ça avait donné quelque chose comme :

« Je sais qu'elle gagnait pas trop mal sa vie mais quand même… Elle aimait les belles fringues. Une fois, je l'ai vue avec un manteau incroyable et je me suis aperçue que c'était le Gucci de la saison. Et elle avait le sac à bandoulière Anya Hindmarch dont je rêve depuis des lustres. Quand je lui ai demandé si elle l'avait trouvé sur Vinted, elle m'a dit que non, qu'il était neuf. Et son sac de tous les jours était un Mulberry, qui avait l'air neuf aussi. Je cherche pas à lui casser du sucre sur le dos ou quoi que ce soit, mais je me suis même demandé une fois ou deux si... Je ne devrais pas dire ça.

– Allez-y.

– Bon, OK... C'est pas pour dire du mal, mais je me suis demandé si elle n'était pas escort girl. Je sais, c'est idiot. Anita n'était pas ce genre de fille. Enfin, elle ne parlait pas de sa vie privée, elle ne parlait pas des mecs. Mais elle avait beaucoup de belles choses, alors qu'elle n'était pas la meilleure chanteuse de notre promotion. Elle était douée mais... Si ça se trouve, elle a juste eu de la chance. »

De la chance, peut-être. Du talent, sans aucun doute. Cette fille était à l'université avec Anita Moodie. Elles y avaient étudié le chant et obtenu leur diplôme. MacLachlan essayait de la cerner en interrogeant ses amis. Auprès de certains, il se présentait comme un ancien professeur dévasté par sa mort qui cherchait à savoir ce qu'avait été sa vie. Pour d'autres, il était un journaliste préparant un livre sur le suicide. La police risquait d'interroger aussi ces gens et il ne tenait pas à ce qu'elle découvre son identité. Dans deux heures, quand il serait enfin arrivé à Woodbridge, il se présenterait comme un vieil ami de la famille chargé par la branche hongkongaise de recueillir des souvenirs.

La Anita qu'il commençait à entrevoir était une fille très ambitieuse. Après ses années de pensionnat dans le Hampshire, elle était partie étudier la musique à Londres, à l'École des études orientales et africaines. Elle avait enchaîné sur une maîtrise au Collège royal de musique, où, sans pour autant être une virtuose, elle était considérée comme douée.

C'était à cette époque que ses amis avaient remarqué la hausse de son niveau de vie. Elle louait le même genre d'appartements qu'eux, dans des quartiers miteux de la capitale, mais elle partait davantage en vacances, portait de plus beaux vêtements et avait sa propre voiture, une Fiat 500 rose bonbon – ce que confirmaient ses photos publiées sur Instagram.

Ses amis pensaient que c'était en travaillant sur des bateaux de croisière et lors de soirées mondaines organisées à l'étranger qu'elle avait pu s'offrir tout ça. Il y avait d'ailleurs plusieurs clichés d'elle dans de grands hôtels au soleil : le genre d'endroits où l'on voyait des fontaines dans la cour et des supercars McLaren garées à l'ombre des palmiers. Anita semblait toujours plus à l'aise dans les robes de bal, sous les lustres scintillants. Et elle avait finalement réussi à payer la caution d'un bel appartement à Greenwich avec vue sur le fleuve, près de l'O2 Arena.

Quelle fille dans la vingtaine pouvait se permettre d'occuper seule un tel logement à Londres ? Certains supposaient que sa famille avait de l'argent, mais ceux qui la connaissaient bien savaient que ses parents vivaient de façon modeste à Hong Kong. Gérants d'une école de langues, ils avaient eu du mal à régler ses frais de pensionnat.

Alors qui payait le loyer et les sacs à main de luxe ? Avait-elle une sorte de vieux protecteur ? Une de ses copines de lycée avait dit qu'Anita était restée très proche de son prof de musique de terminale. Peut-être un penchant pour les hommes mûrs ? L'enseignant retraité avait accepté de le rencontrer chez lui, dans le Suffolk. MacLachlan voulait garder l'esprit ouvert à toutes les possibilités. Mr de Vekey s'était peut-être seulement montré… paternel. À moins qu'ils aient perdu contact depuis dix ans et qu'il n'ait donc rien à lui apprendre.

Mais ce n'était pas l'impression qu'avait eue MacLachlan au téléphone. L'homme lui avait paru hébété, nerveux et troublé. Tourmenté.

Tout en traversant l'Essex sur l'A12 en direction de la côte, il s'interrogeait sur la cause exacte de son état.

CHAPITRE 23

Après le thé, la reine se rendit dans sa chapelle privée. À la suite de l'incendie de 1992, l'ancienne chapelle était devenue le hall des Lanternes, où l'on accueillait les invités. Il faut dire que c'était là que le feu avait démarré, et l'idée d'y prier lui était devenue insupportable.

Elle savait aujourd'hui qu'elle aurait fini par s'y habituer, le temps pouvant presque tout guérir. Mais elle ne regrettait pas cette décision pour autant.

Aménagée dans un ancien passage, la nouvelle chapelle avait un magnifique faux plafond gothique en chêne vert, paré de notes bleu ciel par endroits. Elle était le résultat d'un travail en famille, sans doute celui auquel elle avait le plus contribué personnellement. Charles faisait partie du comité architectural ; David Linley avait conçu l'autel, très sobre, comme elle aimait ; et Philip avait collaboré avec un maître artisan pour concevoir le grand vitrail devant lequel elle passa en entrant.

Cette œuvre d'art était chargée de souvenirs. Les trois images du haut représentaient la Sainte Trinité sereinement penchée sur une représentation vert-de-gris du château et du parc. Dieu regardait cela d'en haut, veillant sur la Maison royale. Les trois images du bas résumaient le jour de l'incendie. Au milieu, saint George terrassait un dragon aux yeux rouges ; à gauche, un volontaire transportait un portrait sauvé du désastre ; à droite, un pompier luttait contre les flammes, la tour Brunswick brûlant comme une torche derrière lui. À l'origine, Philip avait eu l'idée d'un phénix renaissant de ses cendres, ce qui avait beaucoup plu à Sa Majesté, mais elle préférait tout de même la version finale. Le château ne s'était pas reconstruit tout seul : c'était une équipe soudée qui avait accompli cela, avec brio, après que les pompiers eurent lutté nuit et jour pour limiter les dégâts.

À ses yeux, tous ces gens faisaient partie de sa famille et elle se sentait redevable envers eux. Bien que 1992 soit restée son *annus horribilis*, chaque fois qu'elle entrait ici, elle éprouvait de la gratitude. « Ne crains point car je suis avec toi. » « Je te fortifie, je viens à ton secours. » Petite fille, on lui avait appris que lorsqu'on était déterminé, on finissait toujours par triompher. Cela prenait parfois du temps mais c'était la vérité. Et pendant la guerre, c'était à Windsor qu'elle avait trouvé refuge.

Elle s'assit à sa place habituelle, une chaise cramoisie près de l'autel. Revenant au présent, elle pria pour le Russe, pour la fille de la City et même pour la chanteuse, dont le rôle n'était pas encore clair. Elle pria pour sa famille, proche et éloignée, et dit merci pour la génération suivante, qui prenait un si bon départ. Cela dit, si Harry pouvait se trouver une fille décente, ce serait encore mieux. Elle pria enfin pour faire la lumière sur cette sombre affaire avant que d'autres jeunes vies ne soient perdues.

Elle fut aussi tentée de prier pour avoir du flair dans la course de 15 h 15 à Wincanton, le lendemain, mais Dieu n'exauçait pas les vœux des parieurs. Outre la chance, les courses exigeaient surtout du jugement, fruit de l'expérience. Comme la vie.

Ce fut vers la même heure, alors qu'il quittait l'A13 sur le chemin du retour, que MacLachlan remarqua la BMW M5 noire, trois voitures derrière lui. Il en avait repéré une semblable à l'aller. Elle lui avait tapé dans l'œil car le modèle était élégant, récent et rapide. Du genre qui ne lui aurait pas déplu si le montant de sa retraite avait été deux fois plus élevé. Et il avait aussi remarqué ses plaques diplomatiques. Il ralentit et se rabattit. La M5 le dépassa peu après. Les plaques étaient identiques. Le chauffeur tourna même la tête pour le regarder.

Abrutis, se dit-il. *Si vous voulez jouer à ce jeu, prenez une voiture plus ordinaire et faites-le proprement.* Ce qui ne l'empêcha pas de sentir son cœur s'emballer quand il appuya de nouveau sur l'accélérateur.

Une vingtaine de minutes plus tard, désormais sur le qui-vive, il repéra une Prius blanche. Celle-ci était plus vieille que la M5, avec des plaques normales, semblable à un millier d'Uber. Cependant, elle s'était placée à environ six voitures derrière lui juste après Tower Bridge. Elle était restée par intermittence dans son champ de vision, jamais présente plus de deux minutes d'affilée dans son rétroviseur, jusqu'à ce qu'il quitte l'A4 à Chiswick, de l'autre côté de Londres, pas très loin de chez lui. Ç'aurait pu être une coïncidence, mais il avait rallongé son trajet d'une demi-heure en empruntant un itinéraire particulièrement alambiqué via Battersea, traversant le fleuve du nord au sud sur le pont de Chelsea et dans l'autre sens à Putney. Une route qu'aucun GPS, aussi détraqué soit-il, n'aurait jamais recommandée. Ils l'avaient donc incontestablement suivi jusqu'à ce qu'ils sachent où il allait. Ces types étaient assez pros pour avoir recours à deux voitures. Mais, Dieu merci, trop amateurs pour bien s'en servir.

En arrivant chez lui plus tard que prévu, il renonça à téléphoner à Windsor le soir même. Il aurait pu contacter la secrétaire particulière adjointe mais, le week-end, il lui était aussi simple d'appeler Sa Majesté en personne, à condition de bien choisir son moment. Aux alentours de 19 heures, entre les *drinks* et le dîner, il parvenait presque toujours à la joindre. Autrefois, cela le surprenait qu'elle réponde aussi vite. Aujourd'hui, il considérait juste ça comme un de ces tuyaux pour lesquels pas mal de journalistes de seconde zone auraient été prêts à tuer leur grand-mère – et qu'il n'était pas près de leur donner. Il lui faudrait attendre le lendemain pour parler à Sa Majesté, mais il était très patient.

Le dimanche soir, alors que la reine était sur le point de se changer pour le dîner, sa seconde habilleuse lui apporta un téléphone – à l'ancienne, pas « smart » pour un sou, avec un socle et un combiné.

– Quelqu'un pour vous, Madame. Mr MacLachlan.

– Merci.

L'habilleuse se retira. La reine s'examina rapidement dans le miroir de sa coiffeuse (elle était fatiguée, un peu bouffie) et prit l'appel.

– Billy, comme c'est aimable de votre part.

– C'est un plaisir, Votre Majesté. Je crois que j'ai ce que vous cherchiez. Cette fille, Miss Moodie, n'a pas mis fin à ses jours – pas si mes sources sont correctes. De même, vous m'aviez demandé si elle parlait chinois et je vous le confirme. Elle parlait cantonais chez elle à Hong Kong, puis a étudié le mandarin à l'école. J'ai fouiné un peu pour voir si elle parlait aussi le russe – juste au cas où – mais je ne pense pas. On peut dire qu'elle menait une vie intéressante.

– Dites-moi tout ce que vous pouvez. Je dispose d'environ sept minutes.

– Cela suffira amplement, Madame.

Il commença par lui communiquer le résultat de ses recherches sur le compte Instagram d'Anita Moodie et auprès de ses amis.

– Puis, hier, je me suis rendu chez son ancien professeur, poursuivit-il. Elle est allée le voir deux jours avant sa mort et elle n'était pas bien du tout. Pensant qu'il s'agissait d'une histoire de garçon, il a attribué son état à son tempérament artistique et cetera, mais il ne l'avait jamais vue comme ça auparavant. Elle allait vraiment mal. Vous voyez ce que je veux dire, pas juste triste et larmoyante mais aussi déboussolée. Il m'a raconté que, pendant sa visite, elle se balançait d'avant en arrière en marmonnant des choses incompréhensibles. Elle semblait très perturbée. Au comble du désespoir.

– Cela n'évoque-t-il pas un suicide ? s'étonna la reine. C'est ce qu'ont pensé ses amis, même s'ils ne s'y attendaient pas.

– On pourrait le croire, répondit MacLachlan, mais en me racontant leur conversation, Mr de Vekey a changé d'avis sur les raisons de son état. Elle pensait qu'elle allait mourir. Il n'arrivait pas à la calmer ni à la réconforter. Et il m'a dit que, maintenant qu'il y repensait, elle n'était pas déprimée mais terrifiée. Terrifiée au point d'en perdre la tête.

La reine n'aimait pas ce qu'elle entendait.

– Ce professeur n'a-t-il pas eu l'idée de prévenir quelqu'un ? Ses parents ? Puisqu'elle allait si mal…

– Elle lui aurait défendu de le faire.

La reine ne chercha pas à savoir comment l'inspecteur-chef s'y était pris pour obtenir ces informations. Le talent de MacLachlan dans ce domaine était précisément la raison pour laquelle elle lui avait confié cette mission.

– Que voulez-vous que je fasse, maintenant, Madame ? Je dois vous avertir qu'ils m'ont à l'œil.

– Qui ?

Il lui parla des voitures noire et blanche.

– Les plaques diplomatiques sont celles de l'ambassade d'une nation arabe. Petit pays. Ami. Difficile de les imaginer en train d'organiser des assassinats.

Il lui dévoila le nom du pays en question.

Elle y réfléchit un instant.

– Ne faites plus rien pour le moment. Merci, mais je crois que cela fait suffisamment d'émotions pour aujourd'hui. Ça va aller pour vous ?

– Oui, Madame, lui assura-t-il tout en se disant qu'il aimerait bien les voir tenter quelque chose. Dites-moi si vous changez d'avis.

Mais Sa Majesté avait déjà l'esprit ailleurs. Elle avait enfin toutes les pièces du puzzle. Il fallait juste les emboîter. La vue d'ensemble était claire, à présent. En fait, elle l'était même depuis quelque temps, mais certains détails ne collaient toujours pas.

Elle aurait peut-être pu résoudre cette énigme ce soir même mais, dès qu'elle eut raccroché, son habilleuse réapparut avec des bas propres à la main. Sa famille et ses amis l'attendaient pour son dernier dîner à Windsor.

Plus tard, en prenant son journal intime, elle repensa brièvement à l'interrogatoire de Rachel Stiles dans son appartement de Isle of Dogs (près du dôme du Millénaire, où elle-même avait passé l'une des plus épouvantables soirées de sa vie, ce qui influençait sans doute son jugement), ainsi qu'à ses yeux, à cet unique cheveu, et à cette culotte. Que venait faire là cette culotte ? Elle n'arrivait pas à démêler tout ça.

Comme elle le faisait souvent quand un problème lui semblait insoluble, elle décida que la nuit portait conseil. Mais le temps filait. Et si elle ne se trompait pas, cela signifiait que l'affreux Humphreys n'avait pas entièrement tort non plus, et qu'en ce moment même le pays courait un grave danger. Et que ce serait le cas tant que l'affaire ne serait pas résolue.

QUATRIÈME PARTIE

Une brève rencontre

CHAPITRE 24

Le lundi, Philip avait des obligations à la capitale et il fut donc sur le pied de guerre, avec son valet et son écuyer, avant même qu'elle parte faire sa dernière balade à cheval. Elle avait espéré que l'air frais, le parc verdoyant et l'odeur réconfortante du poney déclencheraient chez elle une révélation. Hélas, elle était trop préoccupée par le concours d'équitation, trop triste de partir et trop obnubilée par tout ce qu'il lui restait à régler pour faire le moindre progrès.

Rozie lui apporta les boîtes qu'elle devait voir avant son départ. La jeune femme aurait pu faire le voyage jusqu'à Londres avec elle, mais la reine avait besoin de temps pour réfléchir.

– Je vous verrai au palais.

– Entendu, Madame.

– Il y a plusieurs choses dont nous devons parler.

– Bien sûr, Madame.

– Passez me voir après le déjeuner.

Une heure plus tard, la Range Rover sortait discrètement de l'enceinte du château de Windsor et prenait, comme d'habitude, le chemin de la M4. Aujourd'hui, c'était l'anniversaire de la princesse Charlotte. La reine passa un rapide coup de téléphone à Anmer Hall pour l'occasion. Tous étaient occupés à préparer une petite fête. Elle les verrait bientôt au concours d'équitation. En attendant, il lui faudrait se contenter d'un timide « Coucou, Gan-mè » du prince George. Le bambin n'était pas du tout timide mais la technologie l'impressionnait encore. Peut-être devait-on s'en réjouir ? Dans une dizaine d'années, il serait probablement impossible de l'en détacher.

Elle pensa à la famille Cambridge, soudée, à l'abri de tout et loin des projecteurs dans sa maison du Norfolk. Ils menaient là-bas une existence idéale. Elle avait connu cela aussi, pendant son enfance à Mayfair, à l'époque où elle s'imaginait encore pouvoir jouir toute sa vie d'une certaine intimité, comme la plupart des petites filles. Aujourd'hui, il lui était difficile de se rappeler comment c'était : ne pas avoir à réserver sa confiance à une poignée d'amis proches, pouvoir prendre des risques et commettre des erreurs avec la sereine certitude que cela n'aurait aucune conséquence importante. Aujourd'hui, tout pouvait avoir des conséquences importantes. Personne ne savait plus garder un secret.

La voiture prit de la vitesse pour entrer sur l'autoroute. Sa Majesté constatait toujours la même surprise à l'intérieur des véhicules qui la dépassaient : fascinés par la Range Rover et son escorte, chauffeurs et passagers plissaient les yeux pour essayer de l'apercevoir à l'arrière.

C'était un miracle que ce vilain petit meurtre n'ait pas encore fait les gros titres. Seule l'irréprochable discrétion de toutes les personnes concernées avait empêché cela. Enquêter en catimini n'avait pas dû beaucoup faciliter la vie de l'inspecteur-chef Strong. Mais quelle catastrophe si les tabloïds avaient eu vent de l'histoire de la culotte et du rouge à lèvres…

Et là, soudain, la pièce du puzzle contenant le peignoir et la corde trouva enfin sa place. *Mais oui.* L'inspecteur-chef Strong avait fait exactement ce qu'il fallait.

Dans les kilomètres qui suivirent, les autres pièces vinrent se disposer à leur tour jusqu'à ce que le déroulement des événements de ce soir-là devienne limpide, jusqu'à ce que tout semble cohérent.

C'était le cheveu qui lui avait posé le plus de problèmes, mais maintenant qu'elle voyait de quelle façon les différents éléments s'imbriquaient, la solution à l'énigme de l'ADN lui paraissait évidente. En fait, c'était la première chose qu'elle aurait dû remarquer.

Elle visualisait à présent comment le meurtre avait été mis en scène, mais elle savait aussi pourquoi. Le pire étant que c'était à cause d'elle. Les inconvénients de son statut de reine, dont elle avait plaisanté avec Philip, n'avaient rien de détails secondaires – ils étaient même à la base des humiliations infligées à ce pauvre homme. Elle était responsable de la penderie, du peignoir mauve… De tout.

Le trajet s'éternisait à cause de la circulation. En regardant par la fenêtre, elle remarqua que plusieurs avions tournaient dans le ciel en attendant de pouvoir atterrir. Elle s'obligea à respirer calmement et se remit à réfléchir.

Restait encore à savoir ce qui s'était passé ensuite. Comment une fille pouvait-elle se trouver à deux endroits en même temps ? Ou plutôt comment deux filles avaient-elles pu se trouver au même endroit ?

Comment se faisait-il que personne ne se soit aperçu de rien ?

Il lui fallut un certain temps pour tirer cela au clair. Quand elle comprit ce qui avait dû se passer, un petit cri de stupéfaction lui échappa. Assis à l'avant, son garde du corps se retourna pour vérifier si tout allait bien. Elle le rassura d'un hochement de tête.

Mais tout n'allait pas bien.

Elle voyait désormais ce qu'il avait fallu faire pour tuer cet homme, et c'était affreux. Froid, calculé, glaçant… Quel horrible gâchis. Et cela n'avait même pas suffi.

Elle revint sur les moindres détails afin de s'assurer qu'ils collaient avec ce que MacLachlan lui avait dit, ce que savait l'équipe de l'inspecteur-chef Strong et ce que Rozie et elle avaient découvert. Oui, tout s'emboîtait bien. Et les dernières informations fournies par MacLachlan l'encourageaient à penser qu'elle était dans le vrai.

Il subsistait quelques petites failles, mais il semblait possible de les combler. Si ses équipes savaient quoi chercher, elles trouveraient. Et elle savait qui était le plus à même de lancer le processus. Si seulement elle était encore à Windsor ! Bon sang de bonsoir ! Elle allait devoir inventer une excuse pour lui parler.

Quand la Range Rover passa enfin devant Harrods, elle avait élaboré un plan. Elle commençait à se sentir un peu mieux mais songer ainsi à la mort et à la trahison l'avait fatiguée. Elle avait vraiment grand besoin de voir le petit George et Charlotte pour célébrer les joies de la vie. Il allait pourtant lui falloir encore attendre dix jours pour cela et c'était bien trop long.

– Pouvez-vous appeler le gouverneur du château de Windsor ? J'ai quelque chose à lui demander.

– Oui, Madame.

La reine s'assit derrière le bureau de son salon privé du palais de Buckingham, où le téléphone était niché parmi les photos et les fleurs. Les meubles familiers et les portraits de famille l'apaisaient, mais pas autant que les platanes plantés par Victoria et Albert, dont les branches étaient aujourd'hui entremêlées. En arrivant, elle avait longuement promené les chiens dans le jardin et, bien que ça n'ait pas été prévu, son personnel s'était adapté avec un sang-froid admirable. À présent, elle se sentait mieux. Elle pouvait poursuivre ses investigations.

Le standard l'avait mise en communication avec sir Peter en moins de deux minutes.

– Ah, gouverneur, je voulais vous en parler avant de partir : savez-vous où ils ont l'intention de garer les monstrueux camions de la télévision ? Parce qu'il est hors de question qu'ils abîment la pelouse.

Pendant quelques minutes, elle parla avec le gouverneur des derniers arrangements pour le concours d'équitation. Il ne voyait pas très bien en quoi tout cela était urgent, mais il ne se serait jamais permis de critiquer Sa Majesté quant à ce qui lui importait ou non dans sa propre maison.

– Oh, et j'y pense, ajouta-t-elle l'air de rien. À propos de cette affreuse histoire, la fille qui est morte à Londres. Oui, celle avec la cocaïne. Je suppose que c'est le fait de revenir en ville qui m'a rappelé cette affaire. Eh bien, je me suis dit que vous aviez dû être l'une des dernières personnes à la voir… Et je me demandais si elle avait consommé de la drogue au château. Nous n'aurions vraiment pas besoin de ça. Savez-vous si l'équipe de l'inspecteur-chef Strong s'y est intéressée ? Je me souviens l'avoir rencontrée. Une fille discrète. En tout cas, faites passer le message à ITV à propos des camions. Cela devrait leur flanquer une frousse de tous les diables.

Après avoir raccroché, elle appela rapidement Billy MacLachlan.

– Je pense qu'il est temps que vous passiez à l'étape suivante. Mais allez-y doucement. Gardez un œil sur lui après cela. À mon avis, il ne risque rien. Et vous croyez que quelqu'un devrait informer le MI5 au sujet des virements ? Merci, Billy.

Rozie se tenait à côté, prête à prendre des notes. Elle n'avait pas tout compris à ces conversations. Surtout celle où Sa Majesté avait demandé si Rachel s'était droguée ou non au château. Depuis quand cela était-il important ? Elle mourait d'envie de demander des explications, mais il semblait y avoir un accord tacite entre la patronne et elle : jamais elles ne parlaient ouvertement de cette affaire.

– Y a-t-il quelque chose que je puisse faire, Madame ?

– Pourriez-vous découvrir si Rachel Stiles portait des lentilles ? Et aussi contacter le directeur du MI5 ? Dites-lui que je voudrais le voir mercredi. J'aimerais qu'il me fasse un rapport sur l'évolution de l'enquête.

Sir Peter remit pensivement son téléphone dans sa poche. Il était persuadé que le directeur du Royal Horse Show s'était déjà occupé des camions télé, mais il allait s'en assurer avant de confirmer à Sa Majesté que tout était sous contrôle. En attendant, il restait le petit problème de la fille avec la cocaïne. Rachel comment, déjà ? Stiller ? Snipes ?

Il doutait qu'elle aurait osé consommer de la drogue dans l'enceinte du château. Surtout dans le cadre d'une conférence top secret. Cependant, il était vrai qu'elle lui avait semblé plus en forme le premier jour que le lendemain, même s'il ne voyait pas le rapport avec l'affaire Brodski. Consciencieux comme il l'était, il se sentait obligé de vérifier. Si on découvrait que quelqu'un avait vraiment consommé de la drogue à Windsor et que cela arrivait aux oreilles de la presse, cela ferait la une du *Daily Mail* pendant des semaines. Il allait devoir prévenir le service de com.

Sir Peter avait quelques personnes à voir dans la partie basse du château. Une fois sa tournée terminée, avant de rejoindre son épouse pour déjeuner, il s'arrêta à la tour Ronde et monta péniblement l'escalier qui menait à la petite pièce du troisième étage. L'inspecteur-chef Strong était absent mais il fut accueilli par le sergent Andrew Highgate.

Maintenant qu'il se trouvait face à un policier, sir Peter avait un peu honte. Il avait l'impression de le déranger pour rien, juste pour apaiser sa conscience professionnelle. Le meurtre préoccupait sans doute plus les enquêteurs qu'une petite histoire de drogue. (Et puis, d'après ce qu'il savait de ce qui s'était passé ici au fil des ans, ce ne serait pas la première fois.) En revanche, le sergent Highgate, lui, semblait prêt à tout pour répondre aux attentes de quelqu'un qui était à la fois général, chevalier du royaume et – si on lui donnait son titre complet – constable et gouverneur du château de Windsor.

– Non, vous avez bien fait, Monsieur..Merci d'être passé. Voyons donc ce que nous avons sur elle… Oui, voilà, Rachel Stiles. Spécialiste en économie chinoise. Société Golden Futures… Vous parlez d'un avenir doré… Hum… Laissez-moi vérifier… Oui, je vous assure, c'est bien la bonne photo. C'est son entreprise qui nous l'a transmise. L'originale, celle de son formulaire de sécurité, était un peu trop petite. Mais je ne pense pas que nous aurions pu nous tromper. Je peux regarder une nouvelle fois, si vous voulez. Je vous appelle dans cinq minutes, à moins que vous ne préfériez patienter pendant que je…

Assez alarmé, sir Peter répondit qu'il allait attendre.

Quelques heures plus tard, à Woodbridge, Guy de Vekey était en train de siroter du pinot gris frais dans son jardin quand des martinets passèrent au-dessus de lui, telle une salve de flèches. Il adorait ce moment, entre chien et loup, quand le jour laissait place au crépuscule et que le ciel virait du rose pêche au violet, que toutes sortes d'ombres se dessinaient sur la pelouse. Derrière lui, l'ensorcelante musique d'Elgar s'écoulait de son vinyle noir en grésillant dans l'air du soir.

Il s'était engagé à garder un secret. Il l'avait déjà révélé une fois – à cet homme, samedi –, et voilà qu'on lui demandait de recommencer. Instinctivement, il avait envie de tenir sa promesse. Anita était morte ; comment la trahir maintenant ? Et pourtant, n'était-il pas vrai qu'il s'était senti… comment dire ?… libéré… de l'avoir raconté la première fois ?

Il avait enseigné le chant à deux générations d'élèves. Plusieurs étaient restés en contact avec lui, certains l'avaient même invité à leur mariage ou leur premier concert, mais seuls quelques-uns étaient devenus de vrais amis. S'il s'agissait le plus souvent de ceux qui avaient un don exceptionnel, ce n'était pas le cas d'Anita. Elle était douée, bien sûr, mais ce qui la distinguait surtout des autres, c'était son appétit pour la vie, la réussite et tout ce qu'il y avait de meilleur – et les sacrifices auxquels elle était prête à consentir pour satisfaire cet appétit. Dans un milieu aussi impitoyable que celui de la musique classique, c'était déjà un talent en soi. Malgré leur différence d'âge, elle lui faisait confiance et accordait de l'importance à ses conseils. Il la voyait tous les deux ans, et chaque fois elle était aussi enthousiaste et joyeuse, toujours encline à lui montrer ses photos de voyages et à lui raconter sa vie. Mais lors de sa dernière visite, trois semaines plus tôt, il l'avait trouvée… Même maintenant, il avait du mal à y repenser. Désespérée. Elle était désespérée. Une épave au visage couvert de larmes et de morve.

Et puis cet ami de la famille était venu lui poser des questions sur elle. Mr… Comment s'appelait-il, déjà ? Il n'arrivait pas à se rappeler… Envoyé par les parents d'Anita, l'homme cherchait à comprendre dans quel état d'esprit elle était avant de… avant de faire ce qu'elle avait fait. Qui pouvait le dire ? Qui pouvait bien le dire ?

Sur le moment, Guy s'était dit qu'il pouvait arriver à une jeune femme d'être bouleversée après une mauvaise journée. Mais quand cet homme l'avait interrogé à ce sujet, il avait réalisé combien tout cela était étrange. Et, sans trop savoir comment, il avait fini par vendre la mèche. Dire qu'elle lui avait fait confiance… !

Ce changement d'humeur chez Anita lui avait paru absurde. Soudain. Mystérieux. Guy comprenait maintenant que ce n'était pas de la tristesse qu'il avait sentie monter en elle par vagues violentes – c'était une terreur indicible. Elle avait même prédit sa propre mort. Il lui avait dit de ne rien faire qu'elle pourrait regretter, l'avait même suppliée… tout en pensant qu'elle parlait sûrement d'une rupture amoureuse.

L'ami de la famille d'Anita, qui venait de le rappeler pour lui faire part de ses préoccupations, avait peut-être raison : il valait peut-être mieux qu'il parle à la police. Il se pouvait qu'ils le prennent pour un fou. Mais si justement, il ne l'était pas ?

Considérant les choses sous un nouveau jour, il se demandait si la jeune femme n'avait pas essayé de lui dire quelque chose. Elle lui avait paru mal en point, effrayée, et voilà que deux jours plus tard elle était morte. Guy vida son verre d'un trait puis se mit à prier pour avoir tort.

– Tu as pris une décision ?

Sa compagne s'approcha de lui et posa une main sur son épaule.

– Je les appelle demain à la première heure.

CHAPITRE 25

Le mardi matin eut lieu, à l'abbaye de Westminster, un service à la mémoire de sir Geoffrey Howe, qui avait offert de beaux moments du temps de Margaret Thatcher, et était aussi un enfant de 1926. La reine n'y assista pas, parce que si elle le faisait pour un, elle devrait le faire pour tous. Elle aurait pourtant voulu être là pour lui rendre hommage. C'était un homme affable et respectable, ainsi qu'un politicien honorable (Dieu savait qu'ils ne l'étaient pas tous !) qui s'y connaissait en cricket. Encore une grande perte.

À son âge comme à celui de Philip, les décès étaient monnaie courante. Ces derniers temps, ils étaient même presque quotidiens, et cela devenait vraiment sinistre. L'hiver passé, Philip avait dit : « Si on m'invite une fois de plus à une de ces fichues cérémonies de funérailles, je les fais tous bouillir. » Mais il ne le pensait pas, bien sûr. Et, au moins, la plupart de leurs chers amis avaient vécu jusqu'à un âge raisonnable.

Elle se regarda dans le miroir avec détachement. Lors de sa visite pour les 500 ans du Royal Mail, quelqu'un lui avait rappelé que son image était la plus reproduite de tous les temps. (Souvent, les gens étaient fiers de se dire qu'ils lui apprenaient quelque chose sur sa personne, comme si c'était un scoop.) Elle s'efforçait pourtant depuis toujours de ne pas y penser : c'était le genre d'information qu'aucun être humain n'aurait dû entendre. On aurait pourtant pu croire que c'était Diana. Dans les années 1990, un ami lui avait raconté qu'il revenait tout juste des hauts sommets népalais, où la voiture, le téléphone et même la radio n'existaient pas. Tout là-haut, sur les contreforts de l'Annapurna, il avait vu un fermier utiliser une faux digne du Moyen Âge. Ce fermier portait un tee-shirt à l'effigie de sa défunte belle-fille. Où que l'on aille, elle était là.

Cependant, les billets de banque et les timbres postaux l'emportaient haut la main sur les journaux, les magazines et les souvenirs. En y réfléchissant, c'était une évidence. En Grande-Bretagne comme dans tout le Commonwealth, faute d'inspiration, c'était toujours son profil qu'on utilisait pour la monnaie et les timbres. Heureusement, ce portrait datait d'une époque où elle était plus jeune et n'avait pas encore de double menton. Et elle était sur Terre depuis un sacré bout de temps…

Elle se pencha en avant, ajusta ses lunettes puis vérifia qu'aucun poil ne dépassait de ses royales narines. Le vieillissement était un processus d'une grande indignité. Elle ne s'était jamais considérée comme une beauté mais, avec le recul, elle se disait maintenant qu'elle en avait peut-être été une. Et puisqu'on imprimait son visage sur des milliards d'objets usuels, c'était sûrement pour le mieux. Mais, pour le moment, il s'agissait avant tout de maîtriser son système pileux.

Billy MacLachlan eut de la chance de réussir à la joindre à cette heure de la matinée, alors qu'elle finissait de se préparer. Leur conversation fut très brève.

– J'ai parlé à Mr de Vekey, Votre Majesté.

– Avez-vous réussi à le convaincre ?

– Je le crois.

– Excellent. Et vous avez passé l'autre appel ?

– J'ai réglé la chose sur Internet, mais cela revient au même.

– Merci.

– C'est bien normal, Madame. Je vous souhaite une bonne journée.

Un peu plus tard, elle en avait presque fini avec les boîtes quand elle entendit du raffut dans le couloir. Des pas martelant le sol, des claquements de portes et des éclats de voix.

Sir Simon était déjà entré pour récupérer les documents. Il resta impassible, mais la reine semblait agacée.

– Allez voir ce que c'est, voulez-vous ?

Avant qu'il ait le temps de s'exécuter, la porte s'ouvrit brusquement et le duc d'Édimbourg fit irruption dans la pièce, rouge de colère.

– Vous savez ce que ce pauvre crétin de Humphreys a fait hier ?

– Merci, Simon.

Le secrétaire s'éclipsa sans piper mot. Sa Majesté se tourna vers Philip.

– Non.

– Il a interrogé mon valet. Mon foutu valet ! Pendant six heures, au beau milieu de la nuit. Sans me demander mon accord ni même m'en informer, nom de Dieu ! Je ne l'ai appris que ce matin.

– Juste ciel. Pourquoi donc ?

– Parce qu'il le prend pour un agent soviétique. Dieu sait pourquoi. Le pauvre homme n'est jamais allé à plus de cent kilomètres de chez lui. Et j'imagine que vous êtes au courant pour Robertson ? Découvert par sa propre fille et envoyé dare-dare aux urgences. C'est du harcèlement, ni plus ni moins. J'en ai plus qu'assez que Humphreys traîne ses gros sabots dans toute la Maison royale tel un dictateur de pacotille.

– Je vous comprends.

– Vraiment ? Ça fait des semaines qu'il emmerde tout le monde au château de Windsor en toute impunité, et voilà qu'il fait pareil ici. Vous devez l'arrêter avant qu'une crise n'éclate.

Elle leva un sourcil.

– Vous voudriez que je renvoie le directeur du MI5 ?

– Un peu que je voudrais, oui !

– Je suis certaine que cela passerait comme une fleur auprès du Premier ministre.

– Le Premier ministre, qu'il aille se faire… !

– Je le vois ce soir. Je lui transmettrai votre message.

– Et plutôt deux fois qu'une. Écoutez, Lilibet, je suis sérieux.

Il se calmait un peu. Peu de gens auraient pu déceler cela dans son attitude, mais c'était pourtant le cas. Il s'approcha du bureau et s'y appuya des deux mains.

– Humphreys ne peut pas tourmenter ainsi nos employés sans raison valable. Il n'a pas la moindre miette de preuve pour étayer sa théorie bancale.

– Je le sais. D'ailleurs, je dois le voir bientôt.

– Ah, oui ? lança Philip en se redressant. Et vous allez le virer ?

– Je ferai ce que je pourrai.

Bien que réellement furieux, le duc savait qu'il était en train de demander l'impossible à son épouse. La réaction placide et conciliante de cette dernière le déstabilisa.

– Vraiment ?

– Oui, vraiment.

– Bon. C'est une très bonne nouvelle. Quand ?

– Je ne sais pas exactement. Demain, dans la journée, je pense. Si nous pouvons le caser quelque part entre…

Elle réajusta ses lunettes et baissa les yeux.

– … entre la secrétaire générale du Commonwealth, l'évêque de Leicester et Michael Gove.

– Oh ! Vous êtes en train d'inventer tout ça.

Il avait déjà retrouvé sa bonne humeur. Ses colères duraient rarement longtemps.

– Pas du tout.

– Ce que vous ne feriez pas pour votre pays…

Elle lui lança un regard entendu.

– Et vous allez souffler dans les bronches de Humphreys, alors ?

L'expression de Sa Majesté était énigmatique mais elle souriait.

– Quelque chose de cet ordre.

CHAPITRE 26

Dès le mercredi, la vie au palais de Buckingham retomba dans la routine. On aurait presque pu croire qu'ils n'étaient jamais partis. Rozie organisait avec les Japonais la visite imminente de leur Premier ministre et avec le bureau du Cabinet l'anniversaire officiel de la reine en juin.

Elle avait pu rapporter à la patronne que Rachel Stiles, la fille avec la cocaïne, était hypermétrope et portait donc parfois des lunettes, mais pas de verres de contact. La reine avait accueilli cette information par un simple « Mmmm » évasif. Rozie brûlait d'envie de lui poser d'autres questions mais elle n'en fit rien. Elle savait que Sa Majesté ne croyait pas à la théorie russe du MI5. D'après ses propres recherches et ce qu'elle avait appris de celles de MacLachlan, il existait un lien de nature encore indéterminée entre Brodski, Rachel Stiles et Anita Moodie. Elle soupçonnait Anita de s'être fait passer pour Rachel mais n'arrivait pas à voir le rapport avec le reste. Brodski était-il, d'une façon ou d'une autre, à l'origine de tout ça ? Il connaissait Anita, après tout. Se pouvait-il qu'il ait lui-même été un espion ? Était-ce de ça que MacLachlan devait parler au MI5 ?

Bien que tenue à l'écart, Rozie ne se sentait pas abandonnée. Et cela la surprenait. Elle s'était attendue à en vouloir davantage à la reine de ne pas lui donner plus d'explications. Mais c'était juste sa façon de travailler. Elle n'était pas votre amie, et vous n'étiez pas sa confidente. Pour quelqu'un qui recevait constamment du monde, elle menait d'ailleurs une vie très solitaire. Et, après tant de fuites et d'indiscrétions au cours des décennies passées (à commencer par celles de la nurse de son enfance, qui en avait trop révélé au sujet des petites princesses), il faudrait probablement des années pour gagner sa confiance. Son habilleuse devait en bénéficier, mais elle était à la Maison royale depuis 1994 alors qu'elle n'était là que depuis six mois.

Gavin Humphreys était un homme méthodique qui vivait selon un vieil adage, chéri par son militaire de père, connu sous le nom des « sept P » : avec une Planification et une Préparation Parfaites, Pas de Putains de Performances Pourries. Planifiant et préparant toujours tout, le directeur général du MI5 ne doutait jamais de la qualité de ses performances.

Par conséquent, se rendre au palais de Buckingham pour informer la reine de l'évolution de sa chasse aux espions n'avait rien de stressant pour lui. Il avait à peine ressenti un soupçon de nervosité en quittant son bureau de Millbank. À ce stade, il aurait tout de même préféré que ses planifications et sa préparation aient abouti à un huitième P : celui de Progression. Mais on ne pouvait pas précipiter ces choses-là, bien sûr ; Sa Majesté comprendrait. D'après ce que lui avait dit Singh, elle était très compréhensive.

Cependant, hier, le duc d'Édimbourg avait de toute évidence mal pris les choses. Et la théorie du valet s'était révélée être une fausse piste. Au début, elle lui avait pourtant semblé prometteuse : la petite amie de cet homme n'avait pas travaillé pour une, mais pour deux chaînes d'hôtels dirigées par des sympathisants turcs de Poutine ! Les services secrets russes n'auraient eu aucun mal à accéder à lui via cette fille, mais il se trouvait qu'il avait une nouvelle petite amie – qui travaillait dans les bureaux de la Maison royale – et qu'il était dans son lit le soir du *dine-and-sleep*. Celle-ci était la fille du directeur adjoint du service de renseignements électroniques et, comme fait exprès, selon tous les témoignages, elle était d'une irréprochabilité à peine concevable. Ils n'avaient pas non plus fait de progrès significatifs avec le page ou l'archiviste. Humphreys soupçonnait que l'agent dormant était implanté encore plus profondément qu'ils ne l'avaient cru au départ.

Comme souvent par le passé, Vladimir Poutine avait brillamment joué ses cartes. C'était peut-être un dictateur du XXIe siècle dénué de principes, mais il forçait tout de même l'admiration.

Un écuyer l'accompagna à la porte de la salle d'audience de la reine, où la rencontre devait avoir lieu. Il prit une grande inspiration et pria pour que les corgis ne soient pas là.

Pas de chiens à l'horizon. Après tout le marbre et les statues devant lesquels on passait pour y accéder, la pièce semblait étonnamment normale. Elle était peinte en bleu, décorée des incontournables tableaux et miroirs anciens, mais avec une légère touche féminine. L'assistante à hauts talons était là elle aussi et la reine demanda à Humphreys si cela ne le dérangeait pas qu'elle reste. Il n'y vit pas d'inconvénient et se réjouit surtout qu'il n'y ait pas l'ombre d'un prince Philip courroucé dans les parages. Ainsi que le lui avait prédit Singh, la reine le gratifia de quelques encouragements polis et se montra très compréhensive. Elle savait combien protéger la nation était difficile, et essentiel.

Ils s'assirent sur des chaises tapissées de soie. Il expliqua assez bien à la reine – selon lui – pourquoi il était difficile de faire toute la lumière sur les tactiques d'infiltration de Poutine, avant de lui assurer que ce n'était qu'une question de temps. Il sentait que Sa Majesté était contrariée qu'on ait perturbé sa vie à Windsor. Elle se souciait trop de ses domestiques. C'était là quelque chose qu'il ne pouvait pas comprendre. Son épouse et lui ignoraient jusqu'au nom de famille de la femme de ménage qui venait chez eux deux fois par semaine. Ne pas faire de sentiment était toujours payant, mais il ne pouvait pas le dire à la souveraine, surtout à son âge. Il se contenta donc de lui affirmer courtoisement qu'ils allaient aussi vite que possible.

– Il y a un détail intéressant, ajouta-t-il pour tenter de la rassurer. Nous avons établi que l'une des visiteuses présentes au château ce soir-là n'était pas celle qu'elle prétendait être. C'est le gouverneur qui s'en est aperçu.

– Tiens ?

– Elle n'a joué qu'un rôle mineur, Madame. Aucune menace sérieuse pour la sécurité nationale. Mais nous examinons tout de même cela, bien sûr. Il est très peu probable qu'elle ait quelque chose à voir avec l'affaire Brodski. Elle n'était même pas censée dormir au château. C'est sans doute juste une de ces étranges coïncidences…

Il sourit et haussa les épaules. La reine sourit à son tour. La séance était terminée.

– Je vous raccompagne, annonça-t-elle.

Humphreys fut surpris. Mais elle était chez elle, après tout, et elle allait de toute façon dans la même direction.

Tandis qu'ils marchaient sur les épais tapis – avec l'écuyer et l'assistante à hauts talons trois pas derrière eux –, la reine lui fit la conversation et lui parla de son programme estival.

– Beaucoup de visites d'écoles et d'universités, comme d'habitude.

Elle en cita quelques-unes. Pour quelqu'un de son âge, elle avait une excellente mémoire. L'un de ces établissements était d'ailleurs celui où Brodski lui avait dit avoir étudié le piano. Ce détail fit un peu retomber l'ambiance. L'école s'appelait Allingham. Elle rappela que le Russe était un excellent pianiste et dit son impatience de voir le département de musique. Puis ils arrivèrent à l'escalier et ceci marqua la fin de leur entretien. Humphreys lui était reconnaissant de ne pas avoir parlé du valet. En plus, elle s'était montrée d'humeur bavarde. Quand il sortit par une porte latérale pour rejoindre son chauffeur, il soupira de soulagement.

Il était à peine de retour derrière son bureau qu'il reçut un appel du commissaire Singh.

– Comment ça s'est passé ?

– Impeccable. Du nouveau de votre côté ?

– À vrai dire, oui. Nous avons des images intéressantes prises par les caméras de surveillance. Ça va forcément remonter jusqu'à vous mais j'ai pensé que vous aimeriez être prévenu d'abord.

CHAPITRE 27

Le Premier ministre du Japon arriva le jeudi. Installé sur un podium à côté de David Cameron, comme Barack Obama avant lui, Shinzō Abe avertit des dangers qu'il y aurait à s'exprimer en faveur du Brexit lors du référendum à venir. Cela préoccupait même les Nippons. Rozie n'aimait pas ces mauvais présages mais elle n'était pas inquiète pour autant. Après tout, le référendum écossais s'était bien terminé. De toute façon, le Japon n'était pas son problème aujourd'hui. L'audience avec la reine serait courte et sir Simon pouvait gérer ce genre de rencontres diplomatiques les yeux fermés.

C'était le jour de repos de la jeune femme et, vu que la semaine suivante allait être infernale, sir Simon lui avait dit de le prendre. L'après-midi même, elle avait rendez-vous avec une milliardaire dans sa suite du Claridge. Macha Perovskaïa avait demandé à la revoir.

Quand elle entra dans le hall caramel étincelant de l'hôtel le plus chic de Londres, ce qui surprit Rozie ne fut pas l'abondance de luxe tranquille qui y régnait, mais plutôt le fait qu'elle s'y sente aussi à l'aise. Le métier commençait à rentrer. Elle avait déjà connu ça dans son emploi précédent, à la banque :

les week-ends dans des hôtels-spa bucoliques pour renforcer l'esprit d'équipe y étaient aussi courants que les repas à la lueur des lustres vénitiens des meilleurs restaurants, toujours accompagnés de grands crus. Elle aimait ces vins, maintenant, et elle commençait même à s'y connaître un peu. Elle aimait le cliquetis des talons de ses Francesco Russo sur le damier de marbre. Elle apprécia tout autant le bref instant durant lequel le visage du concierge se figea quand elle prononça le nom de Macha, avant qu'il lui indique avec le plus grand naturel la direction de la suite Piano. Cela lui arrivait, quand elle rencontrait un roi ou un président. Mais elle était en train de devenir aussi douée que cet homme pour retrouver aussitôt un air naturel.

En haut, dans sa suite, Macha était assise au piano. Elle interprétait un morceau à la fois audacieux et dramatique, s'étirant de tout son corps pour atteindre les touches les plus éloignées. Rozie resta un moment à la regarder sans un mot. La cameriste qui lui avait ouvert avait disparu dans une autre pièce.

Puis le morceau toucha à sa fin. Macha inspira profondément et ferma les yeux.

– Tchaïkovski, déclara-t-elle. Ça va avec mon humeur.

– Vous jouez merveilleusement bien.

– Je sais, dit-elle, les yeux rivés sur la fenêtre la plus proche, dont les voilages avaient été tirés de façon à révéler les toits de Mayfair. J'aurais dû être professionnelle.

Elle haussa les épaules avec un petit sourire dépité.

– Ainsi, vous êtes venue… Et comment va Sa Majesté ?

– Très bien, merci.
– Vous lui transmettrez mes respects ?
– Je n'y manquerai pas.
– Si jamais… elle voulait entendre une autre pianiste russe…, lança Macha, l'air mélancolique.

Rozie se demanda un instant si elle était en train de tâter le terrain pour se faire engager. Puis elle comprit que la malheureuse voulait seulement revoir la reine, être proche d'elle. La patronne avait souvent cet effet-là sur les gens. Presque toujours même, d'après ce qu'elle avait pu constater.

– Hélas, c'est vrai qu'elle ne pourra plus jamais entendre Mr Brodski, répondit Rozie pour détourner la conversation.

Elle n'était pas encore certaine de la raison de sa présence ici.

– Vous voulez boire quelque chose ? demanda Macha en se levant.

Elle s'affala presque aussitôt sur un canapé en velours, adoptant une pose sensuelle. Rozie s'assit de façon plus convenable sur l'un des fauteuils juste en face. Macha portait un jean serré, un tee-shirt ample et plusieurs colliers. Elle était pieds nus, pas maquillée, et ses cheveux ne semblaient ni lavés ni coiffés. Elle n'en était que plus belle encore.

Rozie s'apprêtait à répondre quand un majordome entra avec un plateau chargé de thé, café, smoothies, eau plate, eau gazeuse et d'une coupe en cristal débordant de fruits.

– Je vous en prie, mettez-vous à l'aise, fit Macha avec un geste grandiloquent en direction de son invitée, geste qui congédia en même temps le domestique.

Rozie prit un smoothie rose, enleva ses chaussures et s'assit en tailleur. Elle ne comprenait toujours pas ce qui se passait, mais autant en profiter.

– Que puis-je faire pour vous ?

Elle vécut ensuite une heure très étrange durant laquelle Macha lui exposa tous ses griefs conjugaux sans lui épargner le moindre détail.

– Il me traite comme un escargot collé sous sa chaussure. Il est convaincu que je ne m'intéresse qu'à l'art, mais comment le sait-il puisqu'il ne me parle jamais ? On n'a pas fait l'amour depuis sept semaines. C'était un amant merveilleux mais maintenant… il fait ça comme s'il me haïssait.

Elle leva les yeux au plafond.

– Le dernier cadeau qu'il m'a fait était un bichon frisé, une petite femelle. Il m'a dit qu'une chienne méritait une chienne. Vous imaginez ? Dire ça à sa femme ? Alors j'ai donné la chienne à la cuisinière. Il l'a renvoyée. C'était une bonne cuisinière, pourtant.

À présent, elle jouait avec sa bague, faisant tourner le diamant gros comme un œuf de pigeon autour de son doigt, contemplant ses réactions à la lumière.

– Tous les jours, il me pose des questions sur Vadim. Est-ce qu'il est vraiment gay ? Est-ce que c'était un jeu ? Est-ce qu'on l'a fait à trois ? Il est dégoûtant. Il dit que ce n'est pas lui qui l'a fait agresser, mais je sais que c'est lui. Il m'en veut d'avoir aidé Maksim. J'ai dit que j'allais le quitter et il m'a dit pars. Alors je suis partie. Et maintenant je suis ici, dans la chambre la plus chère que j'ai trouvée. Il me fait surveiller mais je m'en fiche.

– Ça semble… difficile, dit Rozie, consciente d'être en dessous de la vérité.

Elle n'aurait jamais pu rester avec un homme qui l'aurait traitée de chienne, sans même parler du reste. Et, pour commencer, elle n'aurait jamais accepté la bague à l'œuf de pigeon. Ce genre de cadeaux était souvent soumis à conditions.

– Je le quitte ?

– Je ne suis pas experte en la matière...

– Vous travaillez pour la reine ! Vous donnez de l'expertise au plus haut niveau tout le temps.

– Pas dans ce genre de domaines.

– Elle a quatre enfants, tous divorcés !

– Seulement trois d'entre eux le sont. Le comte de Wessex...

– Elle sait ce qu'est la douleur. Elle vous demande votre avis, non ?

– Non, vraiment pas.

– Je suis sûre que si, dit Macha d'un ton irrévocable, en s'asseyant à son tour en tailleur. Je pense qu'elle vous fait confiance. Moi, je vous fais confiance. Vous avez quelque chose. Vous êtes la seule en qui j'ai confiance. C'est pour ça que vous êtes ici.

– Je ne crois pas que...

– Vous ne faites pas bla-bla-bla comme les autres, qui me donnent des conseils, qui me disent de le quitter, comme ma mère, ou de rester jusqu'à ce que je gagne un milliard avec le divorce, comme ma sœur, ou de rester pour toujours, comme ma *baba*. Qu'est-ce que je dois faire ?

Rozie grimaça.

– Vous me le demandez vraiment ?

– Bien sûr. Dites-moi. Vous souriez, maintenant. Pourquoi est-ce que vous souriez ?

– Vous l'avez dit vous-même, Macha. Ce n'est pas aux autres de vous dire quoi faire. Vous connaissez toutes vos options. Vous, que voulez-vous ?

– Mmmm, fit Macha, visiblement pensive. Personne ne m'avait encore jamais demandé ça. Ah, vous voyez que vous êtes futée !

– Ma sœur est psychologue, dit Rozie. C'est à elle que vous devriez parler.

Macha leva un sourcil.

– Ah ? OK.

– Je plaisantais. Elle habite à Francfort.

– Où est-ce ? Dans le Surrey ?

– Non… euh, Francfort. En Allemagne.

Macha fixa de nouveau le plafond pendant qu'elle réfléchissait.

– OK.

– Que voulez-vous dire, « OK » ?

– Euh, je peux la faire venir par avion pour les séances. On peut se parler ici, au Claridge. Elle, elle pourra me dire quoi faire.

Des images très claires défilèrent dans la tête de Rozie : Fliss, prenant régulièrement l'avion pour Heathrow ; Fliss, ici, dans cette suite, sirotant des smoothies et discutant avec une belle Russe triste. Elle adorerait cela. Et cela lui permettrait de passer voir la famille avant de rentrer.

Macha avait proposé cela très sérieusement. C'était même une supplication.

– Je lui demanderai, dit Rozie.

Mais elle savait que même si elle comptait raconter tout cela à Fliss, elle ne lui présenterait jamais ça comme une offre sérieuse. La dernière chose qu'elle voulait, c'était voir sa sœur prise au piège du monde de Youri Perovski. Elle croyait Macha concernant ce qui était arrivé à Vadim. Cette femme éblouissante, dans sa suite luxueuse, était probablement plus en danger que la plupart des gens qu'elle connaissait. Et elle en connaissait pourtant beaucoup dont la vie ne tenait pas à grand-chose. Après avoir été un peu rassurée par les récentes découvertes de la reine, elle sentait de nouveau une menace planer.

Après cette visite, elle profita de l'occasion pour faire du shopping sur Oxford Street, juste à côté. Une demi-heure plus tard, elle avait non seulement mal aux pieds à cause de ses talons mais elle était aussi sonnée et furieuse après qu'un idiot l'eut pratiquement poussée sous les roues d'un bus. Sans ses excellents réflexes, cela aurait pu très mal finir. Elle décida qu'il valait mieux prendre le métro pour rentrer à Green Park.

C'est en haut de l'escalator descendant vers les quais qu'elle sentit son premier frisson de crainte. Sans doute le contrecoup de l'incident du bus, songea-t-elle. Quelqu'un la bouscula alors violemment et elle faillit voler jusqu'au bas des marches. Tandis qu'elle luttait pour tenter de retrouver son équilibre, elle crut distinguer un sourire narquois sur le visage du grand blond derrière elle. L'homme qui était devant la rattrapa de justesse par le bras.

– La prochaine fois, mets des baskets, ma vieille ! pesta-t-il. Espèce d'abrutie, va !

– Oui, merci, répondit-elle, trop absorbée par le rictus qui s'estompait sur le visage de l'autre homme pour envoyer promener celui-là.

Elle se faufila à travers la foule de l'heure du déjeuner en regardant nerveusement derrière elle.

Elle cherchait la tignasse blonde mais ne la voyait plus. S'agissait-il juste d'une coïncidence ou devenait-elle paranoïaque ? Une fois sur le quai, elle prit soin de rester loin de la voie.

Un train entra en station une minute plus tard et elle monta au centre de la rame. Tout ce monde la rassurait, même si la voiture était tellement bondée qu'elle dut voyager debout. Un groupe d'étudiants chahuteurs se plaça derrière elle. Un seul arrêt. Il lui tardait d'être rentrée.

Dès que le métro repartit, elle sentit du mouvement parmi les étudiants. Tous les sens en alerte, elle inspecta les alentours et entraperçut des cheveux blonds sous une capuche noire. L'homme était à un mètre, en train de se rapprocher, les traits inexpressifs. Mais quand leurs regards se croisèrent, il lui adressa une nouvelle fois son sourire mauvais. Les étudiants s'écartèrent pour le laisser passer. N'ayant pas tout oublié de sa formation militaire, Rozie remarqua rapidement qu'il y avait quelque chose d'étrange dans sa façon de bouger les bras et les épaules. En baissant les yeux, elle vit qu'il dissimulait quelque chose dans sa main.

Elle fit en sorte de ne pas recroiser son regard. L'homme était calme, impassible, bien campé sur ses jambes. Son langage corporel indiquait que quoi qu'il s'apprête à faire, il était préparé et ne reculerait pas.

Il ne se trouvait plus maintenant qu'à trente centimètres. Il devait faire 1,85 mètre (soit presque dix centimètres de plus qu'elle) et peser environ 70 kilos. Il était mince mais musclé, avec un cou d'haltérophile et le hâle uniforme de quelqu'un qui fait beaucoup de sport en extérieur. Certains auraient pu le trouver beau mais son expression avait quelque chose de féroce. Même sans un couteau à la main, il n'aurait pas été à son goût.

À présent à sa vitesse maximale, le train s'enfonça bruyamment dans un tunnel. Elle se hissa sur la pointe des pieds et observa les autres passagers afin d'évaluer les risques pour eux. Tout en s'excusant à mi-voix, elle se fraya ensuite un chemin vers les portes du fond où il y avait plus de place. Il la suivit à la même vitesse, le sourire aux lèvres, comme pour s'excuser aussi.

Arrivée devant les portes, elle s'arrêta. Elle pouvait sentir sa présence dans son dos. Puis elle distingua son reflet distordu dans la vitre. Il n'allait pas agir tout de suite. Il allait attendre d'être en station pour pouvoir s'enfuir à toutes jambes dès qu'il aurait fait ce qu'il avait à faire. Un coup de couteau dans l'abdomen, supposait-elle – assez bas et difficile à voir. Ou, se sachant repéré, peut-être ne tenterait-il rien.

Le train resta encore trente secondes dans le tunnel puis se mit à ralentir en tanguant. L'homme était collé à elle. Elle inspira à fond et s'efforça de relâcher ses épaules. Il y eut un crissement de métal et ils furent tous deux un peu chahutés quand la rame s'arrêta brusquement.

Le coup arriva de nulle part et la douleur fut aveuglante. Il tituba en arrière, heurtant un autre passager, et porta sa main droite à son nez. Il n'y voyait plus rien et le cartilage n'était pas où il aurait dû être. Elle lui avait pété le nez. La salope.

Il tenta de la frapper de son autre main, celle qui tenait le couteau, mais avant qu'il ait pu l'atteindre une deuxième attaque lui fit perdre son arme. Se penchant pour la rattraper, il sentit un nouveau flash de douleur, presque paralysant. Cette fois-ci elle l'avait touché en plein visage d'un bon coup de tête dans la mâchoire. Ignorant les cris de terreur qui fusaient derrière lui, il lâcha un grognement rageur et se rua sur elle. Il reçut alors son genou dans les testicules. Le souffle coupé, il tomba à genoux.

C'était qu'une secrétaire avec des talons de pute, et il allait la buter ! Quand sa vue revint, il repéra le couteau par terre, à sa portée. Le métro arrivait à Green Park, et tout le monde s'était écarté. En se jetant sur l'arme, il entendit son cri d'avertissement mais l'ignora. La seconde d'après il était face contre terre, le poids de Rozie sur sa colonne, le bras droit tordu dans le dos.

– Essaie de bouger et je te casse les doigts, lui gronda-t-elle à l'oreille, pour qu'il l'entende bien dans la panique et les cris.

Il proféra une insanité et tenta de la déloger. À sa grande surprise, elle tint aussitôt parole. Dans des souffrances insupportables, il sentit son auriculaire se briser et les deux doigts suivants s'écarter à un point tel qu'il se demanda s'il retrouverait un jour l'usage de sa main.

Dès que les portes du train s'ouvrirent, il la repoussa de toutes ses forces en jurant à tue-tête et fonça dans les gens qui attendaient sur le quai.

Elle ne le poursuivit pas. L'adrénaline lui faisait déjà tourner la tête, elle était épuisée et, maintenant que tout était fini, elle avait peur. Elle entendit soudain quelque chose qui ressemblait au bruit de la pluie. Puis elle comprit que c'étaient les passagers qui l'applaudissaient.

– Il vous a fait mal, mon chou ? lui demanda une femme en s'accroupissant près d'elle.

– Merde, y a un couteau ! Faites attention ! s'écria quelqu'un.

Quelqu'un d'autre proposa de tirer le signal d'alarme mais Rozie refusa. Le combat n'avait duré que quelques secondes – pas assez pour que quiconque ait eu le temps de faire une vidéo exploitable. La dernière chose qu'elle voulait, c'était qu'on l'ait filmée et que les images se retrouvent sur Internet. Bien contents que leur train puisse repartir, les gens maintinrent les portes ouvertes le temps qu'elle s'extirpe de là.

Rozie s'assit par terre contre le mur du quai, la tête entre les genoux, le temps de reprendre son souffle. Puis Londres l'enveloppa de nouveau et ce fut presque comme si cet homme n'avait jamais existé.

CHAPITRE 28

Le vendredi, la reine devait aller visiter l'école de Berkhamsted en Bentley State Limousine. Son écuyer et sa dame de compagnie l'attendaient à côté de la voiture en compagnie de sir Simon. Rozie avait organisé cette journée, c'était donc elle qui aurait dû l'accompagner. Mais elle était souffrante, ce qui était inédit. Rozie n'était pas du genre à être « souffrante ».

– Juste ciel, dit la reine. Rien de grave, j'espère.

– Elle a été agressée dans le métro. Selon toute évidence, le malheureux vaurien qui a fait cela ne savait pas qu'il s'en prenait à une ex-militaire décorée. Rozie pense qu'il voulait lui voler son sac à main. Mais il...

Sir Simon s'interrompit.

– Quoi, Simon ? Il quoi ?

– Il avait un couteau, Madame, avoua-t-il.

Sa Majesté parut véritablement choquée, ce qui était rare.

– Elle va bien ?

– Oui. Elle est juste un peu secouée. Lui va moins bien, en revanche. Elle pense lui avoir cassé trois doigts.

– Bravo.

La reine avait un point de vue très clair sur les gentils, les méchants et ce que chacun méritait. Tous ses enfants avaient suivi des cours d'autodéfense, grâce auxquels Anne n'avait pas manqué d'aplomb lors d'une tentative d'enlèvement des années plus tôt. À l'époque, les journaux s'étaient fait un plaisir de rapporter ce qu'elle avait répondu quand un homme brandissant non pas un mais deux pistolets lui avait ordonné de sortir de sa voiture. « Même pas en rêve ! »

C'était bien sa fille. Et c'était un immense soulagement de savoir que sa secrétaire particulière adjointe était faite du même bois.

Quand Rozie réapparut le samedi, la reine était accablée de remords. Elle ne le dit pas, bien sûr, car cela ne se faisait pas. Mais elle l'était.

– Comment allez-vous, Rozie ? Mieux, j'espère ?

– Parfaitement bien, Votre Majesté.

– Je présume que cela a dû être un sacré combat.

– Rien que je ne puisse gérer, Madame.

La reine sourit.

– C'est ce que l'on m'a dit. Je suis ravie de voir que ce poste ne vous a pas complètement ramollie.

– Bien au contraire, sourit à son tour Rozie. Qu'ils viennent ! Et je l'ai prévenu avant d'agir.

La reine hocha la tête.

– Très aimable à vous. Malgré tout, je pense que vous devriez faire attention quand vous sortez, au moins pendant quelque temps.

– Ne vous inquiétez pas, je serai vigilante.

– Je veux dire, très attention. Dans la mesure du possible, j'aimerais même que vous restiez dans l'enceinte du château, à moins d'être en mission officielle.

Rozie haussa tristement les épaules.

– Tout ça est ma faute. Je suis allée voir Macha Perovskaïa. J'avais conscience que son mari était dangereux mais j'étais loin de me douter qu'il l'était à ce point. Cela dit, je ne pense pas qu'il s'en prendra de nouveau à moi, Madame. Ce serait trop flagrant.

La reine soupira.

– Je ne crois pas que cela venait de Mr Perovski. Pourquoi êtes-vous allée voir Mrs Perovskaïa, d'ailleurs ? Je ne me souviens pas vous l'avoir demandé.

– Non, Madame. C'est elle qui me l'a demandé. Je ne savais pas vraiment pourquoi mais il s'est avéré qu'elle voulait des conseils conjugaux. Ça ne va pas très bien.

– Vous ne lui en avez pas donné, j'espère.

– À vrai dire, non. J'ignore totalement comment font les gens mariés pour rester ensemble.

– Tout est dans la pratique. Mais c'est parfait. Il n'est jamais bon de s'immiscer dans une histoire de divorce. Gardez bien vos distances.

– C'était prévu, Madame. Mais il m'a poursuivie quand même. Enfin, il a envoyé quelqu'un à mes trousses.

Rozie était soulagée de ne pas avoir sérieusement envisagé de mêler Fliss à tout ça. À l'époque où elle perfectionnait sa technique d'autodéfense à Sandhurst, Fliss, elle, remportait la médaille de l'étudiante capable d'enchaîner le plus de tequilas en dansant comme Beyoncé. Fliss gagnait toujours sur le dancefloor, probablement moins dans un corps-à-corps contre une brute russe armée d'un couteau. Mais, eh… La patronne ne venait-elle pas de dire que Mr Perovski n'y était peut-être pour rien ?

– J'étais persuadée qu'il était derrière tout ça. Vous pensez que non ?

La reine la regarda fixement derrière ses lunettes à double foyer.

– Cela n'a rien à voir avec Mrs Perovskaïa. Ou alors de façon très indirecte.

– Mais je croyais…

– Vous avez posé des questions sur Rachel Stiles. À ma demande, je sais. Mais ne le faites plus, s'il vous plaît. Plus pour le moment.

Rozie fouilla dans sa mémoire.

– Récemment, j'ai seulement demandé si elle portait des verres de contact.

– Exactement, dit la reine. Et c'est bien ce qui m'inquiète.

À Londres, le gros événement de la semaine suivante aurait dû être la garden-party du mardi au palais de Buckingham. Mais celle-ci ne fut pas une grande réussite, hélas. Même la reine était visiblement déçue. Sachant combien ce jour était important pour ses visiteurs, elle tenait à ce qu'ils puissent contempler le jardin dans les meilleures conditions et non depuis un tivoli ruisselant. En général, le début du mois de mai était ensoleillé mais, cette année, le temps était totalement imprévisible. Charles accusait le réchauffement climatique et elle avait tendance à lui donner raison.

Le problème était que s'il pleuvait fort sur Westminster, il pleuvait certainement aussi fort sur Windsor. Le Royal Horse Show devait commencer le mercredi par des épreuves de dressage, gratuites pour les habitants de la ville déjà obligés de subir la foule et les embouteillages. Cela faisait un an que des centaines de personnes travaillaient d'arrache-pied aux préparatifs de cette journée particulière. Mais le directeur venait de l'avertir qu'il faudrait peut-être renoncer au « Windsor Wednesday » si le sol était trop mouillé.

Et, pour couronner le tout, elle s'était cognée contre un repose-pieds en se précipitant pour empêcher Candy de voler des biscuits sur une table basse. Elle avait passé la soirée à souffrir dans son lit avec une poche de gel froid sur la jambe.

Sir Simon parvint néanmoins à lui remonter le moral en lui faisant part des dernières nouvelles. Celles-ci compensaient presque – mais pas complètement – le fait que les parkings de Home Park soient inondés et que le « Windsor Wednesday » risque, pour la toute première fois de son histoire, d'être annulé.

Après lui avoir annoncé ces contretemps, le secrétaire avait du mal à croire que les autres informations réjouissent autant la patronne. Gavin Humphreys l'avait seulement chargé de lui dire que l'enquête sur le meurtre prenait une nouvelle direction inattendue. Il s'attendait à ce que ce rebondissement la déprime encore davantage, car l'affaire allait durer sans doute plus longtemps. Le risque que les tabloïds découvrent l'histoire du peignoir mauve et humilient tout le monde n'en était que plus grand.

Et pourtant, elle s'était contentée de répondre « Oh, vraiment ? » avec un sourire presque désinvolte.

– Si vous le désirez, je peux lui demander de vous fournir plus de détails, Madame.

– Inutile. Tant qu'il ne nous tient pas à l'écart... Et dites-lui de ne pas hésiter si nous pouvons aider d'une façon ou d'une autre.

– Oui, Madame. Bien sûr. Même si je suis convaincu qu'il a la situation bien en main.

CHAPITRE 29

Le jeudi venu, Rozie remarqua que la patronne semblait de meilleure humeur. Ça n'avait rien d'étonnant. Tout le monde était de retour à Windsor et sa jambe allait assez bien pour qu'elle puisse marcher. Avant même de s'occuper des boîtes, elle était sortie humer l'air de ce matin frisquet mais ensoleillé et voir les chevaux.

Les pluies torrentielles avaient cessé, les parkings étaient de nouveau en état d'accueillir les vans, les prévisions météo étaient convenables. Et, comble de bonheur, Barbers Shop était totalement guéri, au sommet de sa forme pour participer au championnat de dressage monté et au spectacle d'anniversaire.

C'était donc une reine souriante qui avait conduit une des Range Rover pour se rendre à Home Park, où le public attendait déjà. Le championnat était l'une des épreuves d'ouverture et se tenait dans la Copper Horse Arena. En cardigan, veste matelassée, bottes et foulard, Sa Majesté se mêla aux cavaliers, entraîneurs et autres passionnés de chevaux, avec qui elle plaisanta à propos du temps en mimant son désespoir face au récent déluge.

Rozie était là aussi, en compagnie de sir Simon. Il lui était encore déconseillé de quitter l'enceinte du château, mais elle ne serait jamais plus en sécurité qu'ici. Profitant de cet exceptionnel moment de détente, les deux secrétaires se postèrent en face de la tribune VIP pour admirer les concurrents.

Rozie profitait avec bonheur du soleil timide mais constant, de la voix rauque et apaisante du commentateur et de l'odeur des chevaux, du sable humide et de l'insecticide anti-mouches. Cela la ramenait à son adolescence, quand elle montait au prix d'un dur labeur et abordait les sauts les plus hauts avec effroi et ravissement.

– Vous montez, Simon ? demanda-t-elle, s'apercevant soudain qu'elle ne l'avait jamais entendu évoquer le sujet.

– Non. Ma mère était allergique aux chevaux. Elle ne s'en approchait sous aucun prétexte. C'est drôle, en réalité, car elle était aussi allergique aux chiens et nous avions pourtant deux terriers et un labrador. Et trois chats. Et un cochon d'Inde.

Il haussa les épaules.

– C'était peut-être juste qu'elle ne les aimait pas ? suggéra Rozie.

– Je me le suis parfois demandé. Nous voulions tous faire du cheval, bien sûr, mais mes sœurs adoraient vraiment ces créatures. La plus jeune, en particulier, Beaty. Elle savait tout sur eux : la façon dont il fallait les panser et tresser leur queue, les différentes espèces, les remèdes contre leurs maladies courantes. Rien que par ses lectures. Je pense que ma mère craignait que leur fréquentation ne fasse qu'aggraver l'obsession de Beaty. Et, bien entendu, nous ne pouvions pas nous permettre un tel loisir. Pas avec ce que coûtait notre scolarité.

Rozie hocha la tête. Pendant un moment, elle s'imagina dans la peau d'une fille qui aurait grandi en discutant du drame d'avoir à choisir entre l'achat d'un cheval et des études dans un pensionnat huppé. Il y avait quelques enfants de ce genre dans son école primaire de Notting Hill mais ils vivaient dans un autre monde – celui des maisons de ville couleur pastel, à la fois si proche et si inaccessible. Elle éclata de rire et posa affectueusement la main sur l'épaule de son supérieur.

– Mon pauvre ! Quel cauchemar cela a dû être.

– Terrible ! répondit-il en lui souriant à son tour. Une enfance de misère…

Rozie l'ignorait peut-être, mais c'était grâce à ses manières directes qu'elle avait été engagée. Tous les candidats à son poste étaient très intelligents et avaient d'excellentes références dans le service public ou à la City, mais dès qu'on grattait la surface, beaucoup étaient impétueux et prétentieux. Ce n'était pas le cas de Rozie, et pourtant elle ne manquait pas d'assurance. Avec elle, on savait à quoi s'en tenir, même quand elle vous taquinait un peu. Elle s'intégrait partout parce qu'elle se comportait toujours avec naturel, et sir Simon appréciait cela. Par ailleurs, elle avait une allure folle sur ses talons démesurés et souriait de façon très touchante quand elle avait réussi à répondre à une question difficile. Mais le secrétaire personnel de la reine était beaucoup trop professionnel pour laisser ces choses-là l'influencer le moins du monde. En outre, c'était Sa Majesté qui avait pris la décision finale.

Barbers Shop entra dans la Copper Horse Arena du pas léger d'un vrai champion. Sa soyeuse robe marron avait été brossée avec une minutie qui n'aurait pu que plaire à la petite sœur de sir Simon. Avec ses jambes interminables aux chaussettes sombres et ses épaules puissantes, il respirait l'intelligence et dressait les oreilles chaque fois que ses admirateurs l'acclamaient. La foule put voir la reine sourire du début à la fin en le regardant enchaîner les épreuves de dressage et de saut avec autant de force pure que de sens théâtral. Sachant tout à fait ce qu'on attendait de lui, il fanfaronnait beaucoup. Il semblait se suspendre dans les airs puis atterrissait avec une précision d'acrobate. À chaque tâche bien exécutée, il rejetait la tête en arrière.

Rozie adorait cette bête mais c'était sa propriétaire qu'elle avait du mal à quitter des yeux.

– Elle semble heureuse.

– Elle l'est.

– Vous m'avez pourtant dit hier qu'elle avait le moral à zéro et que sa jambe lui faisait un mal de chien. Aujourd'hui, il n'y paraît rien.

– Elle est douée pour le bonheur, déclara sir Simon. Une chance pour elle. C'était une enfant joyeuse, très aimée. Je crois que c'est ce qui lui a permis de tenir pendant les sept décennies suivantes.

– Elle a dû être sacrément heureuse, alors.

– Sans aucun doute.

Sans surprise, Barbers Shop remporta le championnat, à la plus grande joie de sa propriétaire… qui gagna un bon d'achat de cinquante livres à dépenser dans un supermarché Tesco. Elle s'accorda le temps de partager ce moment de félicité avec l'entraîneur et le cheval. Puis elle alla voir ses petits-enfants monter leurs poneys. Toute une nouvelle génération de cavaliers était en train d'arriver. C'était merveilleux. *Quelle quantité de carottes peut-on avoir pour cinquante livres chez Tesco ?* se demanda-t-elle. Il faudrait qu'elle se renseigne.

Tard ce soir-là, après plusieurs réceptions et un dîner de quarante personnes dans le salon Waterloo, sir Peter Venn appela son ami sir Simon pour lui demander s'il pouvait passer le voir à son appartement. Ce dernier ayant volontiers accepté, le gouverneur du château fut surpris de trouver aussi là-bas la secrétaire personnelle adjointe, confortablement assise en tailleur, un verre de whisky à côté d'elle.

– Désolé, je ne voulais pas m'imposer.

– Mais pas du tout, Peter. Rozie et moi sommes juste en train de faire le point sur quelques petites choses. Que puis-je vous offrir ? Glenmorangie ? Famous Grouse ? Gordon's ? Porto ? J'ai un petit Taylor's 96 dont vous me direz des nouvelles.

– Avec plaisir, répondit sir Peter, reconnaissant, tout en s'installant à son tour dans un fauteuil. Seigneur, quelle journée.

– Quand je vous ai vu à la réception, je ne vous ai pas trouvé très bonne mine. Vous allez bien ?

Sir Simon tendit un petit verre en cristal plein d'un porto rouge sombre à son invité. Celui-ci en prit une gorgée, ferma les yeux et se cala au fond de son siège.

– Mieux en tout cas. Il fallait que je voie Sa Majesté juste avant le dîner et, à vrai dire, ce n'était pas de gaieté de cœur.

– Ah ? fit sir Simon en s'enfonçant dans son siège et en croisant les jambes, l'air préoccupé.

Sir Peter adressa un regard nerveux à Rozie avant de répondre à son hôte.

– *Possiamo parlare ?* marmonna-t-il à mi-voix.

– Oh, Rozie est au courant de tout. Et de toute façon, il le faut. Nous sommes tous au service de Sa Majesté, n'est-ce pas. Et elle parle italien.

Sir Peter rougit mais se ressaisit aussitôt.

– Alors c'est parfait. Il se trouve que j'ai laissé entrer une usurpatrice au château pendant le *dine-and-sleep*.

– Nous le savons déjà.

– Mais… Vous ne me l'avez pas dit ! J'aurais pourtant bien aimé que vous le fassiez, car je me suis mis la rate au court-bouillon tant je redoutais la réaction de la reine. Cette fille était dans les murs du château, et en plus elle y est restée dormir. Et c'est moi qui en ai fait la demande au grand-maître de la Maison royale… !

– Vous ne pouviez pas savoir qu'elle n'était pas celle qu'elle prétendait être, le rassura sir Simon.

Sir Peter but une autre gorgée de porto.

– Je ne vois pas comment j'aurais pu être au courant, en effet. Ce n'était même pas ma réunion, je me contentais de l'accueillir pour un ami du bureau des Affaires étrangères parce que nos mesures de sécurité sont censées être plus strictes. Bravo ! C'était aussi plus pratique depuis Heathrow. Je l'ai fait avec plaisir, persuadé que personne n'était plus qualifié que le MI6, le bureau des Affaires étrangères et notre propre service de sécurité pour savoir à qui ils avaient affaire. Il s'est avéré que cela ne faisait pas très longtemps que cette fille participait à ce genre de choses. Elle avait un doctorat en financement des infrastructures chinoises, ce qui est plutôt rare, comme vous devez vous en douter. Elle avait transmis un ou deux rapports sur le sujet à des think tanks de Londres, mais aucune des personnes présentes ce soir-là ne l'avait encore rencontrée. Ils avaient seulement échangé des mails. Et comme elle avait une chevelure d'une épaisseur peu courante, la sécurité a estimé qu'elle ressemblait à la photo de passeport qui nous avait été fournie. Personne n'a jugé utile d'y regarder à deux fois.

Ce n'est que récemment, en apprenant qu'elle était toxicomane, que j'ai commencé à me faire du souci. C'est ce qu'ont dit les infos quand elle est morte, non ? Une question s'est mise à me tarauder : et si elle avait pris de la drogue à Windsor ? Vous imaginez si cela se savait ? Alors j'en ai parlé à l'équipe de l'inspecteur-chef Strong et dès qu'on m'a montré une photo récente de la défunte, j'ai compris que ce n'était pas la fille que j'avais vue. Il va de soi que je les en ai informés aussitôt, tout en me disant que la reine allait être furieuse. Et en prime, c'est moi qui avais eu l'idée de reporter la réunion au lendemain, vous savez, pour attendre le jeune prodige de Djibouti. C'est donc ma faute si l'usurpatrice a dormi au château. Entièrement ma faute.

Le gouverneur poussa un soupir et vida son verre d'un trait.

– Pas du tout, répondit sir Simon en allant lui chercher la carafe de porto. Cette réunion a été très utile, me semble-t-il. Et elle n'aurait servi à rien si Kelvin Lo n'y avait pas assisté. Vous avez bien fait de persuader les autres de rester dormir ici.

– Vous êtes fort aimable. Et je crois savoir que cette réunion s'est effectivement révélée fructueuse. Je n'y ai pas participé, mais cela va nous permettre de repenser notre stratégie concernant la Ceinture et la

Route. Jusque-là, nous trouvions leur plan ambitieux mais plus ou moins inoffensif. Et nous étions concentrés sur la partie ceinture – les itinéraires terrestres. Ce qu'ils sont en train de faire en Afrique, par exemple, est quelque chose que l'on a encore du mal à évaluer en termes d'échelle. Cependant, Lo nous a donné un aperçu fascinant de la partie route – les itinéraires maritimes. Et c'est là qu'intervient cette fille, Stiles. Lo s'intéresse au fait que les Chinois financent de nouveaux ports dans des pays en voie de développement. Il s'inquiète des conséquences que cela pourrait avoir sur notre marine. On ne pense pas à la Chine comme à une puissance navale, n'est-ce pas ? Mais ce qu'il redoute encore davantage, c'est qu'ils fassent en sorte d'endetter volontairement ces pays par le biais de ces infrastructures portuaires afin d'avoir la mainmise sur plusieurs bases autour de l'océan Indien et du Pacifique Ouest.

– Un peu comme nous l'avons fait au XIXe siècle, rappela malicieusement sir Simon.

– Oui, enfin… ce n'est plus le cas. Nous avons même perdu Hong Kong. Cela signifie qu'ils peuvent utiliser leur présence à mauvais escient pour concurrencer nos itinéraires commerciaux. Autant dire qu'il y a matière à réflexion pour le bureau des Affaires étrangères. Et pour le MI6. Les informations de Kelvin sur l'envergure de ces financements infrastructurels ont un peu fait l'effet d'une bombe.

Pendant que sir Peter parlait, une idée traversa l'esprit de Rozie.

– Alors vous pensez que c'était la Chine qui nous espionnait ? Pour savoir ce que nous avons découvert sur eux ?

Très agité depuis qu'il avait pris la parole, le gouverneur se renfonça dans son siège.

– Via la droguée que j'ai personnellement invitée à rester pour la nuit, vous voulez dire ? C'est tout à fait possible. Mais je l'ignore, en vérité.

– Je suis désolée, sir Peter. Je ne voulais pas…

– Non, non, ne vous en faites pas. Tout est ma faute. J'aurais dû demander à nos services de vérifier les références de tout le monde. Mais j'étais loin de me douter que les contrôles n'étaient pas à la hauteur. Cette réunion a été organisée par la Sûreté nationale, nom de Dieu !

– Absolument, le rassura sir Simon. Vous ne pouviez pas savoir. Qu'a dit Strong après ça ? Il a aussi interrogé cette fille à propos du meurtre du pianiste, non ? Il a donc fait la même erreur ?

– Pas la moindre idée. Il n'a rien voulu me dire parce que Humphreys est persuadé que nous travaillons tous pour le Kremlin. Alors que c'est moi qui ai élaboré la stratégie de défense en cas d'attaque des forces russes via la Scandinavie quand je travaillais à l'OTAN. Un comble. Ça renforce peut-être sa certitude que je suis un espion, allez savoir. En tout cas, les deux filles devaient être de mèche. Sinon, pourquoi la véritable Rachel Stiles n'est-elle pas allée voir la police ? Ils ont dû la tuer parce qu'elle en savait trop.

– Vous pensez qu'on l'a tuée ? demanda sir Simon.

– Pas vous ?

– Je commençais à me poser la question. Cela nous ferait donc deux cadavres.

Trois cadavres, songea Rozie.

– Quoi qu'il en soit, reprit le gouverneur, je suis allé voir la reine ce soir, prêt à lui remettre ma démission si nécessaire, mais elle n'en avait pas du tout après moi. Elle m'a dit qu'il ne relevait pas de mes fonctions de vérifier l'efficacité du processus de contrôle – qui, je crois, est en pleine révision au moment où nous parlons. Il va être renforcé dès que possible, quand le Royal Horse Show sera derrière nous. D'ailleurs, par pitié, ne me parlez plus de portes d'écuries ni de chevaux qui s'emballent.

– Il ne me viendrait jamais à l'idée de parler de telles choses, lui assura sir Simon.

– Vous étiez en train d'y penser.

– Non, non, non.

– Vous souriez.

– Je me réjouis simplement que la reine ne vous ait pas renvoyé.

– Dieu merci, Barbers Shop l'a mise de bonne humeur, dit sir Peter en reposant son verre et en se levant. Bon, merci encore pour le porto, Simon. Bonne nuit, Rozie. Christine m'attend à la maison. Kylie Minogue arrive dans soixante-douze heures et ils ont décidé de l'installer dans une de nos chambres d'amis. Honnêtement, à côté de tout ce que Christine va devoir faire avant cette visite, mes rapports de stratégie de défense à l'OTAN passent pour une partie de rigolade.

CHAPITRE 30

Dès qu'elle avait su que l'enquête avait pris une nouvelle direction, la reine avait commencé à se détendre. Billy MacLachlan avait agité l'appât et Humphreys y avait enfin mordu. Jeudi, lors de sa brève rencontre avec sir Peter, elle avait mis un point d'honneur à apaiser ses tourments. Cependant, il était capital qu'elle semble tout ignorer des récentes découvertes jusqu'à ce qu'on l'en ait officiellement informée.

Le dimanche, elle reçut le coup de téléphone qu'elle attendait. Elle venait juste de prendre un déjeuner léger en famille avant les dernières épreuves et les remises de prix quand sir Simon lui annonça que le directeur du MI5 et le commissaire de la police métropolitaine souhaitaient la voir.

– Une fois que vous aurez récupéré, Madame. Des festivités.

– Vous me connaissez, Simon. Je serai debout de bonne heure demain et en pleine forme. S'agit-il de bonnes nouvelles ?

– Je l'ignore, Madame. En revanche, il est certain qu'il y a du nouveau. Je crois savoir qu'ils ont arrêté au moins une personne. Mais ils ont refusé d'en révéler davantage.

– Ils ne projettent pas d'incarcérer d'autres membres de mon personnel, j'espère.

– Pas à ma connaissance.

– Trouvez-leur un créneau. Bon, si je n'y vais pas maintenant, je vais tout rater.

Son après-midi à Home Park fut un vrai régal. Du poney club aux épreuves de puissance, elle était entourée de cavaliers passionnés prêts à entrer en piste en pantalons immaculés et bottes luisantes, ou hilares et couverts de boue après les courses de sulky. Des parents à qui elle avait remis des rosettes des années plus tôt étaient là avec leurs enfants, en équilibre précaire sur leurs montures, dans leurs premières vestes en tweed. Il y avait aussi bon nombre de stars qui allaient bientôt briguer la médaille d'or aux jeux Olympiques de Rio. Puisqu'elle ne pouvait pas les suivre là-bas, la reine était ravie de les voir concourir dans son jardin par cette belle journée ensoleillée avec, en prime, le château en toile de fond. Puis vint l'heure du défilé musical de la Household Cavalry. Qui aurait pu rester indifférent face à un tel spectacle ?

Mais tout cela lui parut presque insignifiant comparé à la grande parade nocturne. Comme Anne et Edward y avaient assisté avant elle, elle pensait savoir à quoi s'attendre. Mais rien n'aurait pu la préparer à quelque chose d'aussi exceptionnel. Rien à voir avec ses précédents jubilés, dont certains avaient tourné à la catastrophe. (Le coup des militants antimonarchistes sur la Tamise avait pratiquement achevé Philip.)

Elle arriva au Castle Arena au crépuscule, dans son carrosse écossais à toit panoramique, Philip à ses côtés. Six mille personnes attendaient sur les gradins et cinq mille autres sur la Longue Promenade, à l'extérieur, devant des écrans géants. Mais c'était pour les chevaux qu'*on* était venue.

Pour que neuf cents chevaux restent coordonnés, il fallait un chorégraphe hors pair. Et là, Dougie Squires s'était surpassé. Il avait fait appel à la cavalerie royale d'Oman, qui répétait sur place depuis des semaines ; à des danseurs d'Azerbaïdjan ; à l'homme qui parle à l'oreille des chevaux, un véritable magicien ; à Shirley Bassey, Katherine Jenkins et l'infiniment gracieuse Miss Minogue, en strass et sequins, dont la musique fit vibrer le stade. Mais si le spectacle fut si émouvant, c'était surtout parce que Dougie l'avait conçu en pensant à l'amour de Sa Majesté pour les chevaux et qu'il en avait fait quelque chose de très personnel. Si elle avait été du genre à pleurer – ce qui, fort heureusement, n'était pas le cas –, elle aurait pu verser une larme. Surtout quand Anne et Edward apparurent avec la petite Louise, digne et posée sur son propre poney, tout comme elle à son âge.

Sur le chemin du retour, Philip demanda :

– Vous avez vu ce crétin de Humphreys au sujet de sa stupide chasse aux sorcières ?

– Oui, en effet.

– J'espère que vous l'avez remis à sa place.

– D'une certaine façon.

– Bien. Et j'espère qu'il était aussi confus que la situation l'exigeait.

Les chevaux occupaient toujours toutes ses pensées, mais la reine s'efforça de se concentrer sur la conversation.

– Je n'en suis pas encore tout à fait sûre. J'en aurai confirmation demain.

– S'il vous contrarie, dites-le-moi. À en croire les journaux, il existe des gens qui sauraient le faire disparaître de la surface de la Terre.

– J'ai bien peur qu'il n'en fasse lui-même partie.

– Zut alors ! lança Philip en levant les yeux vers le château illuminé.

Elle éclata de rire.

Gavin Humphreys était plus prêt que jamais. Il avait planifié. Il avait préparé. Et il avait accompli des progrès considérables. Cette fois, il était certain que ses performances seraient excellentes.

Le seul problème, c'est qu'il n'était pas sûr que Sa Majesté parviendrait à suivre son raisonnement. Il faudrait peut-être qu'il approfondisse certains points, ou qu'il fasse l'impasse sur d'autres. Il avait demandé à Ravi Singh de le prévenir si la reine semblait perdue ou s'il se laissait emporter dans ses explications. C'était une affaire compliquée. Il allait peut-être être nécessaire qu'il lui fasse un schéma. Normalement, dans ce genre de cas, il utilisait sa tablette. Mais c'était un peu trop moderne pour le château de Windsor. Du papier blanc. Voilà ce qu'il lui fallait. Et cela faisait un P de plus. Il en demanda à sa secrétaire et le glissa dans sa serviette avant de partir dans sa Jaguar de service.

À 10 h 30 ce lundi matin, l'écuyer de la reine les fit entrer, le commissaire Singh et lui, dans la salle du Chêne. Après les avoir salués, leur hôtesse alla s'installer à sa place habituelle, près de la fenêtre. En tailleur gris chiné et collier de perles, elle semblait détendue et enjouée. Deux des chiens étaient paisiblement couchés à ses pieds, à moitié endormis, et d'un bond, un troisième vint s'installer à côté d'elle. La secrétaire de

Sa Majesté, la fille aux hauts talons, était assise dans un coin. L'écuyer, guindé dans son uniforme à galons dorés, se tenait dans l'autre, au garde-à-vous.

Pour quelqu'un qui s'était couché tard après avoir écouté Shirley Bassey et admiré des numéros équestres, Sa Majesté semblait en pleine forme. Humphreys n'avait pas assisté au spectacle parce qu'il se préparait pour ce rendez-vous, mais il l'avait entrevu à la télévision. À l'écran, toute la famille royale lui avait paru joyeuse… et entourée de beaucoup de chevaux.

La reine lui proposa du thé ou du café. Il demanda un café, avec lait mais sans sucre, et quelques bavardages polis s'ensuivirent. Puis vint la question fatidique.

– Alors, dites-moi, Mr Humphreys… Qui a tué Mr Brodski ? Le savons-nous ?

Le directeur du MI5 se redressa sur son siège, les jambes écartées dans les limites de la bienséance, comme on le lui avait appris durant ses cours de communication médiatique.

– Oui, Madame, nous le savons, déclara-t-il avec une certaine gravité, sans pour autant répondre à la question car il avait l'intention de procéder étape par étape. Et j'ajouterai que des forces de l'ombre sont derrière tout cela.

– Vous m'en avez déjà parlé, lui rappela-t-elle en opinant du chef. Celles de Poutine.

– Eh bien, en fait, non, admit-il. Au début, nous avons cru que le meurtre de Brodski était une provocation. En réalité, c'est le contraire : il a été perpétré de manière à nous lancer sur de fausses pistes. Pendant longtemps, nous avons donc cherché dans la mauvaise direction.

– Juste ciel. Vraiment ?

Il hocha vigoureusement la tête.

– Comme c'est fâcheux.

L'espace d'un instant, Humphreys se revit à l'âge de 10 ans, obligé d'expliquer à son grand-père qu'il avait cassé sa montre gousset en or en la démontant pour voir comment elle fonctionnait. Mais cette fois, tout était réparé ! Et il avait 54 ans. Il chassa ce souvenir d'un haussement d'épaules et reprit son récit.

– Ces forces de l'ombre auraient pu rester tapies plus longtemps si une tempête n'avait pas frappé la péninsule arabique, et si une jeune femme n'avait pas fait tomber ses lentilles de contact.

Il avait travaillé cette réplique et il en était fier. Le regard de la reine s'illumina. Humphreys se détendit un peu et lança :

– C'est un peu comme la théorie du chaos, Madame. Un papillon bat des ailes en…

Misère. L'improvisation n'apportait jamais rien de bon. Où ce papillon battait-il des ailes, déjà ? Puis cela déclenchait une tempête quelque part. Mais là, c'était dans son discours qu'une tempête venait d'éclater. Il se hâta de poursuivre.

– … euh, en Amazonie. Et résultat, trois personnes sont mortes.

Il se tut un instant pour accentuer l'effet dramatique.

– Trois personnes ? Juste ciel.

La reine s'efforçait de paraître aussi surprise qu'elle devait l'être.

– À ce stade, je tiens à signaler que c'est un individu en particulier qui nous a permis de faire cette découverte, ajouta généreusement Humphreys. Sans lui, je pense que nous serions encore en train de démêler ce sac de nœuds.

– Ah oui ?

– Il s'agit de sir Peter Venn. L'une de ses hôtes n'était pas celle qu'elle prétendait être. Car oui, la personne que nous cherchions était une femme. *Cherchez la femme**, c'est bien connu, Madame.

La reine inclina légèrement la tête sur le côté.

– Ah. *La femme**. Très bien.

– Garder l'esprit ouvert porte toujours ses fruits. Grâce à sir Peter, nous nous sommes donc concentrés sur un tout autre groupe que celui de votre *dinner-and-bed*.

– *Dine-and-sleep*, rectifia le commissaire Singh.

– Quoi ?

– *Dine-and-sleep*.

Bon sang, la dernière chose dont il avait besoin, c'était bien que Singh corrige son vocabulaire. Il inspira profondément mais garda son calme.

– Ces gens étaient là pour une réunion qui aurait dû avoir lieu la veille de la mort de Brodski. À propos d'un projet appelé la Ceinture et la Route. Il s'agit d'une stratégie chinoise pour…

– Je sais ce dont il s'agit, le coupa Sa Majesté.

– Ah… ? Bien. En tout cas, cette rencontre était organisée par le MI6 et le bureau des Affaires étrangères, et elle s'est tenue à Windsor sous la houlette du gouverneur. Tout cela pourrait sembler sans rapport avec votre petite soirée, mais écoutez-moi bien : en réalité, nous sommes en présence de trois affaires interconnectées.

Il avait bien fait d'apporter du papier. Il fouilla dans sa serviette et en tira quelques feuilles qu'il posa devant lui. En haut de la première, il écrivit « Brodski » dans un cadre centré. Puis il dessina un autre cadre en bas à droite.

À côté de lui, Mr Singh ne put se contenir plus longtemps.

– Le lien avec Mr Brodski est une coïncidence, Madame. Je n'ai d'ailleurs toujours pas bien compris comment le directeur général a fait pour l'établir. On se demande où il va chercher tout ça…

– Merci, Ravi. Je vais y venir. L'objectif de cette réunion, Madame, était de partager des informations classifiées sur les projets de la Chine et déterminer la façon dont le Royaume-Uni devait y réagir. L'invitée en question – enfin, celle qui était censée y assister – était une jeune femme du nom de Rachel Stiles.

Il écrivit « Stiles » dans le cadre vide.

– C'était une spécialiste de l'économie chinoise. Dans cette affaire, Madame, c'était à la Chine qu'il fallait s'intéresser. Pas à la Russie.

– Juste ciel, fit posément la reine. Incroyable.

– N'est-ce pas ? répondit-il en inscrivant « la Ceinture et la Route » en bas de sa feuille.

C'était basique mais le schéma allait se révéler fort utile, assurément. L'espace d'un instant, il l'imagina chez lui, trônant dans un cadre au-dessus de son bureau. Il se vit raconter à ses hôtes comment il lui avait permis d'expliquer l'affaire Brodski à Sa Majesté.

– Cette rencontre réunissait des spécialistes de toutes sortes. Dont les références avaient été soigneusement contrôlées, bien sûr. Mais ce groupe était une première. Et il s'est avéré que personne n'y connaissait encore Rachel Stiles. Le docteur Stiles avait la vingtaine, des yeux bleus et d'épais cheveux noirs. Tout comme la femme qui s'est présentée au château. Elle semblait correspondre à la photo du formulaire reçu par le service de sécurité.

Humphreys s'interrompit pour voir si la reine suivait toujours. Apparemment oui.

– Hélas, le docteur Stiles n'était déjà plus de ce monde quand nous avons découvert la supercherie grâce au gouverneur. Mais lorsque nous leur avons montré une photo digne de ce nom, les autres spécialistes sont tous tombés d'accord : la personne rencontrée à Windsor n'était pas Rachel Stiles. Mais qui était-ce, alors ?

– J'espère que vous l'avez découvert, dit la reine, un sourcil levé.

– Cela nous a pris un peu de temps.

Humphreys dessina un troisième cadre en bas à gauche de sa feuille. Il envisagea de tracer un point d'interrogation à l'intérieur, mais craignit que ça ne complique les choses. Il le laissa donc tel quel – vide, étourdissant de possibilités. Puis il montra son schéma à Sa Majesté.

– Pour le moment, nous appellerons cette femme « l'agent de l'État voyou ».

La voix de la reine tinta telle une clochette.

– Ah ? Et lequel ?

Humphreys avait projeté de faire durer le suspense mais, de toute évidence, ça n'allait pas être possible. Alors il céda.

– Vous risquez d'être surprise, Madame.

– Il ne s'agit pas de la Russie, donc ?

– En fait, non.

– Ni de la Chine ?

– Non plus. Il s'agit d'un pays allié, aussi étonnant que ça puisse paraître.

Il en révéla le nom.

– Vraiment ? dit-elle en fronçant les sourcils. Et pourquoi nous espionnaient-ils ?

– Nous avons un problème avec l'État en question et, en réalité, je crois que cela a commencé avec moi.

Humphreys crut voir passer l'ombre d'un sourire sur le visage de l'assistante personnelle adjointe. Mais peut-être n'était-ce que son imagination. La reine, elle, était tout ouïe.

– L'année dernière, comme vous avez dû en être informée, le roi Zeid a choisi de nommer l'un de ses jeunes neveux à la tête de la police et des services de renseignement du pays. Le but était sans doute de tester ce garçon – ce jeune homme, devrais-je dire –, afin de s'assurer qu'il avait le potentiel d'un leader. Il me semble d'ailleurs que vous connaissez très bien le prince Fazal.

La reine hocha la tête.

– Très bien, oui.

– Je crois savoir qu'il vous a rendu visite ici à Windsor puis à Sandringham, lorsqu'il faisait ses études à Sandhurst.

La souveraine se renfrogna. Humphreys aurait pu se dispenser de rappeler qu'elle avait traité ce jeune homme comme un membre de sa famille.

– L'Académie royale militaire a estimé qu'il n'avait pas le potentiel d'un leader, poursuivit-il. Excellent au tir et dur au mal mais constamment impliqué dans des rixes et enclin à faire le mur pour aller jouer dans les casinos londoniens. Je crois que cela n'a duré que deux trimestres. Il était jeune. Nos huiles attribuent cela aux hormones. Quoi qu'il en soit, il n'aurait jamais été notre premier choix pour diriger la police ou les services secrets de son pays.

– Ni le mien, précisa la reine.

Au ton de sa voix, Humphreys supposa que le garçon avait dû maltraiter ses chiens ou un de ses chevaux.

– Comme vous le savez, nous considérons que ses premiers mois en poste ont été pour le moins… insatisfaisants. On a noté une augmentation des tortures cautionnées par l'État dans les prisons. Certains activistes sont portés disparus, présumés morts. Il y a aussi des rumeurs – même si rien de confirmé – selon lesquelles il aimerait porter lui-même le *coup de grâce*. Enfin, il s'exprime régulièrement en faveur d'une guerre dans la région. Quand j'ai repris la direction du MI5, j'ai décidé de limiter les échanges d'informations avec son agence car je ne lui faisais pas confiance pour protéger nos sources. Inutile de préciser qu'il l'a plutôt mal pris.

– Je vois.

– Je pensais que son oncle, le roi, s'en plaindrait auprès de vous.

– Il n'en a rien fait.

– Ce qui est déjà intéressant en soi, Madame. À première vue, soit le pouvoir du jeune homme diminue à vue d'œil, soit c'est le roi qui est affaibli. En tout cas, il semblerait que le prince ait décidé de prendre les choses en main. Puisque nous ne lui disions pas ce qu'il voulait savoir, il a tenté de le découvrir par lui-même. En y regardant de plus près, nous nous sommes aperçus que cela faisait des mois qu'il ciblait nos services de renseignement dans de nombreux domaines. Y compris celui de la Ceinture et la Route.

– Comment ? demanda la reine.

– Comment quoi, Madame ?

– Comment ciblait-il notre renseignement ?

– Ah ! Eh bien, il avait une source au bureau des Affaires étrangères.

– Oh, fit la reine d'une voix blanche. Quelqu'un de l'intérieur, donc.

– Oui, Madame, et nous avons...

– Mais pas dans ce château.

– J'allais y venir, Madame...

– Je suis désolée. Veuillez continuer.

Humphreys écrivit le nom « Fazal » à côté du cadre vide et le souligna.

– Grâce aux informations de cette taupe, l'agent de l'État voyou a pu s'infiltrer dans le groupe de spécialistes du renseignement qui s'est réuni à Windsor. Elle ne parlait pas beaucoup, mais ils étaient plusieurs à paraître intimidés.

Le directeur du MI5 s'interrompit. Il venait de penser à quelque chose.

– Vous ne vous en souvenez peut-être pas, Madame, mais il est fort possible que vous l'ayez rencontrée ce soir-là, lors d'une réception dans le salon du gouverneur...

Il songea un instant à cette improbable et incroyable possibilité.

– Je suppose que oui, confirma docilement la reine. Vous reprendrez du café ?

– Je... euh...

Humphreys prit conscience qu'il mourait de soif. Sa première tasse de café avait refroidi mais elle fut aussitôt remplacée par un valet silencieux. Il but la nouvelle d'un trait avant de reprendre.

– Où en étais-je ?

– Au salon du gouverneur, lui rappela la reine. Avec l'espionne.

Humphreys la remercia d'un sourire. Elle était plus vive d'esprit qu'elle n'en avait l'air. Ce qui était bienvenu en de telles circonstances.

– Ah oui, bien sûr. Tout cela aurait dû en rester là. Ils devaient rentrer chez eux le soir même, mais un des principaux analystes, qui arrivait de Djibouti, a été retardé à cause d'une tempête. La tempête dont je parlais au début, Madame. Celle avec le papillon... Enfin, bref. Comme son vol avait plusieurs heures de retard, la réunion a dû être reportée au lendemain. Au pied levé, le gouverneur a donc fait en sorte que les autres spécialistes puissent passer la nuit ici.

– Oui, il m'en a parlé.

– Généreuse décision. Il ne pouvait pas se douter des conséquences, évidemment. Ils ne sont pas allés se coucher tout de suite, ils sont restés à bavarder et boire, y compris le soi-disant docteur Stiles. Tout le monde l'a trouvée très enjouée, agréable. Avec le recul, on peut dire que c'est assez impressionnant.

– Vraiment ? rétorqua la reine un peu sèchement.

Le directeur général tenta de faire machine arrière.

– Il va de soi que ce qu'elle a fait est plus que répréhensible. Mais parfois, on ne peut qu'admirer son ennemi. Le courage face à l'adversité et cetera...

– Je préfère ne pas considérer mon hospitalité comme de l'adversité, Mr Humphreys.

– Non, non, bien sûr que non.

Il prit une autre gorgée de café.

– En tout cas, un peu avant minuit, les spécialistes ont tous rejoint les chambres qu'on leur avait attribuées. Ils étaient dispersés dans divers secteurs du grenier. Stiles, ou plutôt l'espionne, se trouvait juste au-dessus des appartements des visiteurs.

En regardant par la fenêtre, Humphreys pouvait voir les appartements en question : des rangées et des rangées de fenêtres gothiques taillées dans la pierre, avec des tourelles, des créneaux et des tours trapues. Il imaginait la panique de cette fille, prise au dépourvu, piégée dans le plus vieux château habité du monde, au milieu des policiers et des gardes royaux armés. La reine ne pensait peut-être pas qu'elle avait fait preuve de courage mais lui, si. Plusieurs femmes de sa connaissance s'étaient retrouvées dans des situations semblables alors qu'elles servaient leur pays. Il ne sous-estimait pas leur cran.

– Vers minuit trente, une femme de chambre l'a vue dans le couloir. Elle revenait de la salle de bains, enroulée dans une serviette, une autre autour de la tête. Elle cherchait quelque chose par terre. La femme de chambre lui a demandé ce qu'elle avait perdu et elle a répondu qu'il s'agissait d'une lentille de contact. Au début, cette information nous a semblé insignifiante. Puis nous avons compris qu'elle était en fait essentielle. Les lentilles sont un indice capital, Madame, car, comme nous l'avons découvert plus tard, l'agent avait les yeux marron alors que ceux de Rachel Stiles étaient bleus. Il s'agissait donc de verres colorés dont elle avait absolument besoin le lendemain. La femme de chambre lui a proposé de l'aider à chercher mais elle a refusé. Puis, par le plus grand des hasards – et c'est ce qui est incroyable dans cette triste histoire : un pur hasard, Madame –, Maksim Brodski est sorti de sa chambre, quelques portes plus loin. Oui, nous en arrivons enfin à Mr Brodski. Je ne l'avais pas perdu de vue ! Ha ! ha !

Du bout de son stylo, Humphreys tapota le cadre « Brodski » sur son schéma.

– Là où il se rendait importe peu. Mais ce qui est crucial, c'est qu'il a vu cette fille. Il l'a vue avec une serviette sur la tête, en train de chercher quelque chose par terre. Et il s'est accroupi pour l'aider. Et cela, Madame… lui a été fatal.

Cette fois, il ménagea une pause théâtrale. On aurait dit qu'il s'apprêtait à annoncer le vainqueur d'un concours de pâtisserie télévisé. Tout le monde retenait son souffle.

Mr Singh fut le premier à craquer :

– C'est là que Mr Humphreys a eu son éclair de génie, Madame. Encore une fois, je ne sais vraiment pas où il va chercher tout ça. Je ne comprends toujours pas comment il a fait.

– Merci, Ravi, dit Humphreys en secouant la tête d'un air gêné. Je n'y serais jamais arrivé sans vous et vos hommes. Et sans les femmes aussi, bien sûr. Beau travail d'équipe.

– Mais établir les liens entre trois enquêtes totalement différentes… Quel coup de maître !

Humphreys eut alors la décence de rougir. Les yeux rivés sur ses cuisses, il chassa de son pantalon une peluche imaginaire avant de tirer un trait sur sa feuille qui reliait le cadre vide au cadre « Stiles ».

– Pas un coup de maître, objecta-t-il. Un coup de chance. Et un travail d'équipe, comme je l'ai déjà dit. Et…

– En quoi consistait-il ? l'interrompit la reine. Ce coup de maître ?

Trop modeste pour la regarder dans les yeux, Humphreys se retrouva à raconter son histoire à Willow, à moins que ce ne soit Holly. Un corgi roulé en boule à côté de Sa Majesté, en tout cas.

– Mr Singh a mentionné trois enquêtes. Il y a six jours, alors que nous enquêtions déjà sur l'affaire Stiles, nous avons reçu un tuyau anonyme au sujet d'un espion potentiel. La source s'est révélée fiable : nous avons vite découvert un système de paiements sur un compte offshore. Cette personne avait des connaissances, à l'étranger ou ici, qui se trouvaient déjà dans notre collimateur. Des connaissances qui travaillaient pour le prince Fazal, pour être plus précis. L'agent chargé du dossier m'a tout de suite fait remonter l'information. Je crois que j'étais en train de vous parler à ce moment-là, commissaire, non ?

– Oui, en effet. Nous étions en train de discuter du valet du duc d'Éd…

– Bref. Ce qui compte, c'est que dans l'affaire Stiles, nous recherchions quelqu'un qui aurait pu se faire passer pour un spécialiste de la finance chinoise. Enfin, une spécialiste. Et voilà qu'on m'alertait justement au sujet d'une certaine Anita Moodie, née à Hong Kong mais ayant grandi en Angleterre. Une jeune femme parlant couramment le cantonais et le mandarin, dont l'âge et la taille correspondaient… Je me suis dit que nous tenions peut-être notre espionne. Mais ça ne s'est pas arrêté là. Peu après le départ du commissaire, alors que j'étudiais le dossier de Moodie en pensant à Stiles, tout est devenu limpide. La clé de cette affaire, ce n'était pas le compte offshore, les connaissances ou les voyages de cette femme. C'était un simple détail, si petit que je suis surpris de l'avoir remarqué. Ce détail, c'était le nom de l'internat dans lequel elle a fait ses études.

Humphreys releva les yeux. Dans son coin, la secrétaire personnelle adjointe était en train de s'étrangler après avoir avalé de travers. Elle leva la main pour s'excuser et le directeur du MI5 reprit son récit :

– L'un des établissements où Moodie a fait ses études s'appelle Allingham. Ce nom me disait quelque chose et je me suis souvenu, car c'était dans les dossiers de la police bien sûr, que Maksim Brodski y est allé aussi. C'est là que j'ai eu une révélation. C'était bien Moodie, notre visiteuse. C'est elle qui est venue ici. Et puisqu'il l'avait côtoyée à l'école, Brodski l'a reconnue. Il a dû l'aider à ramasser ses lentilles de contact. À ce moment-là, elle ne portait pas son épaisse perruque et un de ses yeux, au moins, avait sa couleur naturelle. Il a donc tout de suite vu que c'était elle. J'ai fait quelques recherches : Moodie était bien dans la classe au-dessus de celle de Maksim Brodski. Vous savez comme on n'oublie jamais ceux qui sont une classe au-dessus ? Enfin, peut-être pas vous, Votre Majesté – vous avez été éduquée ici, bien sûr –, mais en général, c'est le cas. D'autant qu'ils ont même fait de la musique ensemble. Maksim a accompagné Anita lors de plusieurs concerts. Elle ne pouvait en aucun cas prétendre qu'il se trompait. Il la connaissait sous le nom d'Anita mais ici, elle était Rachel. Il la connaissait comme musicienne mais ici, elle était une analyste de la City. Il fallait qu'elle règle ce problème avant le matin, avant qu'il commence à raconter à tout le monde qu'il avait retrouvé une ancienne camarade d'études au château.

Humphreys s'arrêta. Il avait parlé à toute vitesse et peut-être avec un peu trop d'enthousiasme, mais il se souvenait de sa révélation comme si elle remontait à cinq minutes. Il la revivait souvent, toujours avec un frisson de… non pas de plaisir vu les circonstances, mais de satisfaction, sans aucun doute.

– Juste ciel, finit par dire la reine. Vous êtes un enquêteur très intuitif, n'est-ce pas ?

– En effet, Madame, acquiesça-t-il, on ne peut plus fier.

Elle sourit et, à ce moment précis, il la trouva très séduisante pour une vieille dame.

Les yeux de nouveau humblement baissés afin de fuir le regard saphir de Sa Majesté, Humphreys griffonna « Moodie » dans le dernier cadre de son schéma et traça une ligne le reliant au cadre « Brodski ». Le triangle était désormais complet.

– Voilà, Madame. On ne reconnaîtra jamais assez la renommée internationale des pensionnats privés britanniques. Une malheureuse rencontre et… voilà.

Le regard de la reine était toujours intense.

– Êtes-vous bien sûr que c'est elle qui l'a tué ?

– Absolument, Madame. Une fois que nous l'avons identifiée, nous avons aussitôt comparé son ADN à celui trouvé dans la chambre de Brodski. Même ses empreintes y étaient. Mais le commissaire pourrait peut-être me relayer ? Il maîtrise mieux cette partie que moi.

Singh semblait réticent.

– Si vous voulez.

– Allez-y, Ravi, dit Humphreys avec exubérance.

Il se renfonça dans son siège et croisa les jambes, se demandant s'il serait impoli de récupérer son schéma en partant.

C'est donc le commissaire qui continua.

– Ce soir-là, Miss Moodie n'a pas résolu le problème sur l'instant. C'était impossible, de toute façon. Peut-être est-ce l'absence de Mr Brodski qui lui a permis d'échafauder son plan. Parce que…

Il ne savait pas trop comment amener la suite, puis il se souvint que c'était la reine elle-même qui lui avait parlé de ça.

– … il était attendu. Par l'une des invités de votre *dine-and-sleep*.

Singh ménagea une petite pause mais, à son grand soulagement, elle ne semblait pas avoir besoin de sels. C'était plutôt lui qui avait un peu le tournis à l'idée de parler de telles choses à Sa Majesté Elizabeth II.

– Mr Brodski a rejoint cette… euh… cette personne dans sa suite à l'étage en dessous et tout s'est… très bien passé.

Il sentait ses joues chauffer.

– Puis il est sorti fumer une cigarette.

Il toussa. Décidément, il ne se facilitait pas la tâche.

– Il est retourné dans sa chambre, et Miss Moodie a dû trouver un prétexte pour qu'il la fasse entrer. C'était une vieille amie, après tout. Il est possible qu'elle soit venue dans l'espoir de le séduire mais il ne devait pas être très… Enfin il devait être très… disons, euh… fatigué. En tout cas, à un moment donné, vers la fin de la nuit, elle est parvenue à le maîtriser. Au vu des os brisés, nous pensons qu'elle l'a étranglé à mains nues avant de lui passer la ceinture du peignoir autour du cou. Comme il n'avait aucune raison de se méfier, elle n'a pas dû avoir de mal à le surprendre. Elle était petite mais musclée. Entraînée, pensons-nous. Et désespérée.

– Comme c'est affreux.

Singh prit alors conscience qu'il n'était pas juste en train de faire un rapport de routine à la reine. Il décrivait la mort atroce d'un homme à une personne que cela touchait véritablement.

Cela lui rappela ses débuts, quand il n'était encore qu'un simple flic de quartier.

– Oui, Madame, répondit-il doucement.

Il remarqua qu'elle collait sa cheville contre l'un de ses chiens. Il aurait voulu se pencher pour lui prendre la main. Mais il n'en fit rien, bien sûr, et le moment passa.

– La jeune femme s'est alors retrouvée avec un cadavre sur les bras. Le matin venu, on allait forcément poser des questions. Il fallait qu'elle déguise cela en accident. Elle a dû paniquer en comprenant que s'il y avait une enquête, nous n'allions pas tarder à découvrir que Rachel Stiles n'était jamais venue au château. Elle devait donc nous rendre la tâche aussi difficile que possible. Mais comment ?

Singh s'apprêtait à répondre à cette question purement rhétorique, mais la reine le fit avant lui.

– En se servant de moi, dit-elle d'un ton lugubre. En rendant l'affaire assez sordide pour qu'il faille protéger ma réputation et ne pas ébruiter l'affaire.

Elle avait raison, bien sûr. Le commissaire était impressionné par la vitesse à laquelle elle avait compris. Comme si elle savait déjà tout.

– Exactement, Madame, confirma-t-il en hochant la tête. Miss Moodie a élaboré une mise en scène. Elle a dévêtu Mr Brodski et lui a mis le peignoir fourni par le château. Après lui avoir enroulé la ceinture de ce même peignoir autour du cou, elle l'a serrée puis a installé le corps dans la penderie, avec l'autre extrémité de la ceinture attachée à la poignée. Sauf qu'elle n'a pas tiré assez fort pour…

– Je suis au courant pour le second nœud, lui rappela la reine.

– Oui, Madame. Pardon. Au début, nous avons été troublés par le cheveu trouvé dans le cou de la victime, qui appartenait au docteur Stiles. Au vrai docteur Stiles. Je dois admettre que notre enquête s'est égarée un moment à cause de cela. Il provenait probablement des vêtements du docteur Stiles, que portait Miss Moodie ce jour-là.

– Ah oui ? Elle avait pris ses vêtements ?

– Nous en sommes presque sûrs, Madame. Nous savons qu'elle utilisait son sac, en tout cas.

– Vraiment ?

Cette réaction étonna un peu Singh. De tous les détails, le sac était le dernier qu'il s'attendait à ce qu'elle relève. Mais l'intérêt de la reine semblait réel.

– Un sac de voyage, dérobé dans l'appartement du docteur Stiles ce matin-là. Il correspondait exactement à la description de celui qu'avait Miss Moodie en arrivant au château. Nous pensons qu'il devait contenir ses documents pour la réunion et sa tenue pour la réception du soir. Mais nous ne pouvons en être certains, car par la suite il a disparu.

– Bien, acquiesça la reine. Je vois.

Elle avait une drôle d'expression. Intriguée. Pensive.

– Le sac ne semble pas être un élément très important dans cette enquête, Madame.

– Non, vous avez sûrement raison. Veuillez continuer, je vous prie.

– Pour en revenir au cheveu, je ne pense pas que Miss Moodie l'ait placé là délibérément. Elle a pris soin de gratter le rouge à lèvres du docteur Stiles pour enlever toute trace de son ADN. Puis elle l'a couvert des empreintes de Mr Brodski et l'a abandonné près de son corps.

– Ainsi qu'une culotte, crois-je me souvenir, ajouta la reine. D'où venait-elle ?

Singh fut étonné qu'elle s'arrête aussi sur ce détail, puis il se rappela que Humphreys était convaincu qu'elle appartenait à son page. Sa Majesté en était sûrement très contrariée.

– Nous pensons…

La voix de Singh dérailla légèrement.

– Hum… Suite à ce que nous avons trouvé chez le docteur Stiles… nous pensons qu'elle avait… euh, qu'elle avait ses règles, Madame. Et je crois savoir que dans ces moments-là, les dames aiment avoir, au cas où…

– Merci, commissaire. Je vois.

– Miss Moodie s'en est servie pour donner l'impression que Mr Brodski était mort en pleine séance de…

– Oui, le coupa-t-elle d'une voix mélancolique. Nous parlons de son ancien camarade d'études… Un jeune homme assez exceptionnel. J'ai eu l'occasion de danser avec lui.

– Je suis désolé.

– Oui. Moi aussi.

Le commissaire aurait aimé détendre l'atmosphère mais il savait ce qui l'attendait.

– Vous vous demandez peut-être ce que faisait le docteur Stiles pendant tout ce temps, Madame. Pendant que Miss Moodie se faisait passer pour elle.

– Oui, on peut dire ça, répondit la reine, impénétrable.

– Nous pouvons en parler une autre fois, si vous préférez.

Sa Majesté soupira.

– Non. Dites-moi tout maintenant.

Singh sentit chez elle une certaine réticence. Après la soirée de la veille, elle devait être un peu fatiguée. Mais elle donnait l'impression de déjà savoir à quoi s'attendre.

– Eh bien, au moment où sir Peter s'est aperçu de la supercherie, Rachel Stiles était en fait déjà morte. Puisqu'elle ne s'était pas manifestée, nous avons d'abord pensé qu'elle avait été soudoyée ou réduite au silence par le chantage. Cependant, personne de son entourage ne l'avait vue depuis sa prétendue visite à Windsor. L'inspecteur-chef Strong croyait l'avoir interrogée en tant que témoin dans son appartement. Mais quand sir Peter nous a mis la puce à l'oreille, il a aussitôt compris que c'était Anita Moodie qu'il avait rencontrée, et non le docteur Stiles. Nous avons alors visionné les images des caméras de surveillance placées à l'entrée de son immeuble. La veille de la première réunion au château, on voit arriver un homme grand, portant une capuche. Aucun des autres résidents n'a vu cet individu dans le bâtiment. Nous pensons qu'il s'est introduit chez le docteur Stiles à son insu et a versé de la drogue dans ce qu'elle buvait.

– De mon temps, on appelait cela un Mickey Finn, fit remarquer la reine.

– Oui, je crois avoir déjà entendu ce nom. Dans le cas présent, il s'agissait sans doute d'un tranquillisant appelé Rohypnol, souvent utilisé pour... euh, pour les agressions sexuelles, Madame. Il diminue l'anxiété et engendre des troubles de la mémoire. Il peut aussi donner lieu à des lendemains très difficiles. Nous pensons que le docteur Stiles était sous l'effet de cette drogue et que, le lendemain matin, elle a cru avoir attrapé un virus. Elle en a aussitôt informé son contact pour la rencontre top secret, par mail. Mais il y a autre chose : le service de renseignements électroniques a découvert que sa boîte mail avait été piratée. Vous savez ce qu'est le hacking, Madame ? Je vois que oui. Elle a envoyé un mail, mais son destinataire ne l'a jamais reçu.

D'après les images des caméras de surveillance, l'homme à la capuche était encore dans l'immeuble à ce moment-là. Nous pensons que le plan consistait à garder l'œil sur le docteur Stiles pendant que Miss Moodie jouait son rôle ici, puis de la laisser se remettre et retourner à sa vie normale. Le corps métabolise rapidement le Rohypnol, qui ne laisse aucune trace dans le sang. Le docteur Stiles aurait eu des problèmes de mémoire mais rien de bien grave. Hélas, après la mort de Mr Brodski, ils ont changé d'avis. Quelle ironie du sort, vraiment. Miss Moodie a déguisé son crime en accident afin que personne, Rachel Stiles comprise, n'en entende jamais parler, et que le docteur n'ait donc jamais l'occasion de dire qu'elle n'était pas au château ce soir-là. Mais elle ne risquait plus de parler, après ça… Vous allez bien, Madame ?

– Très bien, commissaire. Je vais juste reprendre une tasse de thé. Merci beaucoup.

La reine remercia son valet d'un hochement de tête pendant qu'il la servait.

Singh était inquiet. Il lui semblait qu'elle avait soudain le teint un peu gris, et il n'en était même pas à la partie la plus abjecte.

– Ensuite… Arrêtez-moi si cela fait trop…

– Non, veuillez poursuivre.

Il lui laissa le temps de boire une gorgée.

– L'intrus a d'abord abandonné le docteur Stiles à son sort, mais il n'a pas tardé à revenir. Selon nous, lors de la visite de l'inspecteur-chef Strong durant laquelle Anita Moodie s'est fait passer pour elle, le docteur Stiles était encore dans sa chambre, sous tranquillisants. Mais cette histoire devenait compliquée. Ils craignaient à juste titre que nous découvrions la vérité sur cette mise en scène au château. L'équipe de Strong risquait à tout moment de débarquer pour poser d'autres questions. Ça faisait déjà trois jours, ils ne pouvaient pas séquestrer le docteur Stiles indéfiniment. Et quand elle reviendrait à elle, elle comprendrait qu'elle n'avait pas juste été malade. Elle se souviendrait peut-être même de ce que cet homme lui avait fait. Alors le type a attendu. Trois autres jours. Ils ont sans doute continué à la droguer, tout en se servant de sa boîte mail et des réseaux sociaux pour convaincre ses amis et collègues qu'elle était chez elle, patraque. Il fallait que personne ne puisse faire le lien entre ce qui s'était produit au château et ce qui allait lui arriver. Selon le service de renseignements électroniques, les hackers ne se donnaient même plus la peine d'effacer ses messages. Ils savaient qu'elle ne les lirait jamais.

La reine serra un peu plus sa cheville contre le corps chaud de son chien endormi.

– Comment est-elle morte, en fin de compte ?

– Vodka, Madame, lâcha abruptement Singh. Mélangée avec une forte dose de Rohypnol. La bouteille a été retrouvée dans son appartement. Elle devait être trop sonnée pour refuser. Il a aussi frotté de la cocaïne sur ses gencives. Assez pour provoquer une crise cardiaque.

On entendait le tic-tac de l'horloge en bronze doré. Les chiens reniflaient. La reine était livide.

– Il faut... J'aimerais...

Elle toussa et se ressaisit. Quand elle reprit la parole, elle se tenait droit comme un *i* et avait retrouvé sa voix cristalline.

– Le docteur Stiles a été tué en service. Plus précisément à mon service. Lorsque j'appellerai sa famille pour lui présenter mes condoléances, j'espère que je pourrai leur assurer que nous avons tout fait pour que justice soit rendue.

Humphreys était resté silencieux plus longtemps que prévu. Il estima qu'il était grand temps de remonter le moral de Sa Majesté.

– La cocaïne a été leur erreur, Madame. Ils en ont trop fait question mise en scène, un peu comme Anita Moodie. S'ils avaient juste gavé Stiles d'alcool et de tranquillisants, le médecin légiste aurait peut-être conclu à une overdose. Mais ils ont voulu que ça paraisse plus naturel – les gens de la City ont la réputation de prendre de la cocaïne –, et cela a eu l'effet contraire. Les médias ont relayé l'information, Peter Venn en a entendu parler et... Bref, c'est ce qui nous a menés là où nous sommes.

– Et où en sommes-nous exactement ? demanda la reine.

Humphreys fit un geste en direction de son schéma.

– Nous avons mentionné trois affaires. Anita Moodie est morte elle aussi, Madame. Elle l'était déjà avant que nous nous intéressions à elle. Son corps a été découvert deux jours après celui de Rachel Stiles.

C'était censé ressembler à un suicide mais nous savons qu'elle craignait pour sa vie.

– Ah ?

– C'est un de ses vieux amis qui nous l'a appris par téléphone. Sans doute le même qui nous a donné un tuyau anonyme au sujet de ses activités d'espionne.

– Mmm.

– Moodie avait raison d'avoir peur. Elle avait mal fait son travail. Elle savait qu'elle risquait d'être punie, et elle l'a été. Sur les images des caméras de surveillance placées devant son immeuble, on voit un grand blond entrer le jour de sa mort et ressortir une demi-heure plus tard. Dans son appartement, on n'a trouvé ni signe d'effraction, ni ADN suspect, ni le moindre indice permettant d'affirmer qu'il ne s'agit pas d'un suicide. Pourtant, nous sommes certains qu'elle a été assassinée. Elle a causé beaucoup de problèmes à ceux qui la manipulaient et ils ont fini par lui régler son compte, Madame. Selon moi, ils avaient une vision plutôt poétique de la justice. Elle avait pendu Brodski n'importe comment, alors ils l'ont pendue aussi. Mais de manière plus professionnelle.

Le regard de la reine laissa deviner qu'elle ne voyait pas où était la justice dans tout cela.

C'est épouvantable.

– Oui. Mais après ça, nous avons fait une découverte capitale. Les images des caméras de surveillance prouvent que c'est le même homme qui se trouvait chez ces deux femmes au moment de leur mort.

– Oh, je vois.

Sa Majesté sembla soudain rassérénée.

– Les images prises devant l'appartement de Moodie sont beaucoup plus nettes, et on voit l'individu sans capuche. Nous l'avons identifié. Il s'appelle Jonnie Haugen. C'est une petite frappe engagée par les services secrets de Fazal pour faire leur sale besogne à Londres. Sauf que nous avons maintenant la certitude qu'il travaille pour eux. Nous l'avons conduit à New Scotland Yard et inculpé pour le meurtre de Stiles. Son ADN a été retrouvé dans son appartement. Il a essayé de faire le ménage derrière lui mais il est difficile de rester aussi longtemps quelque part sans laisser de traces ni donner l'impression que tout a été récuré de fond en comble. Je ne suis pas sûr que nous réussirons à le coincer pour le meurtre de Moodie mais la police s'y efforce.

Singh approuva d'un hochement de tête.

– Quant à l'homme qui est venu chercher le sac de voyage chez Stiles pour le remettre à Moodie, c'est un chauffeur de l'ambassade, poursuivit Humphreys. L'amateurisme du prince Fazal est flagrant, même s'il est persuadé du contraire. Le chauffeur sera expulsé dès demain. Maintenant que je vous en ai parlé, je vais pouvoir en informer le Premier ministre. Quant au prince, il est rentré chez lui. Et nous ne pourrions évidemment rien contre lui de toute façon. En revanche, je ne manquerai pas de faire savoir au roi que son neveu est un dangereux imbécile, qui a terni la réputation de son pays. Si vous pouviez appuyer ce message, Madame… Si cela vient de vous, il écoutera peut-être.

– Nous pouvons toujours essayer, en tout cas. Et qu'est-il advenu de leur complice, si je puis me permettre ? Celui du bureau des Affaires étrangères.

– Il a été arrêté hier, alors qu'il s'apprêtait à prendre un avion à Heathrow. Par chance, son vol a été retardé de plusieurs heures à cause d'un orage dans le sud de la France. Nous aurions fini par l'avoir, mais cela nous a fait économiser un voyage et pas mal de paperasse.

– Bon. Eh bien, je pense qu'il est temps pour moi de retourner aux affaires courantes, à présent.

La reine lissa sa jupe et se leva. Tout le monde fit de même. Elle attrapa son sac et sourit aux deux hommes.

– Félicitations. Trois meurtres... résolus avec brio. Veuillez également remercier vos équipes pour leur dur labeur. Cette histoire nous a tous perturbés. Il va de nouveau être possible de dormir sur nos deux oreilles et je m'en réjouis.

– Ce fut un honneur, Madame, dit Singh en s'inclinant légèrement.

– Un honneur, confirma Humphreys.

En parlant d'honneurs... Sir Gavin Humphreys... Tandis que le directeur récupérait son schéma, ces mots tournaient en boucle dans sa tête. Il savait depuis toujours que cela finirait par arriver mais jusqu'alors, il s'était fixé un délai de cinq ans. Sir Gavin Humphreys. Sa femme allait être aux anges. Il avait démasqué un espion et résolu trois meurtres à lui tout seul. Franchement, est-ce qu'il ne le méritait pas ?

Sa Majesté sortit, son écuyer et ses chiens dans son sillage.

CHAPITRE 31

Dans le silence de la chapelle, la reine entendit du bruit à la porte. Philip apparut.

– Puis-je me joindre à vous ?

– Je vous en prie.

Il s'avança lentement et s'assit à côté d'elle sur sa chaise préférée.

– Tom m'a dit que vous aviez rencontré l'autre idiot du MI5.

N'obtenant aucune réponse, il poursuivit :

– Il m'a dit qu'ils avaient résolu l'affaire. Découvert qui avait fait le coup et tout le reste. Que ce n'était pas un agent dormant.

– Non, effectivement. Il y avait une taupe.

– On se croirait dans un roman de John Le Carré. Ou sur une pelouse pleine de trous.

Il sourit à sa propre petite blague. Pas elle, mais il ne s'en offusqua pas. Il savait que cette conversation serait difficile.

– Selon Tom, il y en aurait eu trois. Tous la vingtaine. Tous morts de façon assez déplaisante.

– Oui.

Il regarda vers l'autel, où un tableau datant de la Renaissance mettait en scène une Vierge à l'Enfant.

– On aurait pu croire qu'il leur restait quelques belles années à vivre.

– Je suis sûre que c'est aussi ce qu'ils pensaient. Mais…

Elle se tut en sentant sa voix s'étrangler. Ce qu'elle ne faisait pas devant n'importe qui. D'habitude, elle trouvait toujours quelque part le cran nécessaire pour continuer. Mais cela ne l'ennuyait pas que Philip la voie en difficulté. Elle n'avait pas un cœur de pierre ; il le savait.

– Tom a précisé que c'était Humphreys qui était venu à bout de cette affaire, reprit-il. Je ne l'en aurais pas cru capable.

– Oui, c'est assez surprenant.

– Tout à fait scandaleux, dirais-je. Vous savez quoi ? Je pense que quelqu'un lui a mâché le travail.

– Vraiment ? fit-elle en haussant les sourcils.

– Oh que oui, répondit-il en hochant vivement la tête. Quelque sous-fifre, sans doute. Intelligent comme pas deux mais pas le moins du monde reconnu. Quelqu'un qui s'est tapé tout le boulot en le laissant s'en attribuer le mérite. Vous ne croyez pas ?

Elle se détendit un peu.

– Il y a sûrement du vrai dans ce que vous dites.

– Il ne va tout de même avoir sa petite médaille, hein ? dit Philip en grimaçant.

– Cela me paraît nécessaire.

– Ça va le rendre encore plus insupportable, c'est sûr.

La reine sourit vaguement à cette remarque. Il avait sans doute raison, mais si quelqu'un avait appris à supporter les gens insupportables, c'était bien elle.

Philip posa sa main sur la sienne. Sa peau était fraîche et douce. Il la lui serra brièvement.

– Eh bien, au moins, ils ont découvert la vérité. Ils ont arrêté les hommes qui ont fait ça ?

– Ce n'était pas que des hommes. Mais oui.

– J'en suis ravi, conclut-il en lui serrant de nouveau la main.

Elle ne lui parla pas du prince Fazal. C'était trop tôt. Elle était encore bien trop furieuse pour prononcer son nom. À cause de ce qu'il avait fait mais aussi parce qu'il allait échapper à la justice. Au moins ressentirait-il la douleur cuisante de l'humiliation, après s'être fait prendre de la sorte. Elle l'espérait, en tout cas.

– Je file, annonça Philip. Je dîne en ville ce soir et j'ai quelques bricoles à régler avant de partir.

– Attendez. Je viens avec vous.

Il lui proposa son bras et ils remontèrent l'allée centrale en direction du vitrail. Son vitrail à lui, qui symbolisait l'intemporalité, la guérison et l'espoir. Cela n'empêchait pas la reine d'être terriblement peinée pour ce jeune homme tué dans la chambre du grenier, et pour cette fille innocente dans son appartement. Et même pour l'autre, qui avait dû avoir si peur avant de mourir. Mais le vitrail lui donnait la force de revenir calmement vers ce château dont l'activité bouillonnante tournait exclusivement autour d'elle.

Dans deux jours, elle devrait repartir pour Londres avec la moitié de la Maison royale afin de préparer la cérémonie d'ouverture du Parlement. La vie suivait son cours. *On* faisait ce qu'*on* pouvait. Mais pour l'heure, la seule chose qui s'imposait était un bon petit verre de gin.

– Savez-vous si l'homme de main est celui qui a essayé de vous tuer ?

Sur l'invitation de Rozie, Aileen Jaggard était de passage au château. Les deux femmes se trouvaient au sommet de la tour Ronde, à l'abri des regards indiscrets.

Un sourire monta aux lèvres de Rozie.

– Billy MacLachlan s'est renseigné pour moi. Le type qu'ils ont arrêté a le nez en compote et une main mal en point. Trois doigts cassés. Qui lui font affreusement mal.

– Le pauvre petit.

– Il y a une chose que je ne comprends pas, dit Rozie, passant du coq à l'âne. Pourquoi Gavin Humphreys ? Pourquoi lui et pas un autre ? J'étais convaincue que la patronne le détestait.

– Elle ne déteste personne. Elle a sans doute juste été en colère après lui.

– Quand on pense à tous les malheurs qu'il a causés, persista Rozie. Elle avait compris dès le début que son histoire avec Poutine ne tenait pas debout.

– Elle a dû estimer que c'était la bonne personne pour tenir ce rôle. Elle ne s'est pas arrêtée à ses sentiments personnels.

– Mais comment y parvient-elle ?

– La pratique. Beaucoup, beaucoup de pratique. Sa Majesté est une politicienne émérite. Comment croyez-vous qu'elle a fait pendant toutes ces années ? Elle a toujours une longueur d'avance, elle pense sur le long terme. Humphreys était-il, de fait, la bonne personne pour ce rôle ?

Rozie fixa l'horizon. Au loin, elle apercevait le Shard, le tesson, le plus haut gratte-ciel de la capitale. Il y avait trente kilomètres, de forteresse à forteresse, entre le château de Windsor et la tour de Londres, tous deux des constructions de Guillaume le Conquérant. Et la ville s'étendait au milieu. Elle réfléchit à la question d'Aileen.

– Peut-être, concéda-t-elle. C'est la patronne qui a découvert les coupables mais je ne crois pas qu'elle aurait pu prouver qui était derrière ces crimes. Selon moi, une fois qu'elle a compris qu'il s'agissait réellement d'une histoire d'espionnage, elle a dû se dire que les gens du MI5 étaient les plus qualifiés pour s'en occuper. Enfin, je suppose…

– Voilà.

– Mais pourquoi ne pas lui avoir expliqué directement sa théorie ? Je l'ai vue à l'œuvre. L'air de rien, elle… lançait ses petites idées. Humphreys ne s'apercevait même pas qu'elle lui servait tout sur un plateau. C'est elle qui lui a parlé d'Allingham. Et c'est encore elle qui a chargé MacLachlan de donner ces tuyaux anonymes concernant Anita Moodie. Elle a laissé le directeur du MI5 s'en attribuer tout le mérite.

Aileen sourit et écarta une mèche de cheveux de ses yeux.

– Oui, ça lui ressemble bien. Moi aussi ça m'a dérangée, la première fois que je l'ai vue faire. Mais à la longue, ça m'a paru logique. Elle ne veut pas avoir l'air d'interférer.

– Mais nous sommes chez elle, dans son château.

– Oui, et pourtant ce n'est pas elle qui a dirigé l'enquête. Imaginez qu'elle ait fait part à Humphreys de ses découvertes ou des vôtres. Cela lui aurait fait comprendre que, depuis le début, elle remettait en cause son point de vue. Ce qui est vrai, d'ailleurs. Avouons que ce ne serait pas très bon pour l'orgueil de l'intéressé.

– Ce n'est qu'une histoire d'ego, alors ?

– Si elle lui avait démontré qu'il se trompait et l'avait rabaissé, que se serait-il passé à la prochaine crise, à votre avis ? Il aurait craint qu'elle recommence. Il n'aurait plus eu confiance en elle. La confiance représente tout pour Sa Majesté. C'est bien plus important que de mesquins comptages de points. Humphreys ne lui aurait plus communiqué la moindre information. En quoi cela pourrait-il être bénéfique ?

– Et donc il est fait chevalier et continue à la prendre pour une vieille femme gâteuse vivant dans un joli château ?

– Une vieille femme gâteuse pour laquelle il travaille comme un forcené, qu'il se fourvoie ou non.

Rozie secoua la tête.

– J'ai toujours du mal à comprendre. Qui peut faire preuve d'une telle...

– Autodiscipline ?

– Oui.

– Une seule personne au monde, si je ne me trompe. Profitez-en tant que ça dure.

Elles contemplèrent une dernière fois la vue panoramique : la Longue Promenade filant vers le sud-est, la ville à l'ouest et au fond, derrière, le fleuve, lent et majestueux, reliant l'Oxfordshire à la mer. Au-dessus d'elles, le ciel bleu saphir était moucheté de cirrus. Juin approchait et le château n'allait pas tarder à préparer Ascot.

– Je suppose qu'elle vous a remerciée, ajouta Aileen en descendant les escaliers. Vous avez eu la boîte ?

– Oui, répondit Rozie avec un grand sourire.

Une semaine plus tôt, la reine lui avait demandé de passer la voir dans la salle du Chêne. L'ambiance était plus formelle que lors de leurs rencontres habituelles. En arrivant, elle avait trouvé la patronne fraîchement coiffée, vêtue de sa jupe et de son cardigan préférés, avec aux lèvres un sourire ravi qui lui était allé droit au cœur.

– Je vous dois de l'argent, avait-elle dit.

Même si c'était vrai, Rozie avait été stupéfaite de l'entendre prononcer ces mots.

– Oh, Votre Majesté, ne…

– Vous pensiez que j'avais oublié, mais voici la somme en question. Lady Caroline m'a donné le montant.

Ce devait être le remboursement des paniers de Fortnum & Mason, qui avaient coûté une petite fortune. En avril, Rozie les avait payés de sa poche car elle n'avait pas su quoi faire d'autre. Mais elle n'avait pas l'intention d'en parler pour autant.

Cependant, la reine ne lui avait pas remis une enveloppe mais une boîte en carton bleue. Elle était étonnamment lourde.

– Ouvrez-la.

Celle-ci contenait une boîte en argent et émail bleu de la taille d'une pochette, avec le monogramme royal gravé sous le fermoir. À l'intérieur, il y avait un chèque du montant exact de sa dépense. Mais c'était la boîte elle-même qui avait retenu l'attention de Rozie, bien sûr. Elle en avait remarqué une identique sur un guéridon chez Aileen, à Kingsclere. Depuis, la sienne était toujours posée sur son chevet, quelle que soit la résidence royale dans laquelle elle travaillait. Elle était sans doute la première à y ranger son beurre de karité.

– Elle n'en offre pas une après chaque affaire, si ? demanda-t-elle à Aileen.

Cette dernière éclata de rire.

– Non. Mais elle marque quand même toujours le coup. Dites donc, vous n'aviez pas dit que vous m'emmèneriez faire un tour à cheval ? J'ai pris ma tenue d'équitation, moi. Allons donc profiter de ce beau temps !

CHAPITRE 32

Un an passa. Une nouvelle cour de Pâques. Un nouvel anniversaire. Lors des distinctions du Nouvel An, sir Gavin Humphreys avait effectivement reçu ce qu'il n'avait jamais (si l'on peut dire) osé espérer. Le commissaire, sir Ravi Singh, avait eu lui aussi l'agréable surprise d'être décoré de l'ordre de l'Empire britannique. Et voilà que le prochain Royal Horse Show était pour bientôt, de nouveau.

Avant le début des réjouissances, la reine tenait absolument à voir deux personnes en privé. L'une était un homme que Rozie avait eu du mal à localiser. Elle avait fini par le trouver dans un foyer de Southend, où il travaillait comme manœuvre en intérim. En raison de ses multiples cures de désintoxication, l'homme n'arrivait pas à garder un emploi stable. Selon Rozie, il avait été très affecté par le décès de sa mère durant son adolescence, sans parler de celui de son père quand il n'avait que 7 ans. Pendant un temps, sa sœur aînée avait fait ce qu'elle pouvait pour le garder sur les rails, mais à présent il était seul au monde.

Quand Rozie lui avait parlé de l'invitation de la reine, il s'était avant tout inquiété de ne pas avoir de vêtements appropriés pour la circonstance.

– Ne vous en faites pas pour ça, l'avait-elle rassuré. Cela lui est égal. Mais empruntez tout de même une veste à quelqu'un. C'est plus simple comme ça.

Lorsqu'il se présenta à Windsor, l'homme était terrifié. Aussi bien par les policiers plantés à l'extérieur de l'enceinte que par les militaires qu'il savait être à l'intérieur. Il avait pris l'habitude de se méfier de tous les représentants des forces de l'ordre et on aurait dit qu'ils s'étaient tous donné rendez-vous ici, dans ce foutu château. Cependant, dès qu'il présenta son carton d'invitation à l'entrée, on l'escorta comme un VIP et on le fit passer devant les gens ordinaires qui faisaient la queue. La femme qui lui avait écrit (qui était grande, noire et sexy, à l'opposé de ce qu'il imaginait) vint à sa rencontre et lui fit suivre un itinéraire spécial, en évitant les zones ouvertes au public, jusqu'aux quartiers où vivait la reine. Il avait du mal à y croire.

Au milieu de tous ces bâtiments de pierre grise, ils longèrent un immense rectangle de gazon jusqu'à un endroit appelé la tour Brunswick. Puis la grande femme l'accompagna à l'étage où il pensait poireauter des heures dans une salle d'attente – ou quelque chose du genre. Mais au lieu de ça elle frappa à une porte et quelqu'un dit « Entrez ». Alors ils entrèrent et découvrirent… la reine.

La véritable reine. En face de lui. En chair et en os. Toute seule, ou presque : il y avait juste des chiens et un type avec des gants debout à côté d'une table couverte de boissons. La pièce n'était pas grande et très sombre, remplie de meubles qu'on s'attendait à trouver chez une reine. Du genre vieux et chers, comme s'ils sortaient tout droit d'un musée. Par la fenêtre, il aperçut au loin une grande rangée d'arbres et des gens qui se promenaient. Des gens normaux en train de faire des trucs normaux, sans se douter une seule seconde que lui, Ben, était dans une pièce du château avec Sa Véritable Majesté.

Il avait l'impression de voir la scène de l'extérieur, comme s'il avait quitté son corps. Et il était fichtrement content d'avoir accepté que le responsable du foyer lui prête des chaussures en cuir. Ses baskets auraient juré, sur le tapis.

– Bonjour, Mr Stiles. Merci beaucoup d'être là. Vous n'avez pas eu de difficulté à venir jusqu'ici, j'espère ?

– Non, Votre Majesté.

La grande femme noire, qui était toujours avec eux, lui avait expliqué qu'il fallait dire « Votre Majesté » la première fois puis « Madame » (et pas « M'dame ») toutes les autres fois, et puis s'incliner. Merde, il avait complètement oublié ! Dès que ça lui revint, il s'inclina. Trop tard, mais tant pis. Et Sa Majesté lui sourit. Elle avait l'air vraiment gentille quand elle souriait. Elle était minuscule. Elle paraissait plus grande à la télé. Et il y avait quelque chose de lumineux en elle. Il ne savait pas comment elle faisait ça mais c'était incroyable à voir.

– Rozie, pourriez-vous demander au major Simpson de nous rejoindre dans cinq minutes ?

La grande femme disparut et la reine s'assit en lui indiquant un siège. Alors il s'assit aussi. Et là, le type avec les gants s'approcha et lui demanda ce qu'il aimerait boire. Il avait un doux accent écossais et l'air très aimable. D'emblée, Ben le trouva sympa. Mais comme il ne savait pas quoi répondre, il grommela juste « N'importe ». Du coup, le type lui apporta un verre d'eau fraîche avec une tranche de citron, ce qui était parfait.

Et puis ils discutèrent, la reine et lui (le mec avec les gants ne prononça plus un mot, il traînait juste dans le décor), pendant un certain temps. Une minute ? Une heure ? Une fois la conversation terminée, Ben n'aurait pas su le dire. Pas plus qu'il ne se souvenait des sujets abordés. Il se rappelait juste qu'elle était vraiment gentille et qu'ils avaient un peu parlé de sa sœur et de son père, et qu'elle avait dit qu'il avait dû être très difficile de grandir sans lui, ce qui était tellement vrai, et combien il avait été courageux, et qu'elle était désolée pour sa sœur. Et il avait senti qu'elle était sincère. Elle le pensait vraiment. À un moment donné, il avait arrêté d'avoir peur et s'était senti un peu comme... un peu comme chez lui. Comme s'il avait l'habitude de venir au château tous les mardis matin. Et ça lui avait bien plu.

Puis la grande femme revint avec un autre type portant l'uniforme le plus extravagant qu'il avait jamais vu de sa vie – rouge et noir, avec des cordons dorés partout, et puis des médailles, et des chaussures qui brillaient, on aurait dit un costume de théâtre. En voyant la reine se lever, Ben fit pareil. Elle s'approcha d'une table où était posé un coussin. Le type en uniforme prit le coussin et le présenta à Sa Majesté. Dessus, il y avait une petite boîte recouverte de velours noir, avec deux croix d'argent à l'intérieur : une moyenne et une petite.

La reine regarda Ben et lui dit « Placez-vous ici » en lui désignant un endroit juste en face d'elle. Sa voix était un peu sévère mais pas du tout méchante. Ben s'exécuta et elle poursuivit :

– Mr Stiles, je sais que l'exemplaire de cette médaille remis à votre mère a disparu l'année dernière. J'ai été peinée de l'apprendre. Votre sœur, elle aussi, est morte en servant son pays, et j'aimerais vous dire combien je lui en suis reconnaissante, tout comme à votre père, pour son sacrifice. Et combien je suis désolée au sujet de votre mère.

Après lui avoir serré la main, la reine prit la boîte en velours sur le coussin et la lui donna.

Il baissa la tête et deux larmes tombèrent sur le pouce de Sa Majesté, ce qui était embarrassant. Depuis la mort de sa mère, Ben n'arrivait pas à se retenir de pleurer. C'était comme ça. La reine ne sembla rien remarquer, ou ne pas s'en soucier. Elle s'assura juste qu'il tenait bien sa boîte. Puis elle recula et lui sourit aimablement. Et comme il ne savait pas quoi dire, Ben se contenta de marmonner « Merci... euh, Madame. J'apprécie ».

Il prit alors conscience d'une chose : plus que la croix de remplacement et sa version miniature, il se souviendrait surtout du moment qu'il venait de passer avec elle dans cette pièce, qui pouvait aussi bien avoir duré dix minutes que deux jours – comme dans une autre dimension temporelle. En tout cas, à présent, il pleurait à chaudes larmes et il valait probablement mieux qu'il y aille. La reine dit quelque chose qu'il n'entendit pas très bien puis la grande femme le fit sortir. Dès qu'ils eurent quitté la pièce, il se tourna vers elle et la serra fort dans ses bras. Il n'avait pas du tout le droit de faire ça et il le savait bien mais, parfois, on n'a vraiment pas le choix. Elle lui rendit son étreinte et lui demanda si ça allait. Il lui répondit que oui, parce qu'il y avait une version longue et une version courte et que la courte est toujours plus facile. Pourtant, elle lui pressa le bras comme s'il lui avait donné la version longue et ne le lâcha pas pendant tout le trajet du retour, tout en lui expliquant qu'il allait recevoir un document pour officialiser tout ça. Mais il verrait cela plus tard.

Voilà comment il avait récupéré la croix d'Elizabeth. C'était bizarre, tout ça. Après la mort de sa mère, il s'était promis de ne jamais la porter. Rachel le faisait parce que c'était son genre, mais lui était convaincu qu'il risquait de la perdre. Mais il ne perdrait pas celle-ci. Jamais.

L'autre invitée était Meredith Gostelow, que la reine avait conviée à venir voir la stèle qu'elle lui avait personnellement demandé de concevoir pour une tombe très inhabituelle.

Elles se retrouvèrent au château puis Sa Majesté conduisit l'architecte à travers Home Park jusqu'à Frogmore House. C'était là qu'étaient ensevelis de nombreux membres de la famille royale, dont Victoria et Albert, qui avaient eux-mêmes choisi cet emplacement, ainsi que l'oncle de la reine, Édouard VIII, que l'on aurait difficilement pu mettre ailleurs.

Minutieusement entretenues, les tombes royales étaient situées dans l'ombre du mausolée de la reine Victoria. Mais l'endroit où la souveraine emmenait Meredith Gostelow se trouvait un peu plus loin, sous les arbres, juste au nord du lac de Frogmore. Si on ne la cherchait pas, on ne pouvait pas vraiment savoir que cette sépulture était là. Dans un petit rectangle d'herbe, au milieu des jacinthes en fleur, une plaque de marbre blanc asymétrique disait simplement, en lettres de cuivre : « MAKSIM BRODSKI, MUSICIEN, 1991-2016 ».

L'architecte observa son œuvre d'un œil critique. C'était la première fois qu'elle la voyait finie et *in situ*. La stèle était très épurée, pas dans son style habituel, mais cette simplicité avait exigé un énorme travail. Il lui avait fallu choisir la nuance de blanc exacte ; le bloc de marbre parfait ; la plus élégante asymétrie ; le bon lettrage et le sculpteur le plus apte à réaliser ce travail. Cela représentait plusieurs journées de conception et des semaines de réflexion.

– Vous en êtes satisfaite ? demanda-t-elle à Sa Majesté.

– Je pense que le résultat est à la hauteur. Pas vous ?

– Oh, je ne suis jamais satisfaite, avoua Meredith avant de se reprendre lorsqu'elle sentit que ce n'était pas la réponse qu'on attendait d'elle. Mais, dans l'ensemble, tout cela est conforme à ce que je voulais. Je pense que cela lui rend justice. Je l'espère, en tout cas.

– Quant à moi, j'espère ne pas vous avoir dérangée en vous demandant de vous en charger.

– Je dois reconnaître que j'ai été plutôt surprise.

– J'admire votre travail. C'est d'ailleurs pour cette raison que je vous avais invitée ce soir-là. Et vous avez connu Mr Brodski à cette occasion.

Meredith se sentit rougir.

– En quelque sorte, oui.

Elles avaient toutes deux les yeux rivés sur la stèle.

– Vous avez également dansé avec lui, ajouta la reine, afin d'aider son interlocutrice à retrouver un teint normal – elle n'avait pas voulu l'embarrasser.

Cela sembla fonctionner. Meredith sourit.

– C'est vrai. Et il dansait comme un dieu, non ?

– Oui, on peut dire ça.

– J'ai appris qu'on avait trouvé le coupable.

– Oui, confirma la reine. Je crois aussi que votre nom a été cité au cours de l'enquête. Telle n'était pas mon intention.

– Je vous en prie, vous n'avez pas à vous excuser.

Étaient-ce des excuses ? Cela y ressemblait.

– Tant que justice est faite…

– Jusqu'à un certain point.

Les deux femmes restèrent un moment silencieuses.

– J'aime les jacinthes, dit Meredith. Et cet endroit. On s'y sent vraiment en paix.

À ce moment précis, un 737 rugit au-dessus d'elles, et Sa Majesté éclata de rire. C'était pourtant vrai : les avions mis à part, c'était le coin le plus tranquille de ce domaine. La reine avait pris le temps de chercher le meilleur emplacement.

– Comment se fait-il qu'il soit ici ? demanda Meredith.

Elle se posait la question depuis le jour où on lui avait commandé la stèle, mais personne n'avait su lui répondre. Les émissaires de Sa Majesté semblaient aussi perplexes qu'elle. Ces choses-là ne se faisaient pas. Il n'existait d'ailleurs aucun précédent.

– Il n'avait nulle part où aller, répondit la reine avec un geste de la main.

Aucun proche n'était venu réclamer la dépouille à la morgue. L'ambassade aurait fini par venir la chercher, bien sûr, mais elle ne savait pas trop ce qu'il serait advenu ensuite. Il n'y avait personne pour pleurer cet homme chez lui. Ne serait-ce que pour son interprétation de Rachmaninov, il méritait mieux.

– Je pense qu'il sera heureux ici, déclara Meredith.

L'architecte s'accroupit – avec quelque difficulté – et tapota la pierre sous laquelle les cendres de Maksim étaient enfouies.

– Ou heureux et malheureux à la fois… à la russe. Franchement, que dire ? À sa place, j'adorerais être enterrée dans un endroit pareil. Qui n'adorerait pas ? On s'y sent… à l'abri, non ?

Les oiseaux gazouillaient dans les arbres. On entendait des chevaux et le sourd bourdonnement des insectes dans le lointain. Elles restèrent là quelque temps, à profiter des rayons de soleil qui perçaient çà et là les feuillages. Si ce n'était le marbre blanc et la traînée de cet avion dans le ciel, on aurait pu croire que ce refuge sous les arbres était resté inchangé depuis mille ans.

Au bout d'un moment, la reine se tourna vers le chemin.

– Et si nous y allions ?

Et elles reprirent ensemble la direction du château.

Remerciements

Je tiens tout d'abord à remercier Sa Majesté Elizabeth II, qui a toujours été une source d'inspiration pour moi, aussi bien sur le plan littéraire que dans la vie.

Je remercie également :

Mes parents, Marie et Ray, pour le précieux cadeau qu'ils m'ont fait en me transmettant leur amour des romans policiers, et pour toutes les anecdotes sur la famille royale britannique avec lesquelles j'ai grandi.

Mon merveilleux agent, Charlie Campbell, et toute l'équipe de Kingsford Campbell : *sine qua non*. J'adresse aussi ma reconnaissance éternelle à Grainne Fox et tout le monde à Fletcher & Company, ainsi qu'à Nicki Kennedy, Sam Edenborough et l'équipe d'ILA. J'écris ces mots quatre mois après notre première rencontre, au moment où l'on finalise les révisions aux États-Unis et en Grande-Bretagne.

Mes correcteurs, Ben Willis au Royaume-Uni et David Highfill outre-Atlantique, ainsi que les équipes de Zaffre Books et William Morrow avec qui ç'a été un régal de travailler dès nos tout premiers échanges. Ces derniers ayant eu lieu au début du confinement, nous n'avons pas encore pu nous parler *de visu*. Mais j'attends cela avec impatience.

Pour leur amitié et leurs généreux conseils : Alice Young, Lucy Van Hove, Annie Maw, Michael Hallowes, Fran Lana,

Abimbola Fashola, ainsi que toutes celles et tous ceux qui ont demandé à rester anonymes.

Mark et Belinda Tredwell, qui m'ont hébergée quand j'ai voulu m'isoler pour écrire un autre livre, mais que j'étais obnubilée par celui-ci.

The Place, The Sisterhood et The Masterminds, ainsi que tous mes élèves, confrères et consœurs. Vous vous reconnaîtrez. Un immense merci à Annie Eaton avec qui nous partageons le même amour de l'art, de l'histoire, de la mode et de la littérature. Et qui connaît plusieurs agents fantastiques.

Le National Health Service, qui nous a permis, à Alex et moi, de rester en vie l'an passé. Remerciements éternels.

Le Book Club, avec une mention spéciale pour Poppy St John, dont l'enthousiasme m'a aidée à persévérer quand ce roman se limitait encore à de vagues idées et quelques paragraphes maladroits.

Emily, Sophie, Freddie et Tom, que j'ai un peu négligés quand j'étais enfermée dans ma tanière. Et enfin Alex, mon premier lecteur, l'amour de ma vie, l'homme qui m'a dit que la première version était insatisfaisante… mais que la seconde était bonne.

SA MAJESTÉ MÈNE DE NOUVEAU L'ENQUÊTE

RETROUVEZ ELIZABETH II
POUR UNE NOUVELLE AVENTURE !

Bain de minuit à Buckingham

Ce livre a été écrit avant le décès du prince Philip, le 9 avril 2021, à l'âge de 99 ans. Il lui est dédié avec affection et respect, en hommage à une existence bien vécue. Je ne vais pas nier ressentir une petite pointe d'appréhension. Aurait-il éclaté de rire avant de l'envoyer voler à travers la pièce, exaspéré ? Je l'espère de tout cœur.

Avertissement

Ce livre est une œuvre de fiction. Les références à des personnes, des événements, des institutions, des organisations ou des lieux existant ou ayant existé ont pour objectif d'apporter un sentiment d'authenticité, mais restent fictives. De même que les faits relatés et les dialogues, les autres personnages sont issus de l'imagination de l'auteure et n'ont pas vocation à être considérés comme réels.

Prologue

Octobre 2016

Sir Simon Holcroft n'était guère féru de natation. Bien sûr, mille ans plus tôt, quand il était élève pilote, les exercices en mer l'avaient souvent amené à passer des heures dans l'eau. En cas de besoin, il aurait même su s'extraire d'un hélicoptère sombrant dans l'océan Atlantique. Mais il ne lui serait jamais venu à l'idée de faire des longueurs dans une piscine couverte. Hélas, alors qu'il approchait le grand âge de 54 ans, son tour de taille avait quelques centimètres de trop et son médecin avait poussé des hauts cris en voyant son taux de cholestérol. Il allait donc devoir faire d'autres sacrifices que celui de son bouton de pantalon.

Il se sentait fatigué et flasque. Dans le train qui le ramenait d'Écosse, il s'en était voulu d'avoir mangé tellement de Dundee cake, et si peu accompagné la reine dans ses grandes promenades. De retour chez lui, dans son cottage au palais de Kensington, il avait prévu de se reprendre en main. Ces quelques semaines à Balmoral avaient été un vrai bain de sang : on aurait dit que les moustiques y tenaient leur congrès mondial annuel. Presque tous les matins, sir Simon avait travaillé sur le plan de rénovation de Buckingham avec le prince Philip, très investi depuis toujours dans la gestion des résidences royales. Et il avait passé pratiquement toutes ses soirées au téléphone à débattre avec ses collaborateurs des suggestions et des interrogations du duc d'Édimbourg, ou à leur faire part des siennes. Si le dossier n'était pas finalisé au moment de le présenter au Comité des comptes publics, dire qu'il y aurait du grabuge serait l'euphémisme du siècle.

Il lui fallait retrouver de la vigueur, de la vitalité. Faute de mieux, la piscine de Buckingham lui semblait être la meilleure solution. Certes, le personnel n'était pas censé se baigner quand la famille royale logeait là, mais ses fonctions voulaient précisément qu'il se trouve toujours au même endroit que la reine. Alors, ce soir-là, en s'apercevant dans le miroir en pied de sa chambre, il avait décidé de prendre le risque et d'y aller de bonne heure. Avec ses piqûres de moustiques et ses bourrelets qui distendaient son maillot de bain Vilebrequin informe, il priait pour ne pas croiser quelque jeune écuyer en parfaite condition physique ou, pire encore, le duc d'Édimbourg au sortir d'une royale trempette.

Après avoir traversé Hyde Park et Green Park – l'un des rares trajets permettant de marcher quarante minutes dans la verdure en plein centre de Londres –, sir Simon arriva à 6 h 30 au palais. Il avait fait l'erreur stupide de mettre son maillot sous son pantalon, et c'était très inconfortable. Une fois son attaché-case posé sur son bureau, il suspendit sa veste à un porte-manteau en bois et se déchaussa. Il retira ensuite sa cravate de soie ornée de petits koalas roses et la rangea, soigneusement roulée, dans son soulier gauche. Puis, le sac à dos contenant sa serviette sur l'épaule, il se dirigea en chaussettes vers le pavillon de l'aile nord. Il était à présent 6 h 45.

Donnant sur Green Park, le pavillon avait d'abord été une serre conçue par l'architecte John Nash. Et sir Simon estimait qu'il aurait dû le rester. Fils d'une amoureuse des plantes, il considérait les serres comme des hymnes à la nature, alors que les piscines chauffées lui semblaient quelque peu surfaites. Mais, dans les années 1930, le père de la reine avait décidé de convertir le bâtiment afin que sa petite princesse puisse s'y baigner. Et le résultat était là, avec ses colonnes grecques à l'extérieur et son carrelage art déco défraîchi à l'intérieur. Et comme nombre d'autres parties de la résidence royale fermées au public, il aurait supporté quelques menus travaux.

Depuis l'intérieur du palais, on accédait à la piscine par une porte tapissée de consignes de sécurité incendie et d'affichettes rappelant qu'il était interdit de se baigner seul. Sir Simon les ignora. L'air étant déjà lourd et humide dès le couloir, il se félicita d'avoir posé sa cravate. Arrivé aux vestiaires des hommes, il ôta sa chemise, ses chaussettes et son pantalon, puis prit sa serviette sur son bras. Il remarqua un verre en cristal abandonné sur un banc. C'était un peu étrange, la famille n'était rentrée des Highlands que la veille au soir. La jeune génération avait dû fêter son retour. Les verres étaient strictement interdits ici, mais on ne dit pas aux princes et aux princesses ce qu'ils ont le droit de faire ou non chez leur grand-mère : on se contente de faire le ménage derrière eux. Le secrétaire particulier de la reine se nota d'avertir l'équipe d'entretien.

Après une douche rapide, il entra dans l'enceinte de la piscine – dont les baies vitrées donnaient sur les platanes entrelacés du jardin – en se préparant au choc de l'eau fraîche contre son corps potelé.

Mais ce fut un autre choc qu'il reçut.

Au début, son cerveau refusa d'interpréter ce qu'il voyait. Était-ce une couverture ? Une illusion d'optique due à l'éclairage ? Tout ce rouge. Cette grande mare écarlate, tranchant sur le carrelage vert. En son centre, une jambe dénudée jusqu'au genou. Un mollet de femme. L'image s'imprima sur sa rétine. Il cligna des yeux.

Le souffle court et rapide, il fit deux pas. Et encore deux. Il se retrouva les pieds dans le sang, au-dessus d'une scène d'horreur.

Une femme en robe claire, recroquevillée sur le flanc dans une flaque brunâtre. Ses lèvres étaient bleues, ses yeux ouverts sur un regard éteint. Paume de la main tournée vers le ciel, son bras droit couvert de sang coagulé vers ses pieds. Le gauche était tendu vers le bord du bassin d'eau limpide, où s'arrêtait enfin l'immense tache foncée. Le secrétaire sentait son propre sang battre à coups redoublés dans ses veines et l'entendait marteler ses tympans.

Il s'accroupit doucement et plaça avec réticence ses doigts sur le cou de la femme. Pas de pouls. Comment aurait-il pu en être autrement avec des yeux pareils ? Il eut envie de baisser ses paupières mais se dit qu'il ne valait mieux pas. Étalés en un éventail désordonné, les cheveux de la morte dessinaient un halo rouge et mouillé autour de sa tête. Elle avait l'air surprise. Ou bien était-ce le fruit de son imagination ? Elle était si petite et frêle qu'il n'aurait eu aucun mal à la soulever pour la conduire en lieu sûr, si elle avait été en vie.

En se relevant, il ressentit une vive douleur au genou. Il tenta d'essuyer la substance visqueuse sur sa peau mais ses doigts s'arrêtèrent sur quelque chose. En y regardant de plus près, il comprit qu'il s'agissait de minuscules bouts de verre. S'écoulant de deux plaies dentelées, son propre sang se mêlait à celui de la victime. Il vit alors ce qui l'avait blessé : des morceaux de cristal luisaient faiblement dans cette mer cramoisie.

Il connaissait ce visage, ces cheveux. Que faisait-elle ici avec un verre à whisky ? Bien que son corps rechigne à lui obéir, il réussit à se forcer à sortir pour appeler à l'aide. Même s'il était déjà trop tard.

PREMIÈRE PARTIE

Sang-froid

« Je vais montrer à Votre illustre Seigneurie ce qu'une femme peut faire. »

Artemisia Gentileschi, 1593-c.1654

CHAPITRE 1
TROIS MOIS PLUS TÔT

– Philip ?

– Oui ? fit le duc d'Édimbourg en détachant son regard du *Daily Telegraph*, calé contre un pot de miel sur la table du petit déjeuner.

– Vous savez, ce tableau ?

– Quel tableau ? répondit-il, juste pour embêter son épouse. Vous en avez sept mille.

Sa Majesté soupira intérieurement. Elle s'apprêtait justement à le lui expliquer.

– Celui du *Britannia*. Qui était autrefois en face de ma chambre.

– Ah, l'affreux petit tableau de l'Australien qui ne savait pas peindre les bateaux ? Celui-là ?

– Oui.

– Et alors ?

– Eh bien, je l'ai vu hier, à la Semaphore Tower, à Portsmouth. Dans une exposition de peinture marine.

– Pour un yacht, ça paraît logique, grommela Philip, les yeux rivés sur l'éditorial de son journal.

– Vous ne comprenez pas. Comme j'étais là-bas pour le lancement de la nouvelle stratégie numérique de la marine, ils avaient accroché quelques tableaux dans le hall.

Si la conférence sur la modernisation technologique de la Royal Navy s'était révélée assez pointue, l'exposition était beaucoup plus accessible.

– J'y ai surtout vu des croûtes grisâtres représentant des navires de guerre. Comme toujours, il y avait aussi un yacht de régate de classe J. Et juste à côté, notre *Britannia* tel qu'en 1963.

– Comment savez-vous que c'était le nôtre ? demanda le duc, toujours sans lever les yeux.

– Parce que c'était lui, rétorqua la reine, soudain affligée par le manque d'intérêt de son époux. Je connais mes tableaux.

– J'en suis convaincu. Du premier au sept millième. Vous n'avez qu'à demander aux zigotos qui travaillent là-bas de vous le rendre.

– C'est fait.

– Bien.

La reine se doutait que l'article du *Daily Telegraph* devait traiter du Brexit, d'où l'humeur de Philip, plus irritable que d'habitude. Adieu Cameron. Le parti en déroute. Tout ce travail de sagouins… À côté de ça, un malheureux tableau peint par un artiste médiocre bien avant l'entrée de la Grande-Bretagne dans le Marché commun ne semblait pas bien important. Elle jeta un œil aux paysages de Stubbs, avec leurs chevaux magnifiques, qui ornaient les murs de la salle à manger privée. Des années plus tôt, Philip avait fait son portrait tandis qu'elle lisait le journal dans cette même pièce. Et il fallait bien admettre qu'il s'était mieux débrouillé que le peintre du *Britannia*. Pourtant, un jour, ce tableau avait pris beaucoup de valeur à ses yeux.

C'était devenu son préféré pour des raisons qu'elle n'avait jamais expliquées à personne. Et elle était bien déterminée à le récupérer.

Deux heures plus tard, Rozie Oshodi se présenta dans le bureau de la reine pour y prendre, comme chaque matin, les boîtes rouges contenant les documents officiels de Sa Majesté. Après avoir fait ses preuves dans l'armée puis dans une banque privée, elle était récemment entrée au service de la reine en tant que secrétaire particulière adjointe. Même si elle était encore relativement jeune pour ce poste, elle y accomplissait un travail admirable… y compris pour les aspects les moins conventionnels de ses fonctions.

– Des nouvelles ? demanda la reine en levant les yeux de la dernière feuille de la pile.

La veille, elle avait chargé Rozie de découvrir comment le tableau de l'ancien yacht royal avait pu atterrir où il était. Et de le faire rapatrier dans les meilleurs délais.

– Oui, Madame. Mais elles ne sont pas bonnes.

– Comment ça ? s'étonna la monarque.

J'ai parlé au directeur des services généraux de la base navale. Selon lui, il s'agirait d'une erreur d'identification. L'artiste aurait peint plusieurs versions du *Britannia* en Australie. Le tableau n'est pas estampillé. C'est le second lord de l'Amirauté qui l'a prêté pour l'exposition. Or, il affirme qu'il provient de la collection du ministère de la Défense et qu'il se trouve dans son bureau depuis des années.

La reine fixa intensément Rozie à travers ses lunettes à double foyer.

– Vraiment ? La dernière fois que je l'ai vu, c'était dans les années 1990.

– Madame ?

Une lueur belliqueuse brillait derrière les royales lunettes.

– Le second lord de l'Amirauté n'en détient pas une autre version, dit Sa Majesté. Il a *ma* toile. Dans un cadre différent. Et vous avez donc raison de souligner qu'il l'a depuis longtemps.

– Ah… Bien, je vois.

Mais rien qu'à son expression, il était clair que Rozie ne voyait rien du tout.

– Retournez chercher des explications, vous voulez bien ?

– Bien sûr, Madame.

La reine signa distraitement le papier qui se trouvait sur son bureau et le remit dans la boîte. La laissant à ses réflexions, Rozie emporta les documents.

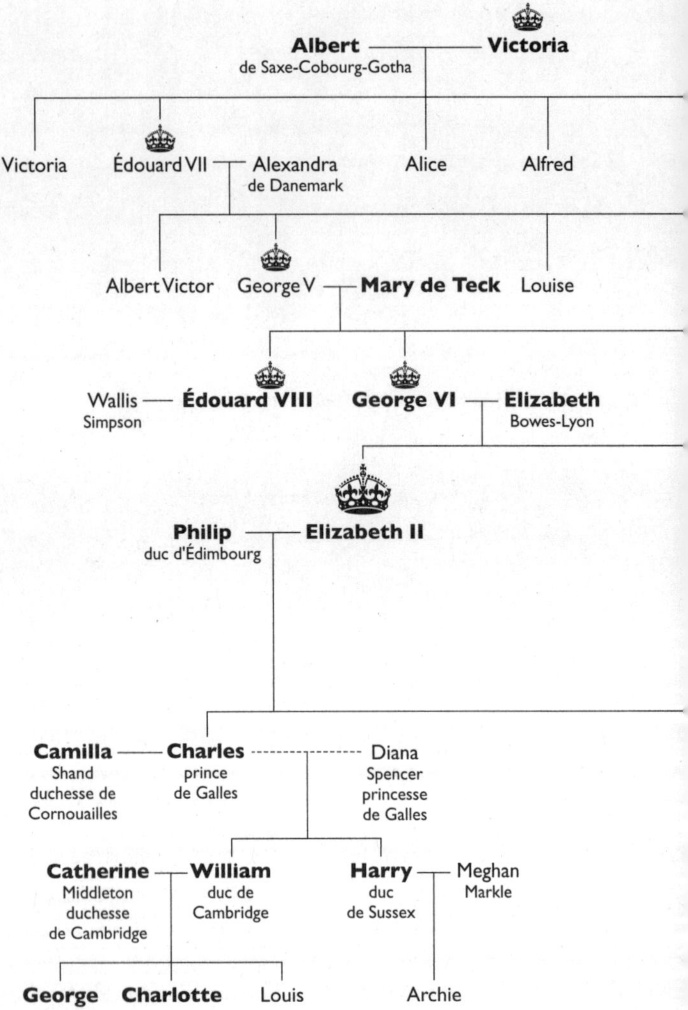

(couronne) : rois et reines du Royaume-Uni
En gras : membres de la famille royale mentionnés dans ce volume
--------- : couples divorcés

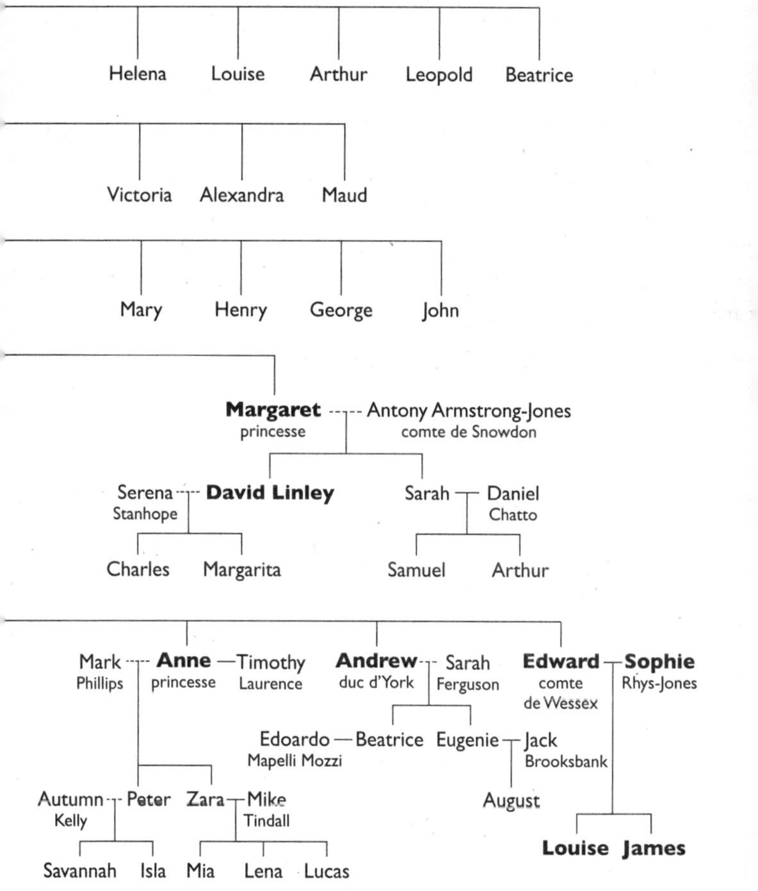

La famille royale de 1837 à nos jours

RÉALISATION : NORD COMPO À VILLENEUVE-D'ASCQ
IMPRESSION : CPI FRANCE
DÉPÔT LÉGAL : JANVIER 2022. N° 149805 (3045874)
IMPRIMÉ EN FRANCE